COLEÇÃO CLÁSSICOS PULP

Edgar Allan
se Bierce R
bers H.P. Lo
Allan Poe A
ce Robert C
Lovecraft Ed
Ambrose B
Chambers H

Poe Ambro-
bert Cham-
ecraft Edgar
nbrose Bier-
ambers H.P.
ar Allan Poe
erce Robert
P. Lovecraft

CARCOSA

Contos do Rei de Amarelo

contos de
Edgar Allan Poe,
Ambrose Bierce,
Robert Chambers
e H. P. Lovecraft

tradução de
Diego Aguiar Vieira

AVEC
EDITORA
Porto Alegre, RS, Brasil
2022

Publisher: *Artur Vecchi*
Tradução: *Diego Aguiar Vieira*
Revisão: *Camila Villalba*
Ilustração de capa: *Marcel Bartholo*
Projeto gráfico e diagramação: *Luciana Minuzzi*
Imagens: *British Library e Internet Archive*

1ª Edição, 2022
Impresso no Brasil / Printed in Brazil

AVEC EDITORA
Caixa postal 7501
CEP 90430 - 970
Porto Alegre - RS
www.aveceditora.com.br
contato@aveceditora.com.br
instagram.com/aveceditora

P 743

Poe, Edgar Allan
Carcosa : contos do Rei de Amarelo / Edgar Allan Poe [et al.]; tradução de Diego Aguiar Vieira. – Porto Alegre : Avec, 2021. – (Clássicos pulp)

Reúne contos de Edgar Allan Poe, Ambrose Bierce, Robert Chambers e H. P. Lovecraft

ISBN 978-85-5447-070-8

1. Ficção norte-americana I. Bierce, Ambrose II. Chambers, Robert III. Lovecraft, H. P. IV. Vieira, Diego Aguiar V. Título VI. Série

CDD 813

Índice para catálogo sistemático:
1.Ficção : Literatura norte-americana 813

Ficha catalográfica elaborada por Ana Lucia Merege CRB-7 4667

SUMÁRIO

INTRODUÇÃO

RITORNELO DO CAOS: DAS CORES AOS LIVROS MALDITOS, UM SÉCULO E MEIO DE TERROR CÓSMICO

Estamos todos nos equilibrando sobre os ombros de outros. Alguns desses "outros" são, sem dúvida nenhuma, gigantes — se você for perguntar por aí, entre escritores contemporâneos que compartilham seus conhecimentos, dúvidas e frustrações nas redes sociais, é provável que encontre quem diga que não se inspira em ninguém (desses, eu recomendaria que fuja para o mais distante possível), mas os bons, até alguns dos medíocres, certamente vão te dizer com prazer... Não, não, eles provavelmente vão ativar o "modo palestrinha" e *insistirão* em te contar, você sentindo prazer com isso ou não, tudo sobre as suas inspirações. É bem provável que eles façam uma verdadeira exposição sobre o assunto, contando detalhes que você não sabia que queria saber sobre os escritores e escritoras que acenderam as chamas antigas dos contadores de histórias em seus corações e os colocaram nessa jornada, contando histórias até quando ninguém pediu por isso.

Nesta introdução e nos contos que a seguem, apresentamos uma pequena "genealogia" do horror contemporâneo. Tentamos arrancar dos autores, sem o auxílio de uma mesa branca ou um bom psicógrafo, a resposta à pergunta que moveu o parágrafo anterior: de onde tiram suas inspirações, senhores? Se você tiver o bom senso de pular estas páginas que, como a maioria das introduções, deveria vir com um alerta de *spoilers* e estar localizada no fim do livro, saiba que poderá achar levemente difusa a forma como essa coisinha tão maleável e disforme chamada "inspiração" se espalha entre os autores aqui presentes.

De fato, em nosso trabalho de exumação sequer arranhamos a superfície. Ficaram faltando textos essenciais — como *O Castelo de*

Otranto, de Horace Walpole, além de obras como *Hamlet* e *A Tempestade*, de Shakespeare, onde o sobrenatural se faz presente por meio de espectros e a magia é mais poderosa e incontrolável do que um meteorologista poderia prever. Acreditamos que, a partir deste pequeno guia, você mesmo poderá se aventurar sobre essa mesa de necrópsia. Mas deixemos as metáforas de legista de lado, porque agora vamos falar sobre cartografia.

Deleuze e Guattari[1], em sua crítica à concepção psicanalítica do desejo, desenvolveram o conceito pós-estruturalista da esquizoanálise, de onde mais tarde emergiria o conceito do ritornelo, isto é, um ponto comum para onde toda informação e conhecimento acaba por retornar. Para os dois, não importa o campo de conhecimento sobre o qual nos debruçarmos, estaremos sempre em território conhecido, mesmo quando desterritorializados. Para descomplicar, vamos nos ater ao básico: um besouro amarrado ao centro de um labirinto[2] é capaz de dar quantas voltas antes de se perder ou se embolar no fio que o prende? Para Deleuze e Guattari, a resposta é que ele nunca ficaria perdido, no máximo, desterritorializado. O ritornelo é a concepção de que estamos sempre em agenciamento territorial, isto é, mesmo quando nos deparamos com o desconhecido, na verdade só estamos nos afastando do conhecido, nos instalando em um novo ponto de territorialização para que, assim, possamos nos reterritorializar. Não importa onde estamos, estamos sempre em movimento, territorializando, desterritorializando ou reterritorializando. A improvisação contínua, que nos permite o movimento e a fuga (e o retorno), é o ritornelo. Ainda muito complexo?

Vamos cartografar então. A cartografia é um antimétodo criado por Deleuze e Guattari como um meio de reterritorializar o conhecimento a partir de suas várias vertentes, os rizomas do saber que formam nossa própria subjetividade. A saber, rizomas são como as sementes de um pé de aipim, estendendo-se em várias direções, conectando todos os pontos como uma espécie de imagem fractal onde

1 Gilles Deleuze (1925-1995) e Félix Guattari (1930-1992) foram filósofos franceses, autores de *O Anti-Édipo* e *Mil Platôs*, dois volumes que compõem a coletânea *Capitalismo e esquizofrenia*, livros-chave para o entendimento contemporâneo da esquizoanálise e do pós-estruturalismo. Os dois tiveram uma produção textual imensa, juntos e separados, com obras que estimulam o diálogo e que ainda são debatidas em suas diferentes interpretações nos mais variados campos acadêmicos.

2 Fazendo uma referência ao clássico *O Homem de Palha* (1973).

cada elemento depende necessariamente da existência uns dos outros para manterem-se de pé. Stephen King observou a longa tradição do horror no livro *Dança Macabra* a partir dessa perspectiva, assim como também o fez Lovecraft em *O Horror Sobrenatural na Literatura*[3]. É claro que nenhum dos dois o fez sob uma perspectiva cartográfica, mas o princípio (e o fim) é o mesmo.

Dessa forma, propomos um "mapeamento" da cidade perdida de Carcosa nas páginas que se seguem, não sobre suas ruas ou mesmo de seus concidadãos, mas de sua origem. A começar por um texto que não a cita, mas que está diretamente ligado ao projeto literário que conduziu esse nome para este mesmo momento em que você segura este livro (ou uma pilha de pixels) nas mãos. *A Máscara da Morte Vermelha* (1842) de Edgar Allan Poe (1809-1849) é um texto cujas origens, como mencionado acima, deve-se a tanto a *O Castelo de Otranto*, pedra primordial do romance gótico, quanto às obras de Shakespeare (Prospero vem diretamente de *A Tempestade*[4]), mas também a *120 dias de Sodoma*, do Marquês de Sade, onde um grupo de pessoas entediadas e endinheiradas se isolam para colocarem em práticas seus mais vis e secretos desejos, exatamente como acontece no conto de Poe. Não fosse o conto embolorado de absinto de Poe[5] e a sinistra presença rubra que o assombra, era bem provável que não existisse um Rei de Amarelo.

Da mesma maneira, é bem provável que, sem os delírios excêntricos de Ambrose Bierce (1842-?[6]), não existisse nem este livro nem boa parte do imaginário fantástico norte-americano pós-Guerra

---

3 Longo ensaio publicado originalmente em 1927, na revista *The Recluse*. Entre 1933 e 35, o texto foi revisado e serializado em *The Fantasy Fan*. Mais tarde, em 1939, o texto foi republicado na íntegra em *The Outsider and Others*, primeiro livro publicado pela Arkham House.

4 E, vale dizer, também está presente no filme *Retrato de uma Jovem em Chamas* (2019), onde a jovem do título é prometida em casamento a um "duque de Milão", mesmo título ostentado por Próspero na peça de Shakespeare. Não por coincidência, ambas as obras também se ambientam em uma ilha isolada.

5 Em suas *Biografias Heróicas*, o escritor uruguaio Horacio Quiroga diz que o grande heroísmo de Poe era ser um alcoólatra que recebia por páginas escritas e, mesmo assim, mantinha um número reduzido de sentenças e parágrafos em suas obras, tendo de sustentar o vício com o pouco que produzia, mas se mantendo fiel à qualidade imortal de seus textos.

6 O autor desapareceu em 1913, aos 71 anos, quando mudou-se para o México em meio à revolução liderada por Pancho Villa. Muitas são as conjecturas feitas a respeito de sua morte, uma delas, talvez a mais fantástica, está no filme *Um Drink no Inferno 3* (1999), onde o autor é interpretado por Michael Parks.

Civil. Tudo é maligno nos escritos de Bierce, ninguém está a salvo dos caprichos da natureza ou dos deuses. E os dois contos apresentados aqui, *Um Habitante em Carcosa* (1886) e *Haita, o Pastor* (1891), são exemplos claros disso. Os desejos nunca são satisfatoriamente atendidos, a incerteza é a única conquista e aquela que todos nós temos ao fim da vida: o silêncio da morte.

Nos contos aqui apresentados, Bierce nos apresenta conceitos e entidades (ou meros nomes) que se encerrariam em si mesmos, não fosse a linhagem do horror tão consciente de si mesma e tão disposta à autorreferência. Robert Chambers (1865-1933) emprega vários dos conceitos de Bierce em seus contos originalmente publicados na coletânea *O Rei de Amarelo*, publicado em 1895. Em *O Reparador de Reputações*, uma ficção científica de horror ambientada num futuro imaginado dos anos 20 do século XX, descobrimos um mundo se reerguendo após uma grande guerra mundial, com câmaras de suicídio espalhadas nas ruas e o terror generalizado por um *Livro Amarelo*, o volume que traz a peça maldita *O Rei de Amarelo*.

A peça, que ninguém é capaz de ler mais do que poucas páginas sem enlouquecer, nunca surge por completo, mas seus efeitos são os mais devastadores. Note ainda que a cor do volume é uma referência explícita ao *Livro Amarelo*, periódico literário britânico publicado entre 1894 e 1897, e que trazia sempre textos de autores como H. G. Wells e William Butler Yeats. Tradicionalmente, tais livros também se associam a Oscar Wilde, que nunca foi publicado em suas páginas, mas que fez com que um dos volumes aparecesse em sua obra mais famosa, *O Retrato de Dorian Gray* — não por acaso, há um personagem de nome Wilde em *O Reparador de Reputações*. Apesar da presença de autores consagrados no meio literário inglês, a coleção de livros tornou-se sinônimo de tudo que fosse perverso e vil, mais pela fama do que pelo conteúdo, como é de costume. Logo, a escolha de Chambers para a cor que ilustraria o ápice da perversidade e do pecaminoso em sua obra mais conhecida[7] não poderia ser outra.

O conto seguinte de Chambers, *A Máscara*, talvez possa ser ilustrado como o empenho de um artista que, mesmo sabendo estar se

7 Há de se salientar que, embora *O Rei de Amarelo* tenha sido a obra de Chambers que se tornou mais famosa ao longo dos anos, o mesmo não pode ser dito sobre ela em vida, já que o autor foi escritor de sucesso, mas não com histórias de terror, e sim com livros românticos, que lhe garantiram sustento.

envenenando, opta por continuar mergulhado em sua obra maldita. Com um raro final "feliz", a história sobre um escritor que amaldiçoa todos ao seu redor, incluindo sua amada, em suas experiências químicas e artísticas, carece de moral, visto que o narrador passa longe de se sentir privilegiado com o aterrador desenrolar da trama. É curioso, também, notar as ligações dessa história com a anterior (atentem para a repetição de certos nomes), e como o período retratado é completamente diferente, mostrando como são tênues as conexões entabuladas pelo autor.

Já em *No Adro do Dragão*, o que temos é o desenrolar de uma missa maldita, onde a cada novo salmo, mais próximo o protagonista se encontra da loucura. É, talvez, o conto mais ousado de Chambers nesta coletânea, principalmente por conta da relação mais escancarada que ele propõe entre os feitos do *Rei de Amarelo* com a Igreja. Pode-se dizer que é também aquele onde a influência de Poe está mais escancarada, principalmente na relação com *A Máscara da Morte Vermelha*. A percepção da realidade como algo muito além da que supomos e a confluência dos protagonistas em direção à loucura é uma crescente nesses contos (como seria, mais tarde, na obra de Lovecraft), mas aqui é ainda mais premente diante da revelação de que é na busca pela fé e pela salvação onde a loucura certamente há de nos abraçar por completo.

Outra história sobre um artista atarantado com demônios pessoais é *O Signo Amarelo*, que apresenta sonhos coletivos e a ideia de que o terror maior está na percepção de nossa insignificância diante da vastidão — novamente, um tema depois explorado e ampliado por Lovecraft, que considerava *O Signo Amarelo* como a obra-prima de Chambers. Aqui, percebemos, o mal é tão poderoso que não há espaço para o amor, tudo é corrompido em prol das aberturas para o reino de Carcosa.

Por fim, *Um Sussurro nas Trevas* (1931) lida com a investigação de acontecimentos sobrenaturais em um pequeno vilarejo numa cidadezinha americana. H. P. Lovecraft (1890-1937) amplia sua própria mitologia de deuses sombrios incorporando elementos criados por Ambrose Bierce e desenvolvidos por Robert Chambers. O narrador, como um típico personagem lovecraftiano, testemunha o mundo ser envolvido por uma loucura alienante enquanto tenta colocar ordem nos seus relatos, decodificando os horrores pelos quais passou de uma maneira que nos pareçam lógicas as ilógicas condições submetidas a ele.

Estes são os caminhos para Carcosa. Pode-se dizer que você também já abriu o *Livro Amarelo* e está contaminado pela vontade de conhecer tal cidade. Lhes damos boas-vindas, não apenas aos domínios do *Rei de Amarelo*, mas ao primeiro volume da coleção *Clássicos Pulp*. Agora que já conhece o caminho, esperamos que volte logo.

- Diego Aguiar Vieira -

Jornalista, escritor, roteirista de quadrinhos, cinema e TV, tradutor e mestre em Comunicação, Cultura e Educação em Periferias Urbanas, Diego também é o autor do romance *Macuconha* (sob o pseudônimo de Tompinhão Coelho), da novela *Presente de Deus*, das histórias em quadrinhos *Pássaros Artificiais* (com arte de Antonio Eder) e de dois volumes das *Crônicas de Calavera*: *Memento Mori* e *O Pintor do Fim do Mundo* (a partir de um personagem criado e ilustrado por João Ferreira). Atualmente, Diego trabalha em dois livros, um sobre a história das histórias em quadrinhos curitibanas (com Antonio Eder) e outro, de ficção, sobre as eleições de 2018, além de desenvolver uma série de projetos em diferentes mídias e colaborar frequentemente para o coletivo Magicaos, do qual faz parte.

A MÁSCARA DA MORTE VERMELHA

EDGAR ALLAN POE

A "Morte Vermelha" havia muito devastava o país. Nenhuma praga havia sido tão fatal ou tão hedionda antes. Sangue era seu símbolo e seu selo — a vermelhidão e o terror do sangue. Havia uma dor aguda e uma súbita tontura, e então um intenso sangramento pelos poros que conduzia ao fim. As manchas vermelhas sobre o corpo e, principalmente, sobre a face da vítima, era a marca da peste que o afastava de qualquer auxílio e da simpatia de seus semelhantes. E desde os primeiros sinais, passando pela progressão e término do mal, era questão de mera meia hora.

Mas o príncipe Próspero seguia feliz, destemido e sagaz. Quando seus domínios se encontravam esvaziados com seus súditos reduzidos à metade, ele convocou à sua presença mil de seus sadios e frívolos amigos dentre os cavalheiros e damas da corte, e, com eles, retirou-se para o isolamento de uma das suas fortificadas abadias. Era uma estrutura extensa e magnífica, criação do excêntrico e, ainda assim, refinado gosto do príncipe. Um forte e elevado muro a cercava. E esse muro tinha portões de ferro. Tendo entrado os cortesões, estes trouxeram fornalhas e pequenos martelos com os quais soldaram os parafusos. Eles fizeram com que não houvesse meios de se entrar ou deixar o local, ainda que tomados por impulsos repentinos de desespero ou frenesi. A abadia contava com fartos provimentos. Com tais precauções, os cortesões esperavam poder desafiar o contágio. O mundo externo que tomasse conta de si mesmo. Enquanto isso, era loucura guardar luto ou mesmo pensar nisso. O príncipe tinha cuidado para que desfrutassem do bom e do melhor. De bufões a trovadores, de bailarinos a músicos, de beleza ao vinho. Tudo isso mais a segurança de estarem lá dentro. Pois lá fora estava a "Morte Vermelha".

Foi por volta do fim do quinto ou sexto mês de reclusão, enquanto a peste mais se enfurecia lá fora, que o príncipe Próspero resolveu entreter seus mil e tantos amigos com o mais excepcional e magnífico baile de máscaras.

Era um evento voluptuoso, aquele baile. Mas, antes, deixe-me contar sobre os cômodos onde ele aconteceu. Eram sete — todos parte de uma suíte imperial. Em muitos palácios, no entanto, tais suítes compartilham de uma longa vista, com suas portas dobráveis se retraindo quase até a parede, de modo que nada impeça a visão de toda sua extensão. Aqui, o caso era bem diferente, como bem podia ser esperado do gosto pelo bizarro que tinha o duque. Os quartos eram dispostos de maneira tão irregular que a visão abarcava pouco mais de um por vez. Havia uma curva fechada a cada vinte ou trinta metros, cada uma delas gerando um novo efeito. À esquerda e à direita, no meio de cada parede, uma grande e estreita janela gótica se abria na direção da suíte. Essas janelas eram de vitral, cujas cores variavam de acordo com o tom predominante da câmara para onde se abriam. Assim, por exemplo, na extremidade leste, ela se inclinava para o azul — e de um azul vívido eram suas janelas. A segunda câmara tinha tapetes e ornamentos roxos, assim como as vidraças. O terceiro era completamente verde, até os batentes. O quarto era mobiliado e iluminado de laranja, o quinto era branco e o sexto, violeta. O sétimo cômodo era envolto em veludo negro, acarpetado do teto às paredes, se esparramando até o chão com o mesmo material e cor. Mas nesta câmara, e só nela, as cores das janelas falhavam na correspondência com o restante da decoração. As vidraças eram vermelhas, uma profunda cor sanguínea. E em nenhum dos cômodos tinha qualquer candeeiro ou candelabro em meio à profusão de ornamentos dourados que se espalhavam em direção ou pendendo do teto. Não havia luz de nenhum tipo emanando de candeeiros ou velas dentro daquela suíte sombria. Mas nos corredores que levavam à suíte, havia, opostos a cada janela, pesados tripés com braseiros cujas chamas projetavam sua luz através dos vitrais coloridos, iluminando cada sala. E, assim, eram produzidas uma infinidade de aparições aberrantes e fantásticas. Mas na câmara ocidental ou negra o efeito da luz das chamas, que se derramava sobre as cortinas escuras através das vidraças ensanguentadas, era terrivelmente medonho, gerando no semblante daqueles que ali entravam um efeito tão selvagem que havia poucos bravos o bastante para pôr os pés naquele recinto.

Aliás, era nesse cômodo que ficava um grande relógio de ébano contra a parede oeste. Seu pêndulo oscilava de um lado para o outro com um som aborrecido, pesado e monótono, e quando o ponteiro dos minutos dava a volta completa e a hora estava prestes a soar, dos pulmões de bronze do relógio vinha um som claro, alto, profundo e excessivamente musical, com uma nota tão peculiar e enfática que se fez necessário que os músicos da orquestra pausassem a cada hora para ouvi-lo tocar. Assim, os dançarinos eram forçados a cessar seus movimentos, e havia um breve desconcerto que tomava todos os festeiros. Enquanto os sinos do relógio ressoavam, notava-se que os mais animados empalideciam e os mais velhos e serenos passavam a mão sobre a testa, como se confusos em reverência ou reflexão. Mas quando os ecos finalmente acabavam, uma risada leve aqui e ali surgia, os músicos se entreolhavam e sorriam como se de sua própria tolice, prometendo uns aos outros, aos sussurros, que, da próxima vez que o relógio ressoasse, não produziria neles tais emoções. E assim, no lapso de sessenta minutos (que abarca três mil e seiscentos segundos de um tempo que voa), havia outro ressoar do relógio e o mesmo desconcerto e tremedeira, assim como a reflexão de outrora.

Mas, a despeito disso tudo, fora uma festa magnífica e radiante. Os gostos do duque eram peculiares. Ele sabia escolher cores e objetos, e ignorava qualquer decoração de moda. Seus planos eram impetuosos e ousados e suas concepções tinham um brilho bárbaro. Alguns até pensariam que ele fosse louco. Mas não seus seguidores. Era necessário tocá-lo, ouvi-lo e vê-lo para saber disso.

Ele próprio decidira boa parte dos enfeites para as sete câmaras na ocasião daquela grande festa; e fora também a sua vontade e gosto que guiara o estilo de cada mascarado. Estejam certos de que eles eram grotescos. Havia muito brilho, reflexos, ardência e fantasmagoria — tanto quanto não se via desde a apresentação de "Hernani". Havia figuras de arabesco com membros e adornos inadequados. E fantasias delirantes como a noção de moda daquele louco. Havia muito da beleza, muito da lascívia, muito do bizarro, algo do terrível e não apenas um pouco do que poderia ter provocado repugnância. De fato, para lá e para cá nas sete câmaras, se perseguiam uma imensidão de sonhos. E esses, os sonhos, contorciam-se para cima e para baixo com uma tonalidade que vibrava a cor dos quartos, tornando a música selvagem da orquestra em ecos de seus passos. E logo batia e rebatia o relógio de ébano no quarto de veludo. Então, por um momento, tudo ficava parado, e tudo silenciava com exceção da voz do relógio. Os sonhos paravam, como que congelados, onde estavam. Mas os ecos do carrilhão morriam, pois não duravam mais que um instante, e uma risada leve e mal reprimida flutuava atrás deles conforme se iam. E, novamente, a música ondulava e os sonhos viviam e se contorciam, mais alegres do que nunca, tomando a tonalidade das muitas vidraças por onde a luz das chamas nos tripés entrava. Mas na câmara que ficava mais ao oeste, agora nenhum mascarado se aventurava, pois a noite minguava e lá fluía a luz mais rubicunda pelas janelas vermelho-sangue, e a escuridão das cortinas negras desconcertava a todos. E, para aqueles que pisassem naquele carpete negro, vinha do relógio de ébano um carrilhão surdo mais solene e enfático que qualquer outro que alcançava os ouvidos dos que se entregavam à festa nos outros cômodos.

Mas os outros cômodos seguiam lotados e neles fervia a vida. E os festejos seguiam sem parar até que, por fim, o relógio soou a meia-noite. E então, como eu já contei, a música cessou, assim como silenciaram os passos daqueles que dançavam, e se deu um desconfortável cessar de todas as coisas como se dera antes. Mas agora eram doze as badaladas a soar da barriga do relógio, e, enquanto isso acontecia, um pensamento rastejava com mais tempo que nunca entre o silêncio daqueles que refletiam dentre os foliões. E assim, claro, enquanto acontecia, talvez antes até que o último som do último carrilhão ecoasse na profundidade do silêncio, vários indivíduos daquela multidão encontraram no ócio a capacidade de notar a presença de uma figura mascarada que até então não tinha capturado a atenção de ninguém ali. E logo o rumor de sua presença se espalhou em um sussurro que correu por todos eles, um burburinho, um murmúrio expressivo de incredulidade e surpresa, que, por fim, passou a ser de medo tremendo, de terror e de repugnância.

Em uma assembleia de fantasmas tal como pintei, bem é possível supor que uma aparição tão vulgar pudesse causar um fuzuê desses. A verdade é que havia uma grande circulação de mascarados naquela noite, mas a figura em questão se destacava e ia além dos amplos limites de decoro do príncipe. Pois até nos corações dos mais irresponsáveis existem acordes que não podem ser tocados sem provocar certa comoção. Até entre os mais perdidos, para os quais vida e morte são igualmente piada, existem assuntos que piada alguma pode tocar. Todos ali, sem dúvida, sentiam bem no fundo de si que naquela fantasia e na conduta daquele estranho não havia nenhum humor ou decência. A figura era alta e magra, coberta com uma mortalha da cabeça aos pés. A máscara que lhe escondia o rosto lembrava tanto o semblante de um cadáver que só chegando bem perto poderia se notar o logro. E isso tudo os foliões ali presentes poderiam ter tolerado, talvez até mesmo aprovado. Mas a ousadia do mascarado tinha ido longe demais ao assumir a aparência da Morte Vermelha. Ele estava envolto em uma veste que parecia coberta de sangue, e sua testa larga, assim como todo seu rosto, estava salpicada com o horror escarlate.

Quando pousou os olhos sobre tal imagem espectral — que, com um movimento lento e solene, mantinha-se em seu papel, olhando de um lado para o outro entre os foliões —, o príncipe Próspero pareceu convulsionar, em um primeiro momento, com um grande arrepio de terror ou repugnância, mas logo ele foi tomado pela cólera.

— Quem ousa? — ele disse roucamente para os cortesões perto de si. — Quem ousa nos insultar com uma farsa blasfema dessas? Segurem-no e tirem-lhe a máscara... Desta forma saberemos quem, ao amanhecer, estará pendurado nos portões!

O príncipe Próspero estava na câmara azul, a sala oriental, quando proferiu tais palavras, que ecoaram pelos sete salões, claras e distintas, pois o príncipe era um homem grande e robusto e a música havia cessado ao seu comando.

E foi na câmara azul onde o príncipe ficou com um grupo de cortesões pálidos a seu lado. A princípio, enquanto ele falava, houve um sinal de agitação entre o grupo na direção do intruso, que naquele momento também estava bem próximo e, agora, com passos deliberadamente imponentes, se aproximava do interlocutor. Mas, por uma certa admiração que a louca arrogância do mascarado havia inspirado em todos ali, não houve um que levantasse a mão para detê-lo. E assim, desimpedido, ele logo passou a menos de um metro do príncipe e, enquanto a vasta assembleia encolhia, como que em um único impulso, do centro para as paredes, ele fez seu caminho sem impeditivos, mas com os mesmos educados passos solenes, através da câmara azul, e dela para a roxa, daí para a verde e para a laranja, e desta para a branca, e dali para a violeta, antes que qualquer movimento fosse feito para impedi-lo. Foi quando o príncipe Próspero, enlouquecido com a raiva e a vergonha de sua momentânea covardia, disparou pelas seis câmaras sem que ninguém o seguisse, pois um medo mortal tomara conta de todos ali. Ele levava uma adaga desembainhada em sua mão e se aproximava rápido, tomado de ímpeto, logo chegando perto da figura, que se afastava até a última câmara, a de veludo, e subitamente se virou, encarando seu perseguidor. Ouviu-se um grito agudo e a adaga caiu brilhando sobre o tapete preto, onde a seguir caiu também o príncipe Próspero, morto. Então, invocando a violenta coragem do desespero, uma multidão de farristas correu em peso para o cômodo negro e, cercando o fantasiado, cuja magra figura permanecia parada e de pé à sombra do relógio de ébano, engasgou-se com um horror sem precedentes ao perceber que aquela mortalha e a máscara de feição humana que eles arrancaram com violência não tinham ninguém por baixo.

E agora sabiam que a Morte Vermelha estava ali. Ela viera como um ladrão no meio da noite. E, um por um, os foliões caíram nos salões aspergidos de sangue, morrendo na mesma posição de desespero em que caíam. E a vida do relógio de ébano também se esvaiu com o fim da diversão. E as chamas das tochas se apagaram. E a escuridão, a decadência e a Morte Vermelha estenderam seus domínios sem limites em todas as direções.

UM HABITANTE DE CARCOSA

AMBROSE BIERCE

Existem diversos tipos de morte — em alguns, o corpo resiste; noutros, ele se dissipa com o espírito. Tal ocorrência geralmente se dá na solidão (tal é a vontade de Deus) e, ninguém testemunhando o fim, dizemos que o homem se perdeu ou se foi em uma longa viagem — o que fez mesmo; mas algumas vezes isso acontece à vista de muitos, como mostram abundantes testemunhos. Em um tipo de morte, o espírito também fenece, e sabe-se que isso ocorre enquanto o corpo segue em vigor por muitos anos. Algumas vezes, como é comprovadamente atestado, ele morre com o corpo, mas, após uma temporada, ele volta a se levantar naquele mesmo lugar onde o corpo se decompôs.

Ponderando tais palavras de Hali (que Deus o tenha) e, questionando seu pleno sentido — como alguém que, tendo indícios, ainda mantém dúvidas se existe algo outro que aquilo que vislumbrou —, não percebi para onde havia me afastado até que um súbito vento frio me acertou a face, revivendo em mim a consciência do meu entorno. Observei, com surpresa, que tudo me parecia desconhecido. Para todo lado, se esticava uma desolada e fria planície extensa, coberta com vegetação seca alta que sussurrava e assobiava ao vento de outono com sabe Deus quais insinuações misteriosas e inquietantes. Projetando-se a longos intervalos acima de tal planície, rochas de formas estranhas e cores soturnas, que pareciam ter noção umas das outras e trocar olhares de um incômodo significado, como se tivessem erguido a cabeça para observar os acontecimentos de um evento já previsto. Algumas poucas árvores aqui e ali, destroçadas pelas intempéries, pareciam ser as líderes desta sinistra conspiração de expectativa silenciosa.

O dia, pensei, deve estar bem avançado, apesar do sol estar escondido; e, ainda que notasse que o ar estava frio e cortante, minha consciência de tal fato era mais mental do que física — eu não sentia nenhum desconforto. Uma abóbada de nuvens baixas, cor de chumbo, se dependurava como uma visível maldição sobre toda a deprimente paisagem. Nisso tudo havia uma ameaça e presságio — uma insinuação do mal e da destruição. Nenhum pássaro, animal ou inseto à vista. O vento assobiava pelos galhos nus das árvores mortas e a grama cinzenta dobrava para sussurrar seus pavorosos segredos ao solo; mas nenhum outro som ou movimento quebrava o horripilante repouso daquele lugar sombrio.

Observei na relva ao redor certa quantidade de rochas desbastadas pelo tempo, certamente afiadas com ferramentas. Elas estavam quebradas, cobertas de limo e meio enterradas na terra. Algumas estavam caídas, outras, apoiadas em ângulos variados; mas nenhuma na vertical. Era óbvio que se tratava de lápides de sepulturas, que por sua vez tinham deixado de existir como covas ou túmulos; tudo nivelado pelos anos. Dispersos, aqui e ali, blocos maiores surgiam onde alguns pomposos ou ambiciosos monumentos um dia lançaram seu medíocre desafio ao olvido. Tão antigas pareciam essas relíquias, esses vestígios de vaidade e memoriais de afeição e piedade, tão maltratadas, gastas e manchadas — era tão esquecido, abandonado e esquecido o lugar, que não me furtei a pensar ter descoberto o descanso final de uma raça pré-histórica de homens cujo próprio nome já havia muito estava extinto.

Tomado por essas reflexões, fiquei por um tempo desatento aos fatos das minhas próprias experiências, mas logo pensei: "Como cheguei aqui?". Um momento de reflexão pareceu deixar tudo claro e, ao mesmo tempo, explicar, ainda que de forma desconcertante, a singular maneira com que minhas fantasias envolveram tudo que via e ouvia. Eu estava enfermo. Lembrava agora que estivera de cama por uma febre repentina e minha família me dissera que, em meus momentos de delírio, constantemente gritava, pedindo por liberdade e ar, tendo sido preso à cama para evitar que fugisse ao ar livre. Agora eu tinha burlado a vigilância de meus criados e tinha vagado para... onde? Não conseguia imaginar. Claramente, estava a uma distância considerável da cidade onde vivia... a antiga e famosa cidade de Carcosa.

Sem sinais de vida humana a se ver ou ouvir; sem fumaça a subir, cães de guarda a ladrar, gado a mugir, crianças a brincar... nada além desse deprimente cemitério com seu ar de mistério e terror, graças à minha mente confusa. Não estaria eu delirando de novo, além da ajuda de meus cuidadores? Não seria tudo isso uma ilusão da minha loucura? Chamei em voz alta pelos nomes das minhas esposas e filhos, esticando minhas mãos em busca deles, ainda que andando entre as rochas partidas e a grama seca.

Um som atrás de mim me fez dar meia-volta. Um animal selvagem se aproximava, um lince. Um pensamento me veio: se eu caísse aqui no deserto — se a febre voltasse e eu caísse, essa besta avançaria na minha garganta. Saltei, gritando, na direção da fera, que passou tranquilamente por mim, a um palmo de distância, e desapareceu atrás de uma rocha.

Um momento depois, a cabeça de um homem pareceu brotar do chão ali perto. Ele subia a encosta mais afastada de uma pequena colina, cujo topo mal podia ser distinguido do resto da planície. Logo, todo ele surgiu, com as nuvens cinzas como cenário atrás de si.

Estava meio nu, meio coberto de peles. Seu cabelo era desgrenhado; sua barba, longa e irregular. Em uma mão, carregava arco e flecha; na outra, trazia uma tocha acesa com um longo rastro de fumaça preta. Ele andava devagar e com cuidado, como se temesse cair em uma cova aberta coberta pela grama. Essa estranha aparição me surpreendeu, mas não me assustou, de forma que, tomando rumo a lhe interceptar, ficamos quase cara a cara, e eu o cumprimentei com a familiar saudação: "Deus te guarde".

Ele não prestou atenção nem diminuiu o passo.

— Estranho gentil — continuei —, estou enfermo e perdido. Imploro que me indique o caminho até Carcosa.

O homem soltou uma bárbara cantilena em uma língua estranha, caminhando até se afastar.

Uma coruja chirriou no galho de uma árvore caída e foi respondida por outra à distância. Olhando para cima, vi, através de uma brecha repentina entre as nuvens, Aldebarã e Híades! Em todo lado, vestígios da noite surgiam — o lince, o homem com a tocha, a coruja. Ainda assim, eu via... via até as estrelas na ausência da escuridão. Mas, ao que parecia, não era visto nem ouvido. Sob que maldito feitiço eu estava?

Sentei-me nas raízes de uma grande árvore, seriamente me perguntando o que era o melhor a se fazer. Que eu estava louco, disso não restava dúvidas, ainda que reconhecesse um laivo de dúvida nessa convicção. Da febre, não restava vestígio. Eu tinha, além disso, um vigor e euforia até então desconhecidos para mim — uma sensação de exaltação física e mental. Meus sentidos estavam alertas; eu podia sentir o ar como uma substância pesada; eu podia ouvir o silêncio.

Uma grande raiz da árvore gigante em cujo tronco me apoiei quando me sentei circundava em seu abraço um pedaço de lápide, uma parte que protuberava em um recesso formado por outra raiz. A lápide, assim, estava parcialmente protegida do tempo, ainda que bastante decomposta. Suas bordas estavam gastas e arredondas; seus ângulos, corroídos; sua superfície, sulcada e reduzida. Partículas brilhantes de mica eram visíveis na terra ao redor — vestígios de sua decomposição. A lápide, aparentemente, marcava o túmulo de onde emergira a árvore eras atrás. As raízes, exigentes, assaltaram o túmulo e fizeram da lápide uma prisioneira.

Uma brisa repentina afastou algumas folhas secas e ramos da face superior da lápide; vi as letras de uma inscrição em baixo-relevo e me abaixei para lê-la. Deus do Céu! Meu nome completo! A data do meu nascimento! E a do meu falecimento!

Um facho de luz iluminou toda a lateral da árvore enquanto me levantava apressado e aterrorizado. O sol subia no leste cor-de-rosa. Fiquei entre a árvore e seu grande disco vermelho — nenhuma sombra a escurecer o tronco!

Um coral de lobos uivantes saudou a manhã. Eu os vi apoiados em suas ancas, sozinhos e em grupos, no topo de montes irregulares e túmulos que preenchia metade do horizonte a se estender pelo deserto. E então eu soube que essas eram as ruínas da antiga e famosa cidade de Carcosa.

Tais foram os fatos transmitidos ao médium Bayrolles pelo espírito Hoseib Alar Robardin.

HAITA, O PASTOR

AMBROSE BIERCE

Em seu coração, as ilusões da juventude de Haita não haviam sido suplantadas pelas ilusões da idade e da experiência. Seus pensamentos eram puros e suaves porque sua vida era simples e não tinha ambição alguma na alma. Levantava-se com o sol e saía para orar no altar para Hastur, o deus dos pastores, que ouvia e ficava feliz. Após o devoto ato de fé, Haita abria o portão do rebanho e, com a mente alegre, conduzia o rebanho, tomando sua refeição da manhã de coalhada e bolo de aveia enquanto andava, ocasionalmente parando para comer algumas amoras, frias do orvalho, ou beber das águas que desciam das colinas para se juntar à correnteza no meio do vale, rumando sem rumo ele não sabia pra onde.

Durante aquele longo dia de verão — enquanto suas ovelhas alimentavam-se da boa grama que os deuses fizeram brotar para elas, ou se deitavam com suas quatro patas dobradas sob as tetas para ruminar o alimento —, Haita deitava-se à sombra de uma árvore, ou então se sentava em uma pedra, tocando uma música tão doce em sua flauta de bambu que às vezes ele via, pelo canto dos olhos, relances de entidades silvestres menores inclinando-se pra fora do bosque para ouvi-lo; mas, se as olhasse diretamente, desapareciam. Por isso — por ele achar que poderia se tornar uma de suas ovelhas —, ele chegou à solene conclusão de que a felicidade pode chegar sem ser buscada, mas, se buscada, nunca seria vista; por obséquio a Hastur, que nunca se revelara, Haita apreciava ainda mais o interesse amigável de seus vizinhos, os tímidos imortais da floresta e das águas. Ao cair da noite, ele levava seu rebanho de volta para o cercado, verificava se o portão estava fechado e retornava à sua caverna para se refrescar e sonhar.

Assim, passou sua vida, um dia como o outro, menos quando as tempestades anunciavam a ira de um deus ofendido. Aí, Haita se encolhia em sua caverna, face escondida entre as mãos, rezando para que ele, sozinho, fosse punido por seus pecados, salvando o mundo da destruição. Às vezes, quando havia um temporal e as águas subiam e ele era forçado a tocar seu rebanho para as terras altas, ele intercedia pelas pessoas nas cidades que ele soubera existir na planície além das duas colinas azuis que formavam a passagem de seu vale.

— Quanta generosidade, ó Hastur — ele então clamava —, conceder-me montanhas tão próximas à minha morada e meu rebanho, para que eu e minhas ovelhas possamos escapar à ira das correntezas; mas tu deves garantir o mesmo ao resto do mundo ou não mais te adorarei.

E Hastur, sabendo que Haita era um jovem de palavra, poupou as cidades e voltou as águas para o oceano.

Não recordava ter vivido de outra forma. Ele certamente não concebia outro tipo de existência. O sagrado ermitão que habitava o topo do vale, a uma hora inteira de caminhada dali, de quem ouvira a história sobre as grandes cidades habitadas por pessoas (pobres coitadas!) que não tinham ovelhas, não lhe dera nenhum conhecimento sobre aquele tempo de outrora, quando, ele refletia, Haita devia ser pequeno e indefeso como um cordeiro.

Foi pensando em tais mistérios e maravilhas, e naquela horrível mudança para o silêncio e a decadência que Haita tinha certeza se abateria sobre ele algum dia, como ele vira chegar a muitos de seu rebanho — assim como a todas as coisas vivas, com exceção dos pássaros —, que ele teve consciência pela primeira vez do quão infeliz e perdido era seu quinhão de terra.

— É preciso que eu saiba de onde e como vim para cá — ele disse —; pois como alguém é capaz de cumprir com seus afazeres sem que possa determinar quais são eles e de que forma lhe foram confiados? E que satisfação eu terei sem saber quanto vão durar mais? Quem sabe eu mudarei antes de outro sol, e então o que será feito das ovelhas? Aliás, o que será feito de mim?

Ponderando sobre essas coisas, Haita tornou-se melancólico e rabugento. Não mais falava com alegria ao rebanho, tampouco corria com entusiasmo para o altar de Hastur. A cada brisa, ouvia sussurros de entidades malignas, cuja existência ele agora percebia. Cada nuvem era o presságio de um desastre e a escuridão era repleta de horrores. Ao tocar seus lábios, a flauta não emitia melodia, mas um lamento deprimente; os seres ribeirinhos e silvestres não mais se aglomeravam para ouvi-lo, mas fugiam do som, como ele notava pela agitação das folhas e flores curvadas. Haita relaxou sua vigilância e muitas de suas ovelhas se desviaram para as colinas, sendo perdidas. As que sobraram ficaram magras e doentes por falta de bom pasto, pois ele não procurava mais para elas, levando-as dia após dia para o mesmo lugar, por pura distração, enquanto se questionava a respeito da vida e da morte — pois imortalidade ele não conhecia.

Um dia, ainda entregue às mais pessimistas reflexões, ele levantou-se de súbito da pedra em que se sentara e, determinado, ergueu a mão e exclamou:

— Não mais vou suplicar pelo conhecimento que os deuses ocultam. Eles que cumpram com a sua parte e não me façam mal. Farei meu melhor e, se eu errar, que a culpa caia sobre eles!

Subitamente, conforme Haita falava, uma grande luz desceu sobre ele, obrigando-o a olhar para cima, pensando que o sol tivesse surgido em uma brecha entre as nuvens; mas não havia nuvens. Não mais que a um braço de distância, uma linda donzela estava de pé. Tão linda ela era que as flores a seus pés fechavam-se em suas pétalas por desespero e curvavam-se em sinal de submissão; tão doce o seu olhar que os beija-flores se apinhavam diante de seus olhos, tão sedentos que quase a bicavam, enquanto abelhas se amontoavam em seus lábios. E tal era seu brilho que as sombras de todos os objetos fugiam de seus pés, desviando-se conforme ela se movia.

Haita estava fascinado. Ajoelhou-se em adoração diante dela, que colocou a mão sobre sua cabeça.

— Venha — ela disse, em uma voz que continha a música das sinetas de todo seu rebanho —, venha, tu não deves me adorar, pois não sou uma deusa, mas, se tu fores sincero e obediente, ficarei contigo.

Haita tomou sua mão e, gaguejando sua alegria e gratidão, levantou-se e, de mãos dadas, eles sorriram para os olhos um do outro. Olhando-a com reverência e êxtase, disse:

— Rogo a ti, adorável dama, diga-me teu nome, de onde vens e por quê.

Em advertência, ela pôs um dedo em seus lábios e começou a se afastar. Sua beleza sofreu uma visível alteração que o fez tremer, sem que ele soubesse a razão, pois ela ainda era bela. Uma enorme sombra escureceu a paisagem, se espalhando com a velocidade de um abutre. Na escuridão, a figura da donzela tornou-se turva e indistinta, sua voz parecendo vir de longe enquanto dizia, em um tom de triste reprovação:

— Jovem arrogante e ingrato! Devo deixar-lhe assim tão cedo? Nada mais te satisfaz, só romper com o pacto eterno?

Incapaz de mostrar sua aflição, Haita caiu de joelhos e implorou que ela ficasse, buscou por ela nas trevas crescentes, correu em círculos, chamando-a em voz alta, mas tudo isso em vão. Ela não era mais visível, mas, do meio da escuridão, ele ouviu sua voz dizendo:

— Não, tu não me encontrarás me buscando. Cumpra teus deveres, pastor sem fé, ou nunca voltaremos a nos ver.

Com a noite avançada, os lobos uivavam nos vales e as ovelhas, em pânico, se aglomeravam aos pés de Haita. As exigências do momento fizeram com que esquecesse sua desilusão, levando suas ovelhas para o cercado e, dirigindo-se ao local de adoração, derramou seu coração em gratidão a Hastur, por permitir que ele salvasse seu rebanho. Voltou, então, para sua caverna e adormeceu.

Quando Haita despertou, o sol já estava alto e brilhava na caverna, iluminando-a em sua grande glória. E lá, ao lado dele, estava sentada a donzela. Ela lançou-lhe um sorriso que parecia fazer visível a música de sua flauta de bambu. Ele não se atreveu a falar, pois, incerto do que dizer, temia ofendê-la como antes.

— Porque não te desviaste de teu dever com o rebanho e não te esqueceste de agradecer a Hastur por afastar os lobos na noite, voltei a ti — ela explicou. — Tu me aceitas como companhia pela vida?

— Quem não iria te querer para sempre? — retrucou Haita. — Ah! Nunca mais me deixe até que... até que eu mude e me torne mudo e imóvel. — Ele não tinha uma palavra para a morte. — Desejava que tu fosses do meu próprio sexo, para que pudéssemos lutar e apostar corridas, sem nunca nos cansarmos de estarmos juntos.

A essas palavras, a donzela se levantou e saiu da caverna, e Haita, ao se levantar de seu leito de ramos perfumados para alcançá-la e detê-la, viu, para sua surpresa, que a chuva caía e que a correnteza no meio do vale subira o leito do rio. As ovelhas baliam de medo, pois as águas invadiram seu cercado. E havia perigo para as cidades desconhecidas na distante planície.

Foram dias até que Haita voltasse a ver a donzela. Um dia, ele estava voltando do topo da colina, para onde levara leite de cabra, bolo de aveia e amoras para o santo eremita, que estava velho e fraco demais para arrumar comida para si mesmo.

— Pobre velho! — ele disse, em voz alta, a caminho de casa. — Voltarei amanhã e o carregarei nas costas até minha caverna, onde poderei cuidar dele. Sem dúvida, foi para isto que Hastur me criou por todos estes anos, me dando saúde e força.

Conforme falava, a donzela, vestida com uma roupa brilhante, encontrou-o na estrada, trazendo um sorriso que lhe tirou o fôlego.

— Voltei mais uma vez — ela disse —, para viver contigo se me quiseres, pois ninguém mais há de querer. Talvez tenhas adquirido saber e agora possas me aceitar como sou, sem se importar em conhecer.

Haita se atirou a seus pés.

— Belo ser — ele gritou. — Se me dignares a aceitação de toda a devoção do meu coração e alma, após a servidão a Hastur, serei teu para todo o sempre. Mas, ai de mim, tu és caprichosa e rebelde. Após o sol de amanhã, posso perdê-la de novo. Prometa, eu te suplico, que, se em minha ignorância eu te ofender, me perdoará e ainda ficarás comigo.

Mal ele terminou de falar, um bando de ursos surgiu das colinas, correndo na direção dele com bocas rubras e olhos em chamas. A dama, mais uma vez, desaparecera, e ele deu meia-volta, pondo-se a correr por sua vida. Haita não parou até que estivesse na cabana do eremita, de onde ele tinha partido. Rapidamente fechando a porta diante dos ursos, ele caiu no chão e chorou.

— Meu filho, não é do seu feitio chorar por causa de ursos — disse o eremita, de seu colchão de palha, feito por Haita naquela mesma manhã. — Diga-me, que pesar caiu sobre ti? Que a idade possa ajudar suas dores da juventude com os bálsamos da sabedoria.

Haita lhe contou tudo: como três vezes ele tinha encontrado a donzela radiante e três vezes ela o abandonara. Relatou minuciosamente tudo que havia se passado entre eles, sem omitir palavra do que fora dito.

Quando terminou, o santo eremita ficou em silêncio por um momento e então disse:

— Meu filho, ouvi com atenção à tua história e reconheço a donzela. Eu mesmo a vi, assim como muitos. Saiba, então, que seu nome, embora ela não tenha permitido que tu perguntasses, é Felicidade. Tu lhe disseste a verdade, que ela é caprichosa, que ela impõe condições que homem algum pode atender e que contrariá-la é ser punido com o abandono. Ela vem somente quando não é procurada, e não tolera ser questionada. Uma manifestação de curiosidade, um sinal de dúvida, uma expressão de apreensão e ela se vai! Por quanto tempo esteve com ela antes que partisse?

— Só por um instante — respondeu Haita, corando com vergonha da confissão. — Toda vez a afastei em um momento.

— Jovem azarado — disse o sagrado ermitão — se não fossem suas indiscrições a poderia ter tido por dois.

O REI DE AMARELO

ROBERT W. CHAMBERS

Cinzentas, quebram as ondas na costa,
Os sóis gêmeos, o lago devora,
Aumentando as sombras
  Em Carcosa

Estranha é a noite em que estrelas negras brotam,
E estranhas luas cortam os céus
E mais estranha ainda é a
  Perdida Carcosa

Canções que as Híades cantarão,
Onde tremem os trapos do Rei,
Devem morrer inauditas na
  Sombria Carcosa

Canção de minh'alma, sou voz morta;
Como tu, não cantada, não vertida lágrima
Que secará e morrerá na
  Perdida Carcosa

"A Canção de Cassilda" em O Rei de Amarelo, *ato 1, cena 2*

O REPARADOR DE REPUTAÇÕES

ROBERT W. CHAMBERS

I

"Ne raillons pas les fous; leur folie dure plus longtemps que la nôtre... Voila toute la différence.[8]*"*

8 "Não zombe dos tolos, sua loucura dura mais do que a nossa... Essa é a diferença."

Perto do fim do ano de 1920[9], o governo dos Estados Unidos tinha praticamente completado o programa adotado nos últimos meses do governo do presidente Winthrop. O país estava em aparente tranquilidade. Todos sabiam como os problemas tributários e trabalhistas tinham sido resolvidos. A guerra com a Alemanha, incidente que resultara na tomada das Ilhas Samoa por aquele país, não tinha deixado cicatrizes visíveis na república, a invasão temporária de Norfolk pelo exército inimigo tinha sido esquecida na alegria provocada por repetidas vitórias navais e no subsequente drama das tropas do general Von Gartenlaube no estado de Nova Jersey. Os investimentos em Cuba e no Havaí tinham se pago e o território de Samoa valia seu custo em abastecimento de carvão. O país se convertera em um magnífico estado de defesa. Toda cidade costeira havia sido guarnecida com fortificações em terra; o exército, sob o olhar protetor do general Staff, organizado de acordo com o sistema prussiano, aumentara em trezentos mil homens, com uma reserva de um milhão; e seis esquadras magníficas de cruzadores e encouraçados patrulhavam os seis postos dos mares navegáveis, deixando uma reserva de vapores para controlar as águas rasas. Os cavalheiros do Oeste tiveram, enfim, de aceitar que uma faculdade para o treinamento de diplomatas era tão necessária quanto as faculdades de direito para a prática advocatícia; consequentemente, não éramos mais representados no estrangeiro por patriotas incompetentes.

A nação prosperava. Chicago, por um momento paralisada após um segundo grande incêndio, renasceu de sua tragédia, branca e imperial, ainda mais bonita que a cidade de brinquedo construída em 1893. Em todo canto, boa arquitetura substituía a ruim e, até em Nova York, um desejo ardente de decência solapava grande parte dos horrores existentes. Ruas foram alargadas, pavimentadas e iluminadas; árvores foram plantadas; praças criadas; elevados demolidos e estradas subterrâneas construídas para substituí-los. Os novos prédios do governo e quartéis eram belas peças arquitetônicas e o longo sistema de diques rochosos que cercavam a ilha foram convertidos em parques que se provaram uma dádiva para a população. Subsídios para o teatro e ópera estatais se mostraram recompensadores. A

9 Vale notar que os contos de *O Rei de Amarelo* foram originalmente publicados em 1895, de forma que, se o presente conto se passa em 1920, é bem possível dizer que nos encontramos diante de uma história de ficção científica, principalmente por conta de certas mudanças sociais, como se verá mais adiante.

Academia Nacional de Design dos Estados Unidos era muito próxima das instituições europeias do mesmo tipo. Ninguém invejava o secretário de Belas-Artes, tampouco a pasta ou seu gabinete. A Secretária Florestal e da Preservação da Caça passava por uma boa fase, graças ao novo sistema da Polícia Montada Nacional. Lucramos bastante com os últimos tratados com a França e Inglaterra; a expulsão de judeus nascidos no exterior foi uma medida de autopreservação; o estabelecimento do estado independente para os pretos de Suanee; o controle de imigração; e a gradual centralização do poder executivo — tudo isso contribuiu para a calma e prosperidade nacionais. Quando o governo resolveu o problema dos índios e os esquadrões de cavalaria indígena em trajes tradicionais foram substituídas, graças a um ex-secretário da guerra, por organizações deploráveis anexadas à retaguarda de regimentos esqueléticos, a nação deu um longo suspiro de alívio. Quando, depois do grande Congresso Religioso, a intolerância e o fanatismo foram arrastados até suas covas, e a bondade e a caridade aproximaram seitas em conflito, muitos pensaram que uma nova era tinha chegado, ao menos no Novo Mundo — que, afinal, era um mundo por si só.

Mas a autopreservação é a primeira lei, e os Estados Unidos assistiam com impotente tristeza a Alemanha, Itália, Espanha e Bélgica contorcerem-se em meio à anarquia, enquanto a Rússia, assistindo do Cáucaso, enredava-as e controlava uma a uma.

Em Nova York, o verão de 1899 foi marcado pelo desmantelamento das ferrovias suspensas. O verão de 1900 viverá nas memórias de todo novaiorquino por tempos; a estátua de Dodge fora retirada naquele ano. No inverno seguinte começaram as agitações pela abolição das leis que proibiam o suicídio, que finalmente deram frutos no mês de abril de 1920, quando a primeira Câmara Pública Letal foi inaugurada na Washington Square.

Naquele dia, eu tinha andado desde a casa do dr. Archer, na Madison Avenue, onde estive por pura formalidade. Desde que caíra do meu cavalo, quatro anos antes, sofria, às vezes, de dores na nuca e no pescoço, mas agora já havia meses que as dores não apareciam e o médico me despachara naquele dia, dizendo que não havia mais o que se curar em mim. Nem valia pagar a consulta para ouvir isso; eu sabia. Mas não me incomodei de pagá-lo. O que me incomodava era o erro que ele cometera a princípio. Quando me levantaram do solo onde jazia inconsciente e alguém piedosamente meteu uma bala na cabeça do meu cavalo, fui levado até o dr. Archer, e ele, declarando que meu cérebro fora afetado, me colocou em seu manicômio particular, onde fui obrigado a suportar um tratamento para insanidade. Por fim, ele decidiu que eu estava bem, e eu, sabendo que minha mente sempre estivera em tão boa condição quanto a dele, se não melhor, "paguei por minha estadia", como ele, brincalhão, chamava, e saí dali. Eu disse a ele, sorrindo, que ainda ficaríamos quites por aquele seu erro, e ele gargalhou ruidosamente, me pedindo que o telefonasse de vez em quando. E fiz isso, esperando pela chance de nos acertarmos, mas ele nunca me deu a oportunidade, então eu disse que esperaria.

Cair do meu cavalo, felizmente, não deixou consequências negativas; ao contrário, mudou-me o caráter para melhor. De um jovem preguiçoso e mimado, tornei-me ativo, vigoroso, prudente e, acima de tudo, mas acima de tudo mesmo, ambicioso. Só havia uma coisa que me incomodava — eu ria da minha própria inquietação e, ainda assim, ela me incomodava.

Em minha convalescência, comprei e li pela primeira vez *O Rei de Amarelo*. Lembro que, após terminar a leitura do primeiro ato, me ocorreu que era melhor parar. Levantei-me e arremessei o livro na lareira; ele, no entanto, atingiu a grade de proteção e caiu aberto, iluminado pelo fogo. Se não tivesse tido um vislumbre das primeiras palavras do segundo ato, eu nunca o teria o terminado, mas, quando me aproximei para pegá-lo, meus olhos ficaram encantados pela página de abertura e, com um grito de horror, ou talvez tenha sido alegria, tão pungente que o senti em cada nervo, afastei o objeto das brasas e rastejei tremendo para minha cama, onde o li e reli, chorando, rindo e tremendo com um horror que volta e meia ainda me assalta. Isto é o que me incomoda, pois não posso me esquecer de Carcosa, onde estrelas negras adornam os céus e as sombras dos pensamentos dos homens se alongam pela tarde quando os sóis gêmeos descem sobre o lago de Hali e minha mente carregará eternamente a lembrança da Máscara Pálida. Rezo a Deus que amaldiçoe o escritor, assim como este amaldiçoou o mundo com esta bela e estupenda criação, terrível em sua simplicidade, irresistível em sua veracidade, um mundo que agora treme diante do Rei de Amarelo. Quando o governo francês confiscou as cópias traduzidas que tinham acabado de chegar a

Paris, Londres, é claro, ficou ansiosa para lê-lo. É bem sabido como o livro se espalha como uma doença infecciosa, de cidade para cidade, continente para continente, proibido aqui, apreendido ali, denunciado por jornais e religiosos, censurado até pelo mais letrado dos anarquistas. Nenhum princípio definido foi violado naquelas páginas malditas, nenhuma doutrina promulgada ou convicção ultrajada. Não se podia condená-lo por nenhum padrão conhecido, mas, ainda que fosse reconhecido que se alcançara uma nota suprema da arte em *O Rei de Amarelo*, todo sentiam que a natureza humana não podia suportar a tensão nem prosperar em meio a palavras onde a essência do mais puro veneno se espreitava. A mera banalidade e inocência do primeiro ato só abriam caminho para a explosão que viria a seguir, com efeitos ainda mais terríveis.

Era, eu me lembro, o dia 13 de abril de 1920 quando a primeira Câmara Pública Letal fora instalada na zona sul da Washington Square, entre a Wooster Street e o sul da Fifth Avenue. O quarteirão, antes formado por um monte de prédios velhos e caindo aos pedaços, usados como cafés e restaurantes por estrangeiros, fora adquirido pelo governo no inverno de 1898. Os cafés e restaurantes franceses e italianos foram demolidos; todo o quarteirão fora fechado com uma grade de ferro dourado, sendo convertido em um agradável jardim com gramados, flores e chafarizes. No centro do jardim ficava um pequeno prédio branco, de arquitetura clássica e séria, cercado por arbustos floridos. Seis colunas iônicas sustentavam o teto e a única porta era de bronze. Um magnífico grupo de estátuas de mármore das Moiras ficava diante da entrada, obra de um jovem escultor americano, Boris Yvain, que morrera em Paris com apenas vinte e três anos.

Corriam as cerimônias de inauguração quando cruzei University Place e entrei na praça. Esgueirei-me pela multidão silenciosa de espectadores, mas fui parado na Fourth Street por um cordão da polícia. Um regimento de lanceiros dos Estados Unidos cercava em perímetro a Câmara Letal. Em uma tribuna elevada de frente para o Washington Park, estava o governador de Nova York, e atrás dele se reuniam o prefeito de Nova York e do Brooklyn; o inspetor-geral da Polícia; o comandante das tropas estaduais; o coronel Livingston, assessor militar do presidente dos Estados Unidos; o general Blount, comandante de Governor's Island; o general de divisão Hamilton, em comando da guarnição de Nova York e do Brooklyn; o almirante Buffby, da frota de North River; o ministro da Saúde, Lanceford; a equipe do National Free Hospital; os senadores Wyse e Franklin, de Nova York; e o comissário de obras públicas. A tribuna estava cercada por um esquadrão de hussardos da Guarda Nacional.

O governador estava terminando sua réplica ao curto discurso do ministro da Saúde. Ouvi-o dizer:

— As leis que proibiam o suicídio, punindo qualquer tentativa de autodestruição, foram revogadas. O Governo reconhece que o homem tem o direito de dar fim a uma existência que porventura tenha se mostrado intolerável para ele, seja pelo sofrimento físico ou o desespero mental. Acreditamos que a comunidade será beneficiada com a remoção de tais pessoas de seu meio. O número de suicídios não aumentou nos Estados Unidos desde a aprovação desta lei. Agora que o governo determinou a instalação de uma Câmara Letal em cada cidade e vilarejo do país, resta ver se esta classe de criaturas humanas, de cujas desanimadas fileiras diariamente caem vítimas da autodestruição, aceitarão ou não o alívio que oferecemos. — Ele fez uma pausa e se virou para a alva Câmara Letal. O silêncio na rua era absoluto. — Lá, uma morte indolor aguarda aquele que não consegue mais suportar a tristeza desta vida. Se a morte é bem-vinda, deixemos que ele a busque lá. — Então, se virando para o assessor militar do presidente, disse: — Declaro aberta a Câmara Letal. — E mais uma vez encarando a vasta multidão, ele disse claramente em voz alta: — Cidadãos de Nova York e dos Estados Unidos da América, pelo poder em mim investido, o Governo declara aberta a Câmara Letal.

O silêncio solene foi rompido por um cortante grito de comando. O esquadrão de hussardos enfileiraram-se atrás da carruagem do governador, e os lanceiros posicionaram-se ao longo da Fifth Avenue, esperando o comandante da guarnição, com a polícia montada os seguindo. Deixei a multidão a observar pasmada a Câmara Mortífera de mármore branco e, após atravessar a parte sul da Fifth Avenue, caminhei ao longo do lado oeste desta via pública até a Bleecker Street. Então virei à direita e parei diante de uma espelunca com a placa:

HAWBERK, ARMEIRO

Olhei pelo vão da porta e vi Hawberk em seu pequeno armazém no fim do corredor. Erguendo os olhos e dando comigo, chamou em sua voz profunda e amigável: "Entre, sr. Castaigne!" Constance, sua filha, levantou-se para me receber quando atravessei a soleira, mas, ao me estender sua bela mão, percebi um rubor desapontado em suas bochechas e soube que era outro o Castaigne que ela aguardava, meu primo Louis. Sorri com sua confusão e a elogiei pelo brasão que ela bordava a partir de um prato colorido. O velho Hawberk estava sentado rebitando as grevas gastas de uma velha armadura, e o ting! ting! ting! de seu pequeno martelo ressoava agradavelmente pela singular oficina. Em seguida, largou do martelo e mexeu por um momento com uma chave inglesa. O choque suave da cota de malha me atravessou em um arrepio de prazer. Eu adorava escutar a canção do metal batendo contra o metal, o choque melodioso do martelo sobre os protetores de coxas e o tilintar das cotas de malha. Esta era a única razão para que eu visitasse Hawberk. Nunca me interessei por sua pessoa, tampouco por Constance, com exceção do fato dela estar apaixonada por Louis. Isso tomava minha atenção e, algumas vezes, até me mantinha acordado de noite. Mas eu sabia em meu coração que tudo ficaria bem e que deveria armar para o futuro deles, assim como esperava armar para meu gentil médico, John Archer. De toda forma, nunca me daria ao trabalho de visitá-los naquela hora, não fosse, como disse, meu enorme fascínio pelo tinido musical do martelo. Eu ficava sentado por horas, ouvindo e ouvindo, e quando um raio de sol perdido acertava o metal incrustado, a sensação era tão intensa que eu quase não suportava. Meus olhos ficavam fixos, dilatados com uma satisfação que levava meus nervos a quase se romperem, até que algum movimento do armeiro cobria o raio solar, e então, ainda secretamente excitado, voltava a me recostar, ouvindo o som do pano de polir, swish! swish!, esfregando ferrugem dos rebites.

Constance trabalhava com o bordado nos joelhos, parando de quando em vez para examinar mais de perto o prato colorido do Museu Metropolitano.

— Para quem é? — perguntei.

Hawberk explicou que, além dos tesouros que eram as armaduras do Museu Metropolitano, para o qual fora indicado armeiro, ele também fora incumbido de cuidar das coleções de diversos ricos entusiastas. Aquela era a greva faltante de um famoso traje que um de seus clientes rastreara até uma pequena loja em Quai d'Orsay, em Paris. O próprio Hawberk negociara e adquirira a greva, de forma que agora o traje estava completo. Descansando o martelo, leu-me a história do traje, que fora traçada desde 1450, de dono para dono, até ser adquirido por Thomas Stainbridge. Quando sua soberba coleção fora vendida, o tal cliente de Hawberk comprou o traje e, desde então, a busca pela greva perdida foi empreendida até, quase por acidente, ser encontrada em Paris.

— Você seguiu procurando com persistência mesmo sem ter certeza de que a greva ainda existia? — perguntei.

— É claro — ele respondeu, tranquilo.

Então, pela primeira vez, tive interesse genuíno por Hawberk.

— Devia ser importante para o senhor — arrisquei.

— Não — ele respondeu, rindo. — Meu prazer encontrando-a foi minha recompensa.

— Não tem ambição de enriquecer? — perguntei, sorrindo.

— Minha única ambição é a de ser o melhor armeiro do mundo — ele respondeu, sério.

Constance me perguntou se fui conferir as cerimônias na Câmara Letal. Ela havia visto a cavalaria passando pela Broadway aquela manhã e gostaria de ter visto a inauguração, mas seu pai queria o brasão pronto e ela ficou a seu pedido.

— O senhor viu seu primo lá, sr. Castaigne? — ela perguntou, com um pequeno tremor em suas pestanas macias.

— Não — respondi casualmente. — O regimento de Louis está em manobra no condado de Westchester. — Levantei-me, pegando meu chapéu e bengala.

— O senhor vai no andar de cima para ver o lunático de novo? — riu o velho Hawberk. Se ele soubesse como detesto a palavra "lunático", nunca a usaria na minha presença. Ela desperta em mim certos sentimentos que prefiro não explicar.

De qualquer forma, lhe respondi baixinho:

— Acho que vou passar por lá e ter com o sr. Wilde por um momento.

— Pobre sujeito — disse Constance, balançando a cabeça. — Deve ser duro viver sozinho ano após ano, pobre, aleijado e quase demente. É muita bondade da sua parte, sr. Castaigne, visitá-lo com a frequência que o faz.

— Eu o acho perverso — observou Hawberk, voltando a martelar. Escutei o retinir dourado nas placas das grevas. Quando ele acabou, respondi:

— Não, ele não é perverso, tampouco é demente. Sua mente é uma câmara de maravilhas, de onde consegue extrair tesouros que você ou eu daríamos anos de nossas vidas para adquirir.

Hawberk riu.

Continuei, um pouco impaciente:

— Ele conhece a história como ninguém. Nada, nem mesmo o trivial, escapa à sua pesquisa, e sua memória é tão absoluta, tão precisa nos detalhes, que se soubessem em Nova York que tal homem existe, as pessoas não poderiam homenageá-lo o suficiente.

— Um disparate — murmurou Hawberk, buscando por um rebite perdido no chão.

— É um disparate... — perguntei, por pouco contendo o que sentia. — É um disparate quando ele diz que a proteção para as coxas e os coxotes da armadura esmaltada vulgarmente conhecida a "Brasonada do Príncipe" podem ser encontradas em meio a objetos cênicos enferrujados, fogões quebrados, sucata e refugo em um sótão da Pell Street?

O martelo de Hawberk caiu no chão, mas ele o pegou e perguntou, com grande dose de calma, como eu sabia que os protetores de coxas e coxotes da "Brasonada do Príncipe" estavam desaparecidas.

— Eu não sabia até o sr. Wilde as mencionar outro dia. Ele disse que estão no sótão da Pell Street, nº 998.

— Um disparate — exclamou Rawberk, apesar de eu notar sua mão tremer sob o avental de couro.

— E isto é um disparate também? — perguntei, gentil. — É um disparate quando o sr. Wilde insiste em se referir ao senhor como marquês de Avonshire e à srta. Constance...

Não terminei minha sentença pois Constance ficara de pé com terror escrito em cada traço seu. Hawberk olhou para mim e, com vagar, alisou seu avental de couro.

— Isso é impossível — observou. — O sr. Wilde pode saber sobre muitas coisas...

— Sobre armaduras, por exemplo, e a "Brasonada do Príncipe" — intervi, sorrindo.

— Sim — ele continuou, devagar —, sobre armaduras também, talvez, mas ele está errado a respeito do marquês de Avonshire que, como sabe, matou o caluniador de sua esposa anos atrás e foi para a Austrália, onde logo se juntou a ela na morte.

— O sr. Wilde está errado — murmurou Constance. Seus lábios estavam pálidos, mas sua voz era doce e calma.

— Devemos concordar, se lhes agrada assim, que, neste caso em particular, o sr. Wilde está errado — eu disse.

II

Subi os três lances da escada decadente, por onde já passara tanto antes, e bati na pequena porta no final do corredor. O sr. Wilde abriu a porta e eu entrei.

Depois dele passar duas trancas e arrastar uma pesada arca contra a porta, veio e sentou-se diante de mim, perscrutando minha face com seus olhinhos claros. Meia dúzia de novos arranhões cobriam seu nariz e bochechas, e os fios de prata que sustentavam suas orelhas artificiais tinham sido deslocados. Pensei que nunca o tinha visto tão horrendamente fascinante. Ele não tinha orelhas. As artificiais, que agora pendiam fora de ângulo com o arame, eram sua única fraqueza. Eram feitas de cera e pintadas com um rosa claro, enquanto o resto de seu rosto era amarelo. Ele poderia ter se dado ao luxo de alguns dedos artificiais em sua mão esquerda, que não tinha nenhum, mas parecia que isso não o incomodava em nada, e o sr. Wilde estava satisfeito com as orelhas de cera. Era muito pequeno, pouco maior que uma criança de dez anos, mas seus braços magnificamente desenvolvidos, e tinha as coxas grossas como a de qualquer atleta. Mesmo assim, a coisa mais marcante sobre o sr. Wilde era que um homem com sua inteligência maravilhosa e conhecimento tivesse uma cabeça como aquela. Era chata e pontuda, como a de muitos infelizes que as pessoas aprisionam em sanatórios para os de cabeça fraca. Muitos o tomavam por insano, mas eu o achava tão são quanto eu.

Não nego que fosse excêntrico; certamente era excêntrica a mania que tinha de provocar aquela gata sua até que voasse em sua cara como um demônio. Nunca pude entender por que ele mantinha a criatura, tampouco o prazer que ele encontrava em se trancar no quarto com tal fera intratável e cruel. Lembro-me de uma vez em que, levantando os olhos de um manuscrito que estava estudando à luz de algumas velas de sebo, vi o sr. Wilde de cócoras, imóvel em sua cadeira alta, os olhos brilhando de excitação, enquanto a gata, que se levantara de seu lugar diante da lareira, vinha rastejando pelo chão até ele. Antes que eu pudesse me mover, ela colou a barriga ao chão, agachou, tremeu e saltou em sua cara. Uivando e espumando, eles rolaram pelo chão, arranhando-se até que a gata deu um berro, fugindo para debaixo do armário, e o sr. Wilde deitou-se com a barriga para cima, os membros contraindo e tremendo como as pernas de uma aranha moribunda. Ele era excêntrico.

O sr. Wilde subiu em sua cadeira alta e, após estudar meu rosto, pegou um livro cheio de orelhas e o abriu.

— Henry B. Matthews — leu —, guarda-livros na Wyshot Wyshot e Cia, negociantes de ornamentos clericais. Chamou-me em três de abril. Reputação prejudicada no hipódromo. Conhecido como um caloteiro. Reputação a ser reparada até primeiro de agosto. Adiantamento de cinco dólares. — Ele virou a página e passou os nós sem dedos pelas colunas estreitamente anotadas. — P. Greene Dusenberry, ministro do evangelho, Fairbeach, Nova Jersey. Reputação prejudicada no Bowery. A ser reparada tão breve quanto possível. Adiantamento de cem dólares. — Ele tossiu e acrescentou: — Procurou-me em seis de abril.

— Então não está precisando de dinheiro, sr. Wilde? — perguntei.

— Ouça. — Ele tossiu mais uma vez. — Sra. C. Hamilton Chester, do Chester Park, Nova York. Chamou-me em sete de abril. Reputação prejudicada em Dieppe, na França. A ser reparada até primeiro de outubro, com adiantamento de quinhentos dólares. Observação: C. Hamilton Chester, capitão do *U.S.S. Avalanche*, tem ordens para retornar dos mares do sul em primeiro de outubro.

— Bem — eu disse —, a profissão de reparador de reputações é lucrativa.

Seus olhos claros buscaram os meus.

— Só queria demonstrar que eu estava correto. O senhor disse que era impossível ter sucesso como reparador de reputações; que, mesmo que me saísse bem em certos casos, me custaria mais do que ganharia com isso. Hoje tenho quinhentos homens a meu serviço, que são mal pagos, mas que realizam o trabalho com um tal entusiasmo que só pode nascer do medo. Esses homens penetram em cada nuance e classe da sociedade; alguns são até mesmo pilares dos mais exclusivos templos sociais; outros são o orgulho e sustentáculo do mundo financeiro; e há outros ainda, que tem influência indiscutível entre os "chiques e talentosos". Eu os escolho a meu bel-prazer entre os que respondem a meus anúncios. É muito fácil: são todos uns covardes. Poderia triplicar o número em vinte dias se quisesse. Então, veja bem, aqueles que controlam a reputação de seus concidadãos, eu os tenho em minha folha de pagamento.

— Eles podem se voltar contra o senhor — sugeri.

Ele esfregou o dedão em suas orelhas cortadas e ajustou as substitutas de cera.

— Acho que não — murmurou, pensativo. — Raramente tenho de usar o chicote e, quando o faço, é só uma vez. Além do mais, lhes apetece o ordenado.

— Como o senhor usa o chicote? — questionei.

Por um momento, foi doloroso encará-lo. Seus olhos encolheram em um par de centelhas verdes.

— Convido-os a entrar e ter uma conversinha comigo — disse, com voz suave. Uma batida na porta o interrompeu e sua face retomou uma expressão amigável. — Quem é? — ele perguntou.

— Sr. Steylette. — Foi a resposta.

— Venha amanhã — respondeu o sr. Wilde.

— Impossível — começou o outro, mas foi silenciado por uma espécie de latido do sr. Wilde.

— Amanhã — ele repetiu.

Escutamos alguém se afastar da porta e tomar o corredor próximo à escada.

— Quem era? — perguntei.

— Arnold Steylette, dono e editor-chefe do maior jornal diário de Nova York. — Tamborilando sobre o livro com sua mão sem dedos, acrescentou: — Eu pago muito mal, mas ele acha que é um bom acordo.

— Arnold Steylette! — repeti, impressionado.

— Sim — disse o sr. Wilde, com uma tossezinha de satisfação.

A gata, que havia entrado na sala enquanto ele falava, hesitou, olhou para ele e rosnou. Ele desceu da cadeira e se abaixou no chão, pegando a criatura em seus braços e lhe fazendo carinho. A gata cessou com o rosnado e começou com um ronronar baixo que parecia aumentar conforme ele a afagava.

— Onde estão as anotações? — perguntei. Ele apontou para a mesa e, pela centésima vez, apanhei o feixe de folhas manuscritas intitulado:

A DINASTIA IMPERIAL DA AMÉRICA

Uma por uma, estudei as folhas gastas, gastas apenas por meu próprio manuseio e, embora as soubesse de cor, do começo, "Quando de Carcosa, das Híades, Hastur e Aldebarã", até "Castaigne, Louis de Calvados, nascido em 19 de dezembro de 1877", as li com arrebatada avidez e atenção, pausando para repetir certas partes em voz alta e demorando-me em especial no trecho "Hildred de Calvados, filho único de Hildred Castaigne e Edythe Landes Castaigne, primeiro na sucessão" etc e etc.

Quando terminei, o sr. Wilde assentiu com a cabeça e tossiu.

— Falando na sua ambição legítima — ele disse —, como vão Constance e Louis?

— Ela o ama — respondi simplesmente.

A gata em seus joelhos virou-se de repente e atacou seus olhos, então ele a largou e subiu na cadeira diante de mim.

— E o dr. Archer! Apesar desse ser um problema com o qual o senhor pode lidar quando quiser — ele acrescentou.

— Sim — respondi —, o dr. Archer pode esperar, mas é hora de eu ver meu primo Louis.

— É hora — ele repetiu. Então, pegou outro livro da mesa e correu suas páginas rapidamente. — Estamos agora em contato com dez mil homens — murmurou. — Podemos contar com cem mil homens nas primeiras vinte e quatro horas e, em quarenta e oito horas, o estado se erguerá em massa. O país seguirá o estado e a parte que não seguir, falo da Califórnia e do noroeste, ficaria melhor se nunca tivesse sido habitada. Não enviarei a eles o Sinal Amarelo.

O sangue me subiu à cabeça, mas apenas respondi:

— A nova administração cuidará da limpeza.

— A ambição de César e Napoleão empalidece diante desta que não pode descansar até que tenha tomado a mente dos homens e controlado até os pensamentos ainda por nascer — disse-me o sr. Wilde.

— Fala do Rei de Amarelo — gemi, com um tremor.

— Ele é um rei a quem imperadores já serviram.

— Fico satisfeito de servi-lo — respondi.

O sr. Wilde sentou-se coçando as orelhas com a mão aleijada.

— Talvez Constance não o ame — ele sugeriu.

Comecei a responder, mas rebentou de repente um barulho de música militar vindo da rua de baixo que sobrepôs minha voz. O vigésimo Regimento dos Dragões, que antes ficava no quartel da Mount St. Vincent, voltava das manobras no condado de Westchester para seu novo quartel na Washington Square. Era o regimento do meu primo; um belo grupo de sujeitos em suas jaquetas azul-claras apertadas, vistosos penachos nas gáleas e calças de montaria brancas com faixas amarelas duplas, nas quais suas pernas pareciam se moldar. Quase todo esquadrão era armado com lanças, de cujas pontas de metal tremulavam galhardetes em amarelo e branco. A banda passou tocando a marcha regimental, então veio o coronel, acompanhado de seu estado-maior, os cavalos aglomerados em tropel, batendo cabeças em uníssono e as flâmulas estremecendo de suas lanças. Os soldados, que montavam com belas selas inglesas, pareciam marrons como frutas silvestres ao voltar da incruenta campanha entre as fazendas de Westchester, e a música de seus sabres contra os estribos e o tilintar das carabinas e esporas eram encantadores para mim.

Vi Louis cavalgando com seu esquadrão. Ele era um dos oficiais mais belos que já tinha visto. O sr. Wilde, que subira em uma cadeira para chegar à janela, vira-o também, mas nada dissera. Louis se virou e olhou diretamente para a loja de Hawberk enquanto passava, e eu pude ver o rubor em sua face morena. Constance devia estar na janela. Quando os últimos soldados passaram e os últimos galhardetes sumiram pela Fifth Avenue, o sr. Wilde desceu da cadeira e arrastou sua arca da porta.

— Sim — ele disse —, é hora de ir ver seu primo Louis.

Ele destrancou a porta e eu peguei meu chapéu e bengala, passando para o corredor. As escadas estavam escuras. Tateando, pisei em algo macio, que rosnou e salivou; então mirei um golpe assassino na gata, mas minha bengala se arrebentou em farpas contra a balaustrada enquanto a besta corria de volta para o quarto do sr. Wilde.

Passando de volta pela porta de Hawberk, o vi ainda trabalhando na armadura, mas não parei. Ao sair na Bleecker Street, segui até a Wooster, contornando o terreno da Câmara Letal e, atravessando o Washington Park, fui direto até minhas acomodações no Benedick. Cá, almocei confortavelmente, li o *Herald* e o *Meteor* e, por fim, fui até o cofre de aço em meu quarto e ajustei a combinação de tempo. Os três minutos e quarenta e cinco segundos necessários para esperar que a tranca cronometrada se abra são, para mim, momentos de outro. Do instante em que ajusto a combinação até o momento em que seguro as maçanetas e puxo a sólida porta de aço, eu vivo em um êxtase de expectativa. Esses instantes devem ser como o tempo passa no paraíso. Sei o que vou encontrar no final desse limite de tempo. Sei o que o grande cofre guarda em segurança para mim, só para mim, e o requintado prazer da espera mal é alcançado quando o cofre se abre e eu pego, de seu suporte de veludo, um diadema do ouro mais puro, brilhando com diamantes. Faço isso todos os dias e, ainda assim, o prazer de esperar e, finalmente, tocar outra vez no diadema, parece apenas crescer conforme o dia passa. É um diadema feito para um Rei entre reis, um Imperador entre imperadores. O Rei de Amarelo pode desprezá-lo, mas isto será usado por seu servo fiel.

Eu o mantive em meus braços até que o alarme do cofre tocasse violentamente, e então, com delicadeza e orgulho, o pus de volta e fechei as portas de aço. Caminhei devagar até meu estúdio, que dá de frente para a Washington Square, e me apoiei no parapeito da janela, por onde o sol da manhã se derramava e uma brisa agradável agitava os ramos dos olmos e bordos no parque, agora coberto com brotos e folhagem macia. Uma revoada de pombos circundava a torre da Memorial Church; às vezes, pousando no telhado roxo, às vezes fazendo acrobacias na direção da fonte de lótus diante do arco de mármore. Os jardineiros estavam ocupados com os canteiros de flores ao redor da fonte e a terra recentemente revirada emanava um aroma doce e picante. Um cortador de grama, puxado por um cavalo gordo e branco, tilintava pela relva verde e carroças de água vertiam jatos sobre as pistas de asfalto. As crianças brincavam sob o sol da primavera ao redor da estátua de Peter Stuyvesant, que em 1897 substituiu a monstruosidade que deveria representar Garibaldi, enquanto jovens amas empurravam elaborados carrinhos de bebê com imprudente indiferença por seus ocupantes de carinhas pálidas, o que poderia ser explicado pela presença de meia dúzia de cavaleiros do Regimento dos Dragões descansando languidamente nos bancos. Através das árvores, o Arco Memorial de Washington brilhava como prata ao sol, e além, na extremidade leste da praça, o quartel de pedra cinza dos Dragões e os estábulos de granito branco da artilharia estavam vivos com cores e movimento.

Olhei para a Câmara Letal no canto oposto da praça. Algumas pessoas curiosas ainda estavam próximo à grade de ferro dourada, mas lá dentro o pátio estava deserto. Observei as fontes d'água brilhando e ondulando; os pardais já haviam encontrado o novo recanto de banho e as poças estavam tomadas por essas coisinhas com penas cobertas de poeira. Dois ou três pavões brancos abriam caminho entre a grama e um pombo de cor morta se encontra tão imóvel sobre o braço de uma das Moiras que parecia ser parte da pedra esculpida.

Conforme eu me virava casualmente, chamou-me atenção uma pequena comoção entre o grupo de curiosos ao redor das grades. Um rapaz tinha entrado e avançava com passos trêmulos pelo caminho de cascalho que levava às portas de bronze da Câmara Letal. Ele parou um momento diante das Moiras e, conforme ele levantava a cabeça para as três misteriosas faces, o pombo voou de seu poleiro esculpido, circundou-o por um momento e partiu rumo ao leste. O jovem apertou a mão contra o rosto e então, com um gesto indefinível, subiu aos saltos os degraus de mármore, as portas de bronze se fecharam atrás dele e, meia hora depois, os curiosos dispersaram e o pombo assustado voltou para o poleiro nos braços da Moira.

Pus meu chapéu e fui ao parque para um pequeno passeio antes do jantar. Conforme cruzava o caminho central, passou um grupo de oficiais e um deles disse: "Olá, Hildred" e voltou para me cumprimentar. Era meu primo Louis, que parou sorrindo e batendo em suas esporas com seu chicote para montaria.

— Acabo de volta de Westchester — disse —, bancando o bucólico, você sabe. Leite e coalhada, empregadas com chapéu na cabeça tirando leite e dizendo "oa" e "sô não, sinhô" quando tu dizes a elas que são bonitas. Estou quase morrendo por uma refeição decente no Delmonico. Quais as novas?

— Não há nenhuma — respondi, amável. — Vi o seu regimento chegando pela manhã.

— Você viu? Eu não te vi. Onde estava?

— Na janela do sr. Wilde.

— Ah, diabo! — ele começou, impaciente — Esse homem é um tremendo de um lunático! Eu não entendo por que tu...

Ele viu quão irritado fiquei com seu rompante e me implorou perdão.

— Vamos lá, meu velho — ele disse. — Eu não queria ofender um homem de quem tu gostas, mas, por mais que me esforce, não consigo ver o que raios tu achas que tem em comum com o sr. Wilde. Ele não é bem-nascido, para dizer o mínimo; é horrendamente deformado; tem a mente de um criminoso insano. Tu bem sabes que ele esteve em um manicômio...

— Assim como eu — interrompi com calma.

Louis pareceu surpreso e confuso por um segundo, mas se recuperou e me deu um tapinha amigável no ombro.

— Tu foste completamente curado — ele começou, mas o interrompi outra vez.

— Suponho que tu estejas dizendo que apenas reconheceram que eu nunca estive insano.

— É claro que... que era o que eu queria dizer — ele riu.

Desagradei-me de seu riso, pois sabia que era forçado, mas assenti com alegria e lhe perguntei para onde ia. Louis buscou seus irmãos de armas com os olhos, mas estes já estavam quase alcançando a Broadway.

— Nós pretendíamos tomar coquetéis Brunswick, mas, para lhe dizer a verdade, eu estava ansioso para fazer uma visita ao Hawberk em vez disso. Vamos, vou fazer de ti a minha desculpa.

Encontramos o velho Hawberk, muito bem-vestido com um terno de primavera, parado na porta de sua loja, farejando o ar.

— Agora mesmo resolvi que levaria Constance para um passeio antes do jantar — ele respondeu à rajada de perguntas de Louis. — Pensamos em caminhar pela cobertura do parque ao longo do North River.

Nesse momento, Constance apareceu, ficando pálida e rósea enquanto Louis se curvava em direção a seus dedinhos cobertos por luvas. Tentei pedir licença, alegando um compromisso na cidade, mas

Louis e Constance não me ouviram, e percebi que era esperado que eu ficasse para dar atenção ao velho Hawberk. No final das contas, pensei, era bom que eu ficasse de olho em Louis; quando eles chamaram por uma carruagem na Spring-Street, subi e me sentei ao lado do armeiro.

O belo alinhamento de parques e coberturas de granito com vista para o cais ao longo do North River, construído entre 1910 e o outono de 1917, havia se tornado um dos mais populares passeios da metrópole. Eles se estendiam do Battery Park até a 190th Street, com vista para o nobre rio e proporcionando uma bela vista da costa de Jersey e as montanhas defronte. Cafés e restaurantes espalhavam-se aqui e ali entre as árvores e, duas vezes por semana, bandas militares da guarnição tocavam nos mirantes do parapeito.

Sentamo-nos sob o sol em um banco aos pés da estátua equestre do general Sheridan. Constance inclinou sua sombrinha para proteger os olhos e começou uma conversa entre murmúrios com Louis, impossível de se ouvir. O velho Hawberk, apoiado sobre sua bengala com punho de marfim, acendeu um charuto excelente e me ofereceu um, que educadamente recusei, sorrindo sem preocupação. O sol estava baixo sobre o bosque da Staten Island e a baía, tingida com um dourado refletido pelas velas tocadas pelo sol dos navios no porto.

Bergantins, escunas, iates, balsas desajeitadas com seus deques enxameados de gente, transportes ferroviários puxando fileiras de vagões de carga marrons, azuis e brancos, imponentes e seguros vapores, vapores vagabundos e sem classe, costeiros, dragas e, por toda parte permeando a baía, insolentes pequenos rebocadores, fumegando e apitando com entusiasmo. Essas eram as embarcações que agitavam as águas cobertas pelo sol até perder-se de vista. Em calmo contraste para a agitação dos veleiros e vapores, uma frota silenciosa de navios de guerra brancos se encontrava imóvel no meio da correnteza.

A risada alegre de Constance me despertou de meu devaneio.

— O que o senhor está olhando? — ela perguntou.

— Nada... A frota. — Sorri-lhe.

Então Louis nos contou quais eram os navios, apontando-nos cada um por sua posição relativa ao velho Red Fort em Governor's Island.

— Aquelezinho ali, com formato de charuto, é um torpedeiro

— explicou. — Existem outros quatro bem próximos dele. Eles são o *Tarpão, Falcão, Raposa do Mar* e *Polvo*. As canhoneiras logo acima são *Princeton, Champlain, Água Parada* e *Erie*. Ao lado delas, estão os cruzadores, *Faragut* e *Los Angeles*; e, mais alto, os encouraçados, *California, Dakota* e *Washington*, que é a nau capitânia. Aqueles dois pedaços atarracados de metal que estão ancorados em Castle William são os monitores encouraçados de duas torres, *Terrível* e *Magnífico*; atrás deles está o aríete, *Osceola*.

Constance olhava para ele com profunda aprovação em seus belos olhos.

— Quanta coisa para um soldado saber — ela disse, e todos a acompanhamos na risada que se seguiu.

Nesse momento, Louis se levantou e nos acenou, oferecendo seu braço a Constance, os dois saindo caminhando pela mureta do rio. Hawberk os observou por um instante e então se virou para mim.

— O sr. Wilde estava certo — ele disse. — Encontrei a proteção para as coxas e os coxotes desaparecidos da "Brasonada do Príncipe" no sótão de uma velharia cheia de sucatas na Pell Street.

— Nº 998? — perguntei com um sorriso.

— Sim.

— O sr. Wilde é um homem muito inteligente — comentei.

— Quero dar a ele o crédito por essa importante descoberta — continuou Hawberk. — E pretendo fazer com que saibam que ele merece a fama por isso.

— Ele não lhe agradecerá — respondi asperamente. — Por favor, não diga nada.

— O senhor sabe quanto isso vale? — perguntou Hawberk.

— Não. Cinquenta dólares, talvez.

— Está avaliado em quinhentos, mas o dono da "Brasonada do Príncipe" dará dois mil dólares a quem completar sua armadura. Tal recompensa também pertence ao sr. Wilde.

— Ele não a quer! Ele se recusa! — respondi, agressivo. — O que sabe sobre o sr. Wilde? Ele não precisa de dinheiro. Ele é rico, ou há de ser, mais rico do que qualquer homem vivo, com exceção de mim. Para que nos serviria o dinheiro, então... De que nos serve, a mim e ele, quando... quando...

— Quando o quê? — perguntou Hawberk, atônito.

— O senhor verá — respondi, com um pé atrás.

Ele me observou com atenção, tal como fazia o dr. Archer, e eu soube que ele me achava mentalmente desajustado. Talvez tivesse sorte por não usar a palavra "lunático" naquele momento.

— Não — respondi a seu pensamento não dito —, não estou fraco da cabeça; minha mente é tão saudável quanto a do sr. Wilde. Ainda não quero falar sobre o que tenho em mãos, mas é um investimento que se pagará mais do que ouro puro, prata e pedras preciosas. Garantirá a felicidade e prosperidade de um continente, até um hemisfério!

— Ah — disse Hawberk.

— E, por fim — continuei, mais calmo —, vai garantir a felicidade de todo o mundo.

— E, por acaso, a sua própria felicidade e prosperidade, assim como a do sr. Wilde?

— Exato. — Sorri-lhe. Mas eu poderia esganá-lo por assumir aquele tom comigo.

Ele me olhou em silêncio por um tempo e então disse gentilmente:

— Por que não abre mão de seus livros e estudos, sr. Castaigne, e vai caminhar nas montanhas ou em outro lugar? O senhor costumava ser apaixonado por pescaria. Vá pegar uma ou duas trutas no Rangelys.

— Não ligo mais para pescar — respondi, sem sombra de irritação na minha voz.

— O senhor tinha diversas predileções — continuou —, desporto, iatismo, tiro ao alvo, cavalgar...

— Não liguei mais para montar desde a minha queda — eu disse em voz baixa.

— Ah, sim, sua queda — ele repetiu, desviando o olhar.

Achei que aquele disparate tinha já ido longe demais, então levei o rumo da prosa de volta ao sr. Wilde; mas ele estava me encarando de novo, de um jeito bem ofensivo para mim.

— O sr. Wilde... — ele repetiu. — Sabe o que ele fez essa tarde? Desceu as escadas e pendurou uma placa na porta do corredor, ao lado da minha, onde se lia:

SR. WILDE,

REPARADOR DE REPUTAÇÕES.

Terceira Campainha.

O senhor sabe o que possa ser um reparador de reputações?

— Sei — respondi, reprimindo a minha raiva.

— Ah — disse ele outra vez.

Louis e Constance vinham caminhando e pararam para perguntar se nos juntaríamos a eles. Hawberk conferiu o relógio. Naquele instante, uma nuvem de fumaça saiu das casamatas de Castle William e o estrondo do tiro de canhão da cerimônia de arreamento da bandeira cruzou as águas e ecoou nas montanhas em frente. A bandeira vinha descendo o mastro, as cornetas soando no convés branco dos couraçados e a primeira lâmpada elétrica se acendeu no litoral de Jersey.

Conforme me encaminhava para a cidade com Hawberk, ouvi Constance cochichar com Louis algo que não entendi; mas ele sussurrou "Minha querida" em resposta; e, de novo, caminhando com Hawberk pelo quarteirão, ouvi um rumorejo de "querido" e "minha querida Constance" e eu soube que tinha chegado o momento em que eu deveria conversar sobre assuntos importantes com meu primo Louis.

III

Em uma manhã no começo de maio, parei diante do cofre de aço em meu quarto, experimentando a coroa de ouro com joias. Os diamantes reluziam como fogo quando me virei para o espelho e a pesada peça de ouro batido ardeu como um halo sobre minha cabeça. Lembrei-me do grito agonizante de Camilla e as palavras horríveis ecoando pelas ruas escuras de Carcosa. Essas eram as últimas linhas do primeiro ato, e não me atrevi a pensar no que se seguiria — não me atrevi sequer durante o sol da primavera, ali em meu quarto, cercado por objetos familiares, tranquilizado pela azáfama das ruas e as vozes dos criados no corredor lá fora. Mas aquelas palavras envenenadas tinham pouco a pouco penetrado em meu coração, como um lençol absorvendo as gotas de suor de um moribundo. Trêmulo, tirei o diadema da minha cabeça e limpei a testa, mas pensei em Hastur e em minha legítima ambição, e me lembrei do sr. Wilde e de como o deixei em minha última visita, seu rosto todo rasgado e ensanguentado das garras daquela criatura endemoniada, e do que ele disse... ah, o que ele disse. O alarme do cofre começou a soar e eu sabia que meu tempo estava acabando; porém não dei atenção àquilo e, colocando o círculo brilhante de volta em minha cabeça, me voltei desafiante para o espelho. Fiquei um longo tempo absorto pela mudança de expressão em meus olhos. O espelho refletia uma face como a minha, mas mais branca e tão magra que mal pude me reconhecer nela. E todo o tempo estive a repetir entre meus dentes cerrados "É chegado o dia! É chegado o dia!" enquanto o alarme zumbia e clamava no cofre, e os diamantes brilhavam sobre minha testa. Ouvi uma porta abrir-se, porém não dei atenção. Foi só quando vi duas faces no espelho — só quando a outra face brotou sobre meu ombro e dois outros olhos encontraram os meus — que me virei em um átimo e peguei uma grande faca de meu toucador, fazendo meu primo recuar, pálido e gritando:

— Hildred! Pelo amor de Deus! — Então, depois que baixei minha mão, ele disse: — Sou eu, Louis, não me reconhece? — Fiquei em silêncio. Não conseguiria falar nem que minha vida dependesse da vida. Ele veio na minha direção e me tirou a faca da mão. — O que é isso? — ele perguntou, gentil: — Tu estás doente?

— Não — eu respondi. No entanto, duvido que ele tenha me ouvido.

— Vamos, vamos, meu velho — ele disse. — Tira essa coroa de latão e vamos para o estúdio. Vais a um baile de máscaras? Para que, afinal, toda essa bugiganga teatral?

Fiquei satisfeito que ele tenha pensado que a coroa fosse feita de latão e falsos brilhantes, ainda que eu não gostasse mais dele por conta disso. Deixei-o que me pegasse pela mão, sabendo que isso era o melhor para animá-lo. Ele jogou o esplêndido diadema para cima e, pegando-o, virou-se para mim, sorrindo.

— Deve valer uns cinquenta centavos — ele disse. — Para que é isso?

Não respondi, mas tomei a coroa de suas mãos e, colocando-a no cofre, fechei a pesada porta de aço. O alarme então cessou com sua zoada infernal. Ele me encarou, curioso, mas pareceu não notar o súbito cessar do alarme. No entanto, ele falou do cofre como se fosse uma lata de biscoitos. Temendo que ele examinasse a combinação, guiei a conversa para meu estúdio. Louis se jogou no sofá e ficou sacudindo seu eterno chicote de montaria para afastar as moscas. Ele usava seu uniforme de combate, com a jaqueta com tranças e o quepe vistoso, e eu notei que suas botas de montaria estavam sujas de barro vermelho.

— Onde tu estavas? — perguntei.

— Saltando sobre riachos lamacentos em Jersey — ele disse. — Não tive tempo de trocar de roupa ainda; estava com pressa para te ver. Tu não tens uma garrafa por aí? Estou morto de cansaço; estive montado por vinte e quatro horas.

Dei-lhe um pouco de conhaque da minha reserva medicinal, que ele bebeu com uma careta.

— Que porcaria horrível — ele disse. — Vou te dar um endereço onde vendem conhaque de verdade.

— É bom o bastante para as minhas necessidades — eu disse, indiferente. — Uso isso para esfregar em meu peito.

Ele me olhou e afastou outra mosca.

— Veja bem, meu caro — ele começou —, tenho algo a te sugerir. Já tem quatro anos que você se trancou aqui em cima como uma coruja, sem nunca ir a lugar algum, sem nunca fazer uma atividade sadia, sem fazer nada além de te debruçar sobre esses livros ali na lareira. — Ele olhou a fileira de prateleiras. — Napoleão, Napoleão, Napoleão! — ele leu. — Pelo amor de Deus, tu só tens Napoleão aqui?

— Queria que fossem encadernados com ouro — eu disse. — Mas, sim, espera, há outro livro, *O Rei de Amarelo.* — E o olhei firme nos olhos. — Nunca o leste? — perguntei.

— Eu? Não, graças a Deus! Não quero ficar louco!

Vi que ele se arrependera do que dissera tão logo o proferiu. Há apenas uma palavra que eu abomino mais do que "lunático" e essa palavra é "louco". Mas eu me acalmei e indaguei a ele por que achava *O Rei de Amarelo* perigoso.

— Ah, eu não sei — ele disse, apressadamente. — Só me lembro do excitamento que isso gerou e das denúncias da Igreja e da imprensa. Acredito que o autor atirou em si mesmo depois de dar à luz tal monstruosidade, não foi?

— Pelo que sei, ele ainda está vivo — respondi.

— Isso deve ser verdade — murmurou. — Balas não poderiam matar um demônio desses.

— É um livro de grandes verdades — eu disse.

— Sim — respondeu ele —, de "verdades" que deixam homens desesperados a ponto de arruinar com suas vidas. Não me importo que isso seja, como dizem, a própria essência suprema da arte. É um crime tê-lo escrito e eu, pelo menos, nunca abrirei suas páginas.

— É isso que você veio me dizer? — perguntei.

— Não — ele disse. — Vim para lhe dizer que vou me casar.

Por um momento, creio, meu coração parou de bater, mas mantive-me olhando em seus olhos.

— Sim — ele continuou, sorrindo feliz —, me casar com a garota mais doce da Terra.

— Constance Hawberk — eu disse, mecanicamente.

— Como sabia? — ele disse, pasmo. — Eu mesmo não sabia até aquela tarde em abril, quando demos aquele passeio no dique antes do jantar.

— E quando será? — perguntei.

— Seria no setembro próximo, mas uma hora atrás um despacho chegou ordenando que nosso regimento fosse para Presidio, em São Francisco. Partimos ao meio-dia, amanhã. Amanhã... — ele repetiu. — Pensa só, Hildred, amanhã eu serei o sujeito mais feliz que já respirou neste mundo folgazão, pois Constance irá comigo.

Estendi minha mão para felicitá-lo, ele a apanhou e a sacudiu como o bobão de boa índole que era — ou fingia ser.

— Receberei um esquadrão como presente de casamento — dizia, agitado. — Capitão e senhora Louis Castaigne, hein, Hildred?

Então ele me disse onde e quem estaria lá, e me fez prometer que iria e seria seu padrinho. Cerrei os dentes e ouvi aquela ladainha juvenil sem demonstrar o que sentia, mas...

Eu estava chegando ao limite da minha tolerância. Quando ele se levantou de um pulo e, agitando suas esporas até que tilintassem, avisou que deveria partir, eu não o detive.

— Há uma coisa que quero te pedir — disse eu, em voz baixa.

— Diga lá, está prometido — ele consentiu, rindo.

— Quero que me encontres para uma conversa de quinze minutos hoje à noite.

— É claro, se é o que queres — ele disse, um tanto intrigado. — Onde?

— Qualquer lugar, ali no parque.

— Que horas, Hildred?

— Meia-noite.

— O que, em nome de... — ele começou, mas se controlou e,

rindo, concordou.

Eu o vi descer as escadas e se apressar para fora, seu sabre batendo a cada passo. Ele virou na Bleecker Street e eu soube que estava indo ver Constance. Dei-lhe dez minutos para sumir e então segui os seus passos, levando comigo a coroa com joias e o roupão de seda bordado com o Sinal Amarelo. Quando virei a Bleecker Street e entrei pela porta que tinha o letreiro

SR. WILDE,
REPARADOR DE REPUTAÇÕES.
Terceira Campainha.

vi o velho Hawberk se movendo em seu armazém e imaginei ouvir a voz de Constance na sala de estar; mas evitei-os e me apressei pelas escadas trêmulas até o apartamento do sr. Wilde. Bati e entrei sem cerimônia. O sr. Wilde estava no chão, gemendo, com a face coberta de sangue, suas roupas rasgadas em pedaços. Gotas de sangue espalhadas por todo carpete, que também havia sido rasgado e desfiado durante a evidente briga recente.

— É essa gata maldita — dissera, cessando com os gemidos e virando seus olhos claros para mim —, ela me atacou enquanto eu dormia. Acho que ela ainda vai me matar.

Isso era demais, então fui à cozinha e, pegando uma machadinha da despensa, tratei de caçar a besta infernal para dar conta dela ali mesmo. Minha busca foi infrutífera e, depois de um tempo, desisti e voltei para encontrar o sr. Wilde de cócoras na cadeira alta perto da mesa. Ele tinha lavado o rosto e trocado de roupa. Os grandes sulcos provocados pelas garras da gata em seu rosto tinham sido cobertos com colódio e um pano escondia a ferida em seu pescoço. Disse a ele que mataria a gata quando a encontrasse, mas ele só sacudiu a cabeça e abriu o livro diante de si. Ele leu nome após nome de pessoas que vieram a ele para tratar de suas reputações e o impressionante montante que ele tinha acumulado.

— Forço uns acontecimentos aqui e ali — ele explicou.

— Um dia desses, uma dessas pessoas vai te matar — eu insisti.

— Acha mesmo? — ele disse, esfregando as orelhas mutiladas.

Era inútil discutir com ele, então peguei o manuscrito intitulado *A dinastia imperial da América* pela última vez no estúdio do sr. Wilde.

Eu li aquilo tudo, excitado e tremendo com prazer. Quando terminei, o sr. Wilde pegou o manuscrito e, se virando para a passagem escura que ia do seu estúdio até o quarto, chamou em voz alta: "Vance". Então, pela primeira vez, notei um homem agachado nas sombras. Como não o vi ali em minha busca pela gata, não faço ideia.

— Vance, venha cá — gritou o sr. Wilde.

A figura se levantou e se arrastou até nós. Nunca me esquecerei do rosto que se aproximou do meu enquanto a luz que entrava pela janela o iluminava.

— Vance, este é o sr. Castaigne — disse o sr. Wilde.

Antes que ele terminasse de falar, o homem se jogou no chão diante da mesa, chorando e fazendo cena:

— Ó, Deus! Ó, meu Deus! Ajude-me! Perdoe-me! Ah, sr. Castaigne, afaste esse homem de mim. O senhor não pode, não pode estar dizendo isso! O senhor é diferente... Salve-me! Eu estou acabado... estava em um hospício e agora... quando tudo estava se acertando... quando tinha me esquecido do Rei... o Rei de Amarelo e... mas eu vou enlouquecer de novo... eu vou enlouquecer...

Sua voz morreu em um estertor engasgado, pois o sr. Wilde saltou sobre ele e envolveu a garganta do homem com sua mão direita. Quando Vance desabou no chão, o sr. Wilde voltou a escalar com agilidade a sua cadeira e, coçando as orelhas mutiladas com o toco da mão, virou-se para mim e pediu pelo livro. Alcancei-lhe o que estava na estante e ele o abriu. Após alguns momentos buscando nas páginas lindamente manuscritas, ele tossiu com complacência e apontou o nome de Vance.

— Vance — ele leu em voz alta —, Osgood Oswald Vance. — Ao som do seu nome, o homem no chão levantou a cabeça e virou a convulsa face para o sr. Wilde. Seus lábios estavam injetados de sangue e seus lábios, inchados. — Chamou-me em 28 de abril — continuou o sr. Wilde. — Ocupação: caixa no Banco Nacional de Seaforth; cumpriu pena por falsificação em Sing Sing, de onde foi transferido para o Manicômio Judicial. Recebeu um indulto do governador de Nova York e foi liberado em 19 de janeiro de 1918. Reputação prejudicada em Sheepshead Bay. Rumores de que a vida não combina com a renda. Reputação a ser reparada de imediato. Adiantamento de mil e quinhentos dólares. Observação: Já desviou o montante de quase trinta mil dólares desde 20 de março de 1919, excelente família e assegurou a atual posição graças à influência do tio. Pai, presidente do Banco de Seaforth. — Olhei para o homem no chão. — Levante-se, Vance — disse o sr. Wilde, com uma voz gentil. Vance se pôs de pé como que hipnotizado. — Ele fará o que sugerirmos agora — disse o sr. Wilde.

E, abrindo o manuscrito, ele leu toda a história da dinastia imperial da América. Depois, em um murmúrio doce e relaxante, ele passou pelos pontos importantes com Vance, que permaneceu parado como alguém atordoado. Seus olhos eram tão vazios e desinteressados que imaginei que ele tinha ficado meio abobalhado e comentei isso com o sr. Wilde, que respondeu que aquilo não tinha nenhuma consequência. Muito pacientes, explicamos a Vance qual seria sua parte na ação e, após algum tempo, parece que ele entendeu. O sr. Wilde explicou o manuscrito, usando vários volumes de heráldica para fundamentar suas pesquisas. Ele mencionou a instituição da dinastia em Carcosa, os lagos que se conectavam com Hastur, Aldebarã e os mistérios das Híades. Falou sobre Cassilda e Camilla, sondou as profundezas enevoadas de Demhe e o lago de Hali. "Os farrapos cortados do Rei de Amarelo devem ocultar Yhtill para sempre", ele murmurou, mas não creio que Vance lhe tenha ouvido. Então, aos poucos, ele conduziu Vance pelas ramificações da família imperial, até Uoht e Thale, de Naotalba e o Fantasma da Verdade até Aldones. Colocando de lado seu manuscrito e notas, ele começou a maravilhosa história sobre o Último Rei. Fascinado e cheio de emoção, o observei. O sr. Wilde elevou a cabeça, estendeu os longos braços em um gesto magnífico de orgulho e poder, e seus olhos brilharam como esmeraldas em suas cavidades. Vance ouvia estupefato. Quanto a mim, quando enfim o sr. Wilde terminou e apontou para mim, gritando "O primo do Rei!", minha mente foi tomada de emoção.

Controlando-me com um esforço sobre-humano, expliquei a Vance por que eu, e apenas eu, merecia a coroa e por que meu primo precisava ser exilado ou morrer. Fiz com que ele entendesse que meu primo nunca deveria se casar, mesmo após renunciar a todos os seus direitos, e como a última coisa que deveria acontecer era ele se casar com a filha do marquês de Avonshire, trazendo a Inglaterra para a cena. Mostrei a ele uma lista com milhares de nomes que o sr. Wilde tinha redigido; cada homem cujo nome constava ali tinha recebido o Sinal Amarelo, o qual nenhum ser vivo ousaria desrespeitar. A cidade, o estado, toda a nação estava pronta para se erguer e tremer diante da Máscara Pálida.

Era chegado o momento e as pessoas deveriam conhecer o filho de Hastur, e o mundo inteiro deveria se curvar às estrelas negras penduradas no céu de Carcosa.

Vance se inclinou sobre a mesa, sua cabeça enterrada entre as mãos. O sr. Wilde usou um toco de lápis para desenhar um esboço grosseiro nas margens do *Herald* de ontem. Era uma planta dos aposentos de Hawberk. Depois, ele escreveu a ordem e afixou o selo; tremendo como um homem com paralisia cerebral, assinei minha primeira ordem de execução com o nome de Hildred-Rex.

O sr. Wilde foi da cadeira ao chão e, abrindo um armário, pegou uma comprida caixa quadrada da primeira prateleira. Então a trouxe para a mesa e abriu. Lá dentro tinha uma faca nova envolta em papel e eu a peguei e a entreguei para Vance, junto à ordem e à planta do apartamento de Hawberk. O sr. Wilde disse a Vance que ele podia ir; e ele foi, desorientado como um pária dos bairros miseráveis.

Sentei-me um pouco, observando o sol descer atrás da torre quadrada da Judson Memorial Church e, finalmente, reunindo os manuscritos e anotações, peguei meu chapéu e me dirigi à porta.

O sr. Wilde me observou em silêncio. E olhei para trás assim que cheguei ao corredor. Os olhinhos do sr. Wilde permaneciam fixos em mim. Às suas costas, as sombras reuniam-se sob a luz que morria. Então, fechei a porta atrás de mim e adentrei as ruas que começavam a ficar escuras.

Não tinha comido nada desde o desjejum, mas não sentia fome. Uma criatura infeliz e de aparência faminta, que estava do outro lado da rua olhando para a Câmara Letal, me viu e tratou de me contar sua história miserável. Não sei por que, mas lhe dei dinheiro e ele se foi sem me agradecer. Uma hora depois, outro pária se aproximou, lamentando suas mazelas. Eu tinha um pedaço de papel branco no bolso, onde estava traçado o Sinal Amarelo, e o entreguei. Por um momento, ele olhou para aquilo como um obtuso, então, com um olhar de incerteza para mim, dobrou o papel com o que pareceu um cuidado exagerado e o pôs no bolso próximo ao peito.

As luzes elétricas faiscavam entre as árvores e a lua nova brilhava no céu sobre a Câmara Letal. Estava cansativo esperar na praça. Perambulei do Marble Arch até os estábulos da artilharia e voltei até a fonte de lótus. As flores e a grama exalavam uma fragrância que me perturbou. O jato da fonte brincava à luz da lua e o som musical das gotas caindo me lembrou do tilintar das cotas de malha no armazém de Hawberk. Não era tão fascinante, no entanto, e o opaco reflexo da lua na água não me trazia o requintado prazer que sentia quando a luz do sol tocava um justilho nos joelhos de Hawberk. Observei os morcegos voando baixo e sobre as plantas aquáticas na fonte, mas seu bater de asas seco e rápido me enervou e saí novamente, caminhando sem rumo, entrando e saindo por entre as árvores.

Os estábulos da artilharia estavam escuros, mas, no quartel da cavalaria, as janelas dos oficiais brilhavam iluminadas e os portões tinham movimento quase constante, com tropas cansadas carregando palha, arreios e cestos cheios de pratos de lata.

A sentinela montada do portão mudou duas vezes enquanto eu andava para cima e para baixo no asfalto. Chequei meu relógio. Era quase hora. As luzes no quartel se apagaram uma por uma, o portão gradeado foi trancado e, a cada um ou dois minutos, um guarda passava por uma entrada secundária, deixando um chacoalhar de equipamentos e um tilintar de esporas no ar da noite.

A praça ficara bem silenciosa. O último dos sem-teto fora expulso pelo guarda do parque com seu uniforme cinza; as ruas ao longo da Wooster Street estavam desertas; e o único som que quebrava a quietude era o trotar do cavalo da guarda e o toque de seu sabre batendo na sela. No quartel, o alojamento dos oficiais continuava iluminado e serviçais militares passavam e repassavam sob as janelas da sacada.

A meia-noite soou na nova torre da igreja de São Francisco Xavier e, no último triste badalar do sino, uma figura atravessou uma passagem do lado do portão trancado, devolvendo uma continência à sentinela e atravessando a rua, entrando na praça e avançando rumo aos prédios de apartamentos de Benedick.

— Louis — chamei.

O homem se virou em suas esporas e veio direto na minha direção.

— É você, Hildred?

— Sim, você chegou na hora.

Apertei a mão que ele me ofereceu e fomos caminhando até a Câmara Letal.

Ele tagarelou sobre seu casamento, as graças de Constance e suas perspectivas, chamando minha atenção para suas platinas de capitão e o arabesco dourado triplo em sua manga e no quepe. Creio ter ouvido mais a música de suas esporas e sabre do que seu palavrório infantil e, por fim, paramos sob os olmos da esquina da Fourth Street que dava para a Câmara Letal. Então ele riu e me perguntou o que queria com ele. Eu o conduzi a sentar-se em um banco sob a luz elétrica e me sentei a seu lado. Ele me olhou, curioso, com aquele mesmo olhar perscrutador que eu odeio e temo nos médicos. Senti o insulto de seu olhar, mas ele não percebeu e, com cuidado, escondi o que sentia.

— Bem, meu velho — insistiu —, o que posso fazer por você?

Tirei de meu bolso o manuscrito e as anotações de *A dinastia imperial da América* e, olhando-o nos olhos, disse:

— Irei te contar. Dá-me tua palavra, promete que vais ler este manuscrito do começo ao fim, sem me questionar nada. Promete ler estas anotações da mesma forma e promete escutar o que vou dizer depois.

— Prometo, se é o que queres — ele disse, gentilmente. — Passa-me os papéis, Hildred.

Ele começou a ler, erguendo as sobrancelhas com um ar curioso e uma expressão divertida que me fez tremer de ódio reprimido. Conforme avançava, suas sobrancelhas se contraíam e seus lábios pareciam forma a palavra "tolice".

Então, ele pareceu um tanto entediado, mas, aparentemente a modo de prezar meu pedido, tentava se interessar, o que logo deixou de ser um esforço. A atenção começara nas páginas escritas em letras miúdas, ao se deparar com o próprio nome; quando chegou ao meu, ele abaixou as folhas e olhou-me intensamente por um momento. Mas ele manteve sua palavra e retomou sua leitura, e eu deixei que a questão quase formada morresse sem resposta em seus lábios. Quando ele chegou ao fim e leu a assinatura do sr. Wilde, dobrou as folhas com cuidado e me devolveu. Estendi-lhe as anotações e ele se acomodou, levantando o quepe até o alto da testa em um gesto infantil do qual me lembrava tão bem da escola. Observei seu rosto enquanto lia e, quando ele acabou, peguei as anotações e o manuscrito e os guardei em meu bolso. Então desenrolei um pergaminho com o Sinal Amarelo. Ele o viu, mas não o reconheceu e lhe chamei a atenção para o símbolo de forma brusca.

— Bem — ele disse —, eu o vejo. O que é?

— É o Sinal Amarelo — respondi-lhe, com raiva.

— Ah, é isso, então? — perguntou Louis, naquela voz agradável que o dr. Archer costumava usar comigo, e que provavelmente usaria de novo, não tivesse eu resolvido o seu caso.

Controlei minha ira e respondi tão calmo quanto possível:

— Escuta, tu me deste tua palavra?

— Estou te ouvindo, meu velho — ele respondeu ternamente.

Comecei a falar com bastante calma.

— O dr. Archer tomou posse de alguma maneira do segredo da sucessão imperial e tentou me privar do meu direito, alegando que, por conta da minha queda de cavalo quatro anos atrás, eu me tornei um deficiente mental. Ele pretendia me colocar sob restrições em sua própria casa, na esperança de me enlouquecer ou envenenar. Eu não me esqueci disso. Fiz-lhe uma visita ontem à noite e tivemos uma conversa final. — Louis ficara um tanto pálido, mas não se movera. Triunfante, recomecei: — Ainda há três pessoas a se conversar, segundo os meus interesses e do sr. Wilde. São eles, meu primo Louis, sr. Hawberk e sua filha, Constance.

Louis ficou de pé, assim como eu, jogando no chão o papel marcado com o Selo Amarelo.

— Ah, eu não preciso disso para lhe contar o que tenho a dizer — gritei, com uma risada de triunfo. — Você deve renunciar a coroa em meu nome, ouviu? Em meu nome.

Louis olhou para mim com um ar assustado, mas se recuperando, disse calmamente:

— É claro que renunciarei... a que mesmo devo renunciar?

— À coroa — eu disse, com raiva.

— É claro — ele respondeu —, eu renuncio a ela. Vamos, meu velho, vou te acompanhar até teus aposentos.

— Não tentes nenhum dos teus truques de médico comigo — gritei, tremendo de fúria. — Não aja como se achasses que sou louco.

— Que disparate — ele respondeu. — Vamos, está ficando tarde, Hildred.

— Não — eu gritei —, tu tens de me ouvir. Tu não podes te casar, eu proíbo. Ouviste? Eu proíbo. Tu deves renunciar à coroa e, como recompensa, garantirei teu exílio, mas, se te recusares, tu vais morrer.

Ele tentou me acalmar, mas nunca estive tão exaltado e, puxando minha faca, lhe fechei o caminho.

Então lhe contei como iriam encontrar o dr. Archer no porão com a garganta aberta, e ri na sua cara quando pensei em Vance e sua faca e a ordem assinada por mim.

— Ah, você é o Rei — gritei —, mas eu serei o Rei. Quem tu és para me impedir de reinar sobre toda a terra habitada? Nasci primo de um rei, mas eu serei Rei!

Louis ficou pálido e rígido diante de mim. De repente, um homem veio correndo pela Fourth Street e atravessou o portão da Câmara Letal, cruzou o caminho até as portas de bronze a toda velocidade e mergulhou dentro da câmara de morte com o grito de um demente, e eu ri até ir às lágrimas, pois reconhecera Vance e soube que Hawberk e sua filha não estavam mais no meu caminho.

— Vai! — gritei para Louis. — Tu deixaste de me ser uma ameaça. Tu nunca te casarás com Constance agora e, se tu te casares com qualquer outra em teu exílio, eu te visitarei da mesma forma que visitei meu médico ontem à noite. O sr. Wilde se incumbirá de ti amanhã. — Então me virei e rumei para a Fifth Avenue e, com um grito de horror, Louis largou seu cinturão e sabre e me seguiu como o vento.

Eu o ouvi se aproximando atrás de mim na esquina da Bleecker Street e disparei até a porta de entrada, sob a placa de Hawberk. Ele gritou “Pare ou eu atiro!” mas, quando viu que eu subia as escadas, ignorando a loja de Hawberk, ele me deixou e o ouvi batendo e gritando à porta deles, como se fosse possível acordar os mortos.

A porta do sr. Wilde estava aberta e eu entrei gritando “Está feito, está feito! Deixe que as nações se ergam e contemplem o seu Rei!”, mas não pude encontrar o sr. Wilde, então fui até o armário e peguei o esplêndido diadema de seu estojo. Vesti o traje de seda branco com o Sinal Amarelo bordado e pus a coroa na cabeça. Enfim, eu era o Rei, Rei por direito em Hastur, Rei porque conhecia os mistérios das Híades e minha mente sondara as profundezas do lago de Hali. Eu era Rei!

Os primeiros raios, esboçados a lápis, de sol da manhã suscitariam uma tempestade que abalaria os dois hemisférios. Então, enquanto eu ficava ali, em pé, parado, cada nervo meu vibrando na mais alta tensão, débil pelo prazer e esplendor de meu pensamento, lá fora, na passagem escura, um homem gemeu.

Tomei a vela de sebo e corri até a porta. A gata passou por mim como um demônio e a vela se apagou, mas minha faca comprida foi mais célere e a ouvi guinchar, sabendo que a lâmina a havia encontrado. Por um momento, a ouvi cambaleando e caindo na escuridão, e, quando o frenesi a deixou, acendi um candeeiro e o levantei acima da cabeça. O sr. Wilde jazia no chão com a garganta rasgada. A princípio, pensei que ele estivesse morto, mas, conforme o olhava, notei uma fagulha verde arder em seus olhos fundos, sua mão mutilada tremeu e, então, um espasmo estirou sua boca de orelha a orelha. Por um instante, meu terror e desespero deram lugar à esperança, mas, ao me ajoelhar junto a ele, seus olhos viraram e ele morreu. Enquanto eu ficava parado, petrificado pela raiva e desespero, vendo minha coroa, meu Império, cada esperança e ambição, minha própria vida, ali prostrados com meu mestre morto, eles vieram, me seguraram por trás e me amarraram até que minhas veias saltassem como cordas, e minha voz falhou com os paroxismos de meus gritos frenéticos. Mas eu continuava a lutar, sangrando e furioso em meio a eles, e mais de um policial sentiu meus dentes afiados. Então, quando eu não podia mais me mover, eles vieram. Vi o velho Hawberk e, atrás dele, a face medonha de meu primo Louis e, mais ao longe, em um canto, uma mulher, Constance, chorando baixinho.

— Ah! Eu entendo agora! — eu gritei. — Tu tomaste o trono e o império. Desgraça! Desgraças caiam sobre ti, que é coroado com a coroa do Rei de Amarelo!

[NOTA DO EDITOR: O sr. Castaigne morreu ontem no Manicômio Judiciário.]

A MÁSCARA

ROBERT W. CHAMBERS

Camilla: O senhor deveria tirar essa máscara.
Estranho: É verdade?
Cassilda: Sim, é hora. Todos deixamos a fantasia de lado, menos o senhor.
Estranho: Não uso máscaras.
Camilla: (Aterrorizada, para Cassilda) Está sem máscara? Sem máscara!

O Rei de Amarelo, Ato 1, Cena 2

I

Embora nada soubesse de química, eu ouvia fascinado. Ele pegou o lírio que Geneviève trouxera de Notre Dame naquela manhã e jogou na bacia. No mesmo instante, o líquido perdeu sua clareza cristalina. Por um segundo, o lírio foi envolvido por uma espuma branca como leite, que desapareceu, deixando o fluído opalino. Mutantes matizes de laranja e carmesim brincavam na superfície, e então, quando o que parecia um raio de pura luz solar, espocou do fundo, onde jazia o lírio. Na mesma hora, ele enfiou a mão na bacia e tirou de lá a flor.

— Não há perigo — ele explicou —, se você fizer no momento certo. O raio dourado é o sinal.

Ele estendeu o lírio na minha direção e o peguei. Ficara dura como pedra, o mais puro mármore.

— Vê? — ele disse —, sem nenhuma falha. Que escultor poderia reproduzir isto?

O mármore era branco como neve, mas, na intimidade das pétalas, as veias do lírio estavam tingidas com um pálido azul e fraco rubor se prolongando até as profundezas de seu coração.

— Não me pergunte a razão disso. — Ele sorriu, notando minha admiração. — Não faço ideia do motivo das veias e do botão terem esses matizes, mas eles sempre têm. Ontem eu tentei com um dos peixinhos dourados de Genevièg... Ali está.

O peixe parecia esculpido em mármore. Mas, se você o levantasse contra a luz, a pedra apresentava bonitas veias azul-claras e, de algum lugar lá dentro, vinha uma luz rosada como a luz que dormita numa opala. Olhei para a bacia. Mais uma vez parecia estar cheia do mais puro cristal.

— E se eu quisesse tocar nisso agora? — perguntei.

— Eu não sei — ele respondeu —, mas é melhor não arriscar.

— Tem uma coisa que me deixou curioso — eu disse. — É sobre de onde vem o raio de sol.

— Parece mesmo com luz solar — ele disse. — Não sei, sempre aparece quando imerjo qualquer coisa viva. Talvez — ele continuou, sorrindo —, talvez seja a centelha vital da criatura escapando até a fonte de onde veio.

Vi que ele estava fazendo troça e lhe dei um safanão, mas ele só deu risada e mudou de assunto.

— Fique para o almoço. Geneviève ficará direto aqui.

— Eu a vi indo para a missa de manhã — eu disse. — Ela parecia bela e pura como aquele lírio... antes que você o destruísse.

— Você acha que o destruí? — Boris disse, sério.

— Destruiu, preservou. Como podemos saber?

Sentamo-nos no canto do estúdio com seu inacabado grupo de Moiras. Ele se recostou no sofá, girando nas mãos um cinzel para entalhe e relanceando o olhar para o trabalho.

— A propósito — ele disse —, terminei a ampliação daquela velha Ariadne acadêmica e acredito que ela é que terá de ir para o Salão de Paris. É o que tenho pronto este ano, mas, depois do sucesso que tive com a *Madonna*, tenho vergonha de mandar algo assim.

A *Madonna* foi um primor de mármore para o qual Geneviève posara e tinha sido a sensação do Salão do ano passado. Olhei para a Ariadne. Era uma magnífica peça de trabalho quanto a técnica, mas concordava com Boris quanto ao mundo esperar mais dele do que aquilo. Mas agora era impossível sequer pensar em terminar a tempo para o Salão aquele esplêndido e dramático grupo atrás de mim, ainda pela metade em mármore. As Moiras teriam de esperar.

Orgulhávamo-nos de Boris Yvain. Nós o aclamávamos como um de nós, pelo fato de ter nascido na América, apesar de seu pai ser francês e sua mãe, russa. Todos na Beaux Arts o chamavam de Boris. Mas só havia dois de nós que ele tratava com a mesma familiaridade — Jack Scott e eu.

Talvez o fato de eu estar apaixonado por Geneviève tivesse algo a ver com sua afeição por mim. Não que isso tenha ficado explícito entre nós em algum momento. Mas, depois que tudo fora resolvido e ela me contara com lágrimas nos olhos que era Boris quem ela amava, eu fora até a sua casa e o congratulara. A perfeita cordialidade daquele encontro, sempre acreditei, não ludibriara nenhum de nós, mas fora perfeito para ao menos um de nós. Não creio que ele e Geneviève tenham falado sobre isso, mas Boris sabia.

Geneviève era adorável. A pureza de seu rosto, como a de uma Madona, poderia ter sido inspirada pelo hino santo de Gounod. Mas eu sempre ficava grato quando ela mudava essa feição para o que chamávamos de seu "modo de abril". Ela era, com frequência, volúvel como um dia de abril. Pela manhã, respeitável e doce; à tarde, risonha e caprichosa; à noite, o que quer que menos se esperasse. Eu a preferia assim que em sua tranquilidade de Madona que agitava as profundezas de meu coração. Eu sonhava com Geneviève quando ele falou novamente:

— O que pensa da minha descoberta, Alec?

— Penso que é incrível.

— Não farei uso algum disso, além de satisfazer minha curiosidade até onde achar necessário, e o segredo morrerá comigo.

— Seria um golpe e tanto no mundo da escultura, não? Nós, pintores, perdemos muito mais do que ganhamos da fotografia.

Boris assentiu, brincando com a ponta do cinzel.

— Essa cruel nova descoberta corromperia o mundo da arte. Não, eu não compartilharei o segredo dela com ninguém — ele disse devagar.

Seria difícil encontrar alguém menos informado sobre tal fenômeno que eu mesmo; mas é claro que eu ouvira falar das fontes minerais tão saturadas de sílica que as folhas e ramos que caíam nela tornavam-se rocha em pouco tempo. Eu compreendia vagamente o processo, como a sílica substituía a matéria vegetal, átomo por átomo, resultando em uma duplicação do objeto em rocha. Confesso que isso nunca me interessara muito e, a respeito do fósseis produzidos desse processo, eles me enojavam. Boris, no entanto, sentindo curiosidade em vez de repugnância, investigara o assunto e, por acidente, tropeçara em uma solução que, atacando o objeto imerso nela com uma ferocidade desconhecida, fazia o trabalho de anos em um segundo. Isso era tudo que eu podia depreender da estranha história que ele acabara de me contar. Ele voltou a falar depois de um silêncio prolongado.

— Eu fiquei um tanto amedrontado quando me dei conta do que descobrira. Cientistas enlouqueceriam com essa descoberta. E era tão simples; praticamente se descobrira sozinho. Quando penso naquela fórmula e naquele novo elemento precipitado em escalas metálicas...

— Que novo elemento?

— Ah, eu não pensei em um nome para ele, e acho que nunca irei. Já existem metais preciosos demais no mundo pelos quais se cortar pescoços.

Seu comentário chamou ainda mais minha atenção.

— Você encontrou uma maneira de criar ouro, Boris?

— Não, melhor. Mas olhe bem, Alec! — ele riu, levantando-se. — Você e eu temos tudo de que precisamos neste mundo. Ah, veja como você já parece agourento e ganancioso!

Eu também ri, dizendo a ele o quanto era devorado pelo desejo de ouro, e que era melhor que falássemos de outra coisa. Assim, quando Geneviève apareceu, pouco depois, já tínhamos deixado de lado o assunto alquímico.

Geneviéve vestia-se de cinza-prateado dos pés à cabeça. A luz brilhava nas curvas suaves de seu cabelo loiro enquanto ela virava a bochecha para Boris; então ela me viu e devolveu meu cumprimento. Ela nunca antes deixara de me soprar um beijo com a ponta de seus dedos brancos, e eu prontamente reclamei tal falta. Ela sorriu e me estendeu a mão, que caiu tão logo tocou a minha; então, olhando para Boris, ela disse:

— Você deve convidar Alec para ficar para o almoço. — Isso também era algo novo. Até hoje, fora sempre ela quem me convidara.

— Eu convidei — Boris disse, direto.

— E você aceitou, espero. — Ela se voltou para com um sorriso simpático e convencional. Como se eu fosse um conhecido recente.

Fiz um arco de mesura:

— *J'avais bien l'honneur, madame.* — Mas, recusando nossa galhofa habitual, ela murmurou algo banal e hospitaleiro, e desapareceu. Boris e eu nos encaramos. — Melhor eu ir para casa, não acha? — perguntei.

— E eu é que sei? — ele respondeu com franqueza.

Enquanto debatíamos a conveniência da minha partida, Geneviève reapareceu à porta, sem seu chapéu. Ela era maravilhosamente bela, mas sua tonalidade era por demais profunda e seus lindos olhos, por demais brilhantes. Ela veio até mim e me pegou pelo braço.

— O almoço está pronto. Pareci zangada, Alec? Pensei que estava com dor de cabeça, mas não estava. Venha, Boris. — E ela cruzou o outro braço com o dele. — Alec sabe que, depois de você, não há ninguém no mundo de quem eu goste mais do que dele, então, se às vezes ele se sentir esnobado, isso não o machucará.

— *À la bonheur* — eu clamei. — Quem disse que não existem tempestades em abril?

— Vocês estão prontos? — Boris cantarolou.

— Sim, prontos!

E, braços com braços, corremos na direção da sala de jantar, escandalizando os criados. Afinal, não havia muito o que se condenar: Geneviève tinha somente dezoito anos, Boris tinha vinte e três, e eu nem vinte e um ainda.

II

Um pequeno trabalho na decoração do quarto de Geneviève me mantinha constantemente no pitoresco pequeno hotel da Rue Saint-Cécile. Naqueles dias, Boris e eu trabalhávamos duro, mas conforme desejávamos — o que era sem regularidade —, e nós três, incluindo Jack Scott, passávamos muito tempo à toa juntos.

Em uma tarde silenciosa, eu vagava sozinho pela casa, observando raridades, bisbilhotando cantos estranhos, descobrindo doces e cigarros em curiosos esconderijos até que, por fim, parei no banheiro. Boris, coberto de argila, estava lá, lavando as mãos.

O cômodo fora construído com um mármore róseo, com exceção do piso, que era um mosaico rosa e cinza. No centro havia uma banheira quadrada abaixo do nível do piso, com degraus conduzindo em sua direção, e pilares esculpidos suportavam o teto tomado de afrescos. Um belo cupido de mármore parecia ter acabado de pousar em seu pedestal no final do cômodo. Todo o interior era trabalho meu e de Boris.

Ele, em suas roupas brancas de trabalho, raspava a argila e o cera de modelar de suas bonitas mãos, flertando com o cupido por sobre o ombro.

— Estou te vendo — ele disse —, não tente olhar em outra direção, fingindo não me ver. Você sabe quem te fez, seu embuste.

Era sempre o meu papel interpretar os sentimentos do cupido nessas conversas e, quando chegou a minha vez, respondi de tal modo que Boris pegou-me pelo braço, levando-me até a banheira e dizendo que ia me afogar. Um instante depois, ele me largou e ficou pálido.

— Deus do Céu — ele disse. — Eu esqueci que a banheira está cheia da solução!

Estremeci um pouco e, bruscamente, lhe adverti para se lembrar direito onde estocara o precioso líquido.

— Pelo amor de Deus, por que você mantém um pequeno lago

dessa coisa horrível aqui dentro? — perguntei.

— Queria experimentá-la em algo maior — ele respondeu.

— Em mim, por exemplo?

— Ah, chegou muito perto de acontecer para que brinque com isso! No entanto, eu queria, de fato, observar a ação da solução em um corpo vivo mais organizado, como esse grande coelho branco — ele disse, seguindo-me até o estúdio.

Jack Scott, vestindo um paletó manchada de tinta, entrou vagando, apropriou-se de toda sorte de doce oriental que cabia em suas mãos, saqueou a cigarreira e, por fim, ele e Boris saíram juntos para visitar a galeria Luxembourg, onde uma nova escultura de bronze prateado de Rodin e uma paisagem de Monet reclamavam a atenção exclusiva da classe artística francesa.

Voltei para o estúdio e retomei meu trabalho. Era uma pintura renascentista que Boris queria que eu pintasse para o quarto de Geneviève. Mas o garotinho que estava contra a vontade e preguiçosamente posando para isso, naquele dia recusava qualquer aliciamento para cumprir seu papel. Ele nunca ficava um instante sequer na mesma posição, e em cinco minutos eu tinha uma série de diferentes esboços do pestinha.

— Você está posando ou dançando e cantando, meu amigo? — perguntei.

— O que agradar ao senhor — ele respondeu, com um sorriso angelical.

Claro que o dispensei pelo dia e claro que o paguei pelo tempo integral de trabalho, sendo essa a maneira como mimávamos nossos modelos.

Depois que o pequeno diabrete se foi, fiz alguns borrões descuidados em meu trabalho, mas estava tão absolutamente de má vontade que me tomou o resto da tarde para desfazer o estrago que havia feito. Por fim, raspei a paleta, afundei meus pincéis em uma bacia de sabão negro e passeei até a sala de fumo. Eu acredito piamente que, com exceção do quarto de Geneviève, nenhum cômodo da casa era tão livre do odor de tabaco quanto este. Era um estranho caos de quinquilharias, com paredes cobertas por uma tapeçaria puída. Uma velha espineta de tom doce e em bom estado de conservação ficava próxima à janela. Havia um estande de armas, algumas velhas e inúteis, outras brilhantes e modernas, peças de armaduras turcas e indianas e, dispostas sobre a lareira, dois ou três bons quadros e um suporte para cachimbos. Era aqui que costumávamos vir para experimentar novas sensações ao fumar. Pergunto-me se existia algum tipo de cachimbo que não tivesse um exemplar naquele suporte. Quando selecionávamos um, imediatamente o levávamos para algum lugar e fumávamos, pois aquele cômodo era mais melancólico e menos convidativo que qualquer outro da casa. Mas, naquela tarde, o crepúsculo estava bem relaxante, os tapetes e peles no chão pareciam amarronzados, macios e convidativos à sonolência; e o grande sofá estava atulhado de almofadas. Encontrei um cachimbo e me aninhei ali para uma insólita sessão de fumo na sala de fumo. Escolhi um com uma longa haste e acendê-lo foi como adentrar um sonho. Ele apagou depois de um tempo, mas não me movi. Continuei sonhando e logo adormeci.

Despertei com a música mais triste já tinha ouvido. A sala estava tão escura que eu não tinha ideia de que horas eram. Um raio do luar prateava a beirada da velha espineta e a madeira polida parecia exalar os sons como o perfume flutua sobre uma caixa de sândalo. Alguém emergira da escuridão e viera em minha direção, chorando discretamente, e eu fui tolo o bastante para gritar "Geneviève!"

Ela caiu ao me ouvir e tive tempo de me xingar enquanto acendia uma luz e tentava levantá-la do chão. Ela se encolheu e se afastou com um gemido de dor; estava muito quieta e perguntou por Boris. A carreguei até o divã e fui procurar por ele, mas ele não estava na casa e os criados já tinham se retirado para dormir. Perplexo e ansioso, voltei correndo para Geneviève. Ela continuava onde a deixara, parecendo muito pálida.

— Não pude encontrar Boris nem nenhum dos criados — eu disse.

— Eu sei — ela disse, com fraqueza. — Boris foi para o Ept[10] com o sr. Scott. Eu não me lembrava disso quando pedi que fosse procurá-lo.

— Mas, nesse caso, ele não estará de volta até a tarde de amanhã e... Você está machucada? Eu a assustei e a fiz cair? Que idiota terrível eu sou, mas estava apenas parcialmente acordado.

— Boris pensou que você tinha ido para casa antes do jantar. Por favor, nos desculpe por deixá-lo aqui todo esse tempo.

---

10 Aparentemente, trata-se do rio Epte, localizado no norte da França, embora a grafia adotada pelo autor deixe dúvidas se trata-se de erro de Chambers ou uma criação sua, sendo uma versão alternativa do rio verdadeiro.

— Eu tirei uma longa soneca — eu ri. — Tão profunda que eu não sabia se estava dormindo ou não quando me encontrei diante de uma figura que se movia na minha direção e gritei seu nome. Você estava experimentando a velha espineta? Devia estar tocando muito baixinho.

Eu teria contado mil outras mentiras piores que aquela para ver o olhar de alívio que surgiu em sua face. Ela sorriu de maneira adorável e falou com sua voz natural:

— Alec, eu tropecei naquela cabeça de lobo e acho que torci meu tornozelo. Por favor, chame Marie e então vá para casa.

Fiz como ela ordenara e parti assim que a criada chegou.

III

Na tarde do dia seguinte, quando cheguei, encontrei Boris caminhando agitado por seu estúdio.

— Geneviève está dormindo agora — ele me disse. — A torção não foi nada, mas por que ela tem uma febre tão alta? O médico não sabe explicar, ou então não quer — ele murmurou.

— Geneviève está com febre? — perguntei.

— Sim, devo dizer que sim. Na verdade, passou a noite toda delirante. Imagine só! A alegre Geneviève, sem uma única preocupação no mundo... E ela fica dizendo que está com o coração partido, que quer morrer!

Meu coração parou.

Boris encostou-se à porta de seu estúdio, olhando para baixo, mãos nos bolsos, seus olhos gentis enevoados, um sinal de preocupação "sobre a bela marca dos lábios de onde brotava o sorriso[11]". A criada tinha ordens de chamá-lo assim que Geneviève abrisse os olhos. Aguardamos e aguardamos e Boris, em uma agitação crescente, vagava, mexendo com cera de modelar e barro vermelho. De repente, ele foi para o quarto ao lado.

— Venha ver meu banho cor-de-rosa tomado pela morte! — ele gritou.

— Isso é a morte? — gritei de volta, tentando melhorar seu humor.

---

11 (...) "over the mouth's good mark, that made the smile", no original, uma citação levemente incorreta do poema *Andrea del Sarto*, de Robert Browning, que diz "over *his* mouth's good mark", "sobre a bela marca dos *seus* lábios".

— Você não está preparado para chamar a isso de vida, eu creio — ele respondeu. Enquanto falava, ele pegou um solitário peixinho dourado, que se agitava e contorcia, de dentro de seu aquário. — Vamos mandar este atrás do outro... seja lá para onde for. — ele disse. Havia uma excitação febril em sua voz. Um embotamento igualmente febril abatera-se sobre meus membros e mente ao segui-lo até a clara banheira de cristal com suas beiradas matizadas de rosa; e ele deixou cair a criatura lá. Caindo, suas escamas brilharam com um laranja forte graças aos movimentos e contorcionismos e, no momento que atingiu o líquido, tornou-se rígido e afundou. Então, veio a espuma branca, os esplêndidos tons radiando até a superfície e, por fim, um facho de luz pura e serena brotou do que parecia ser uma profundeza infinita. Boris mergulhou a mão lá e retirou uma delicada peça de mármore, de veias azuis e matizes róseos, brilhando com gotas opalescentes.

— Brincadeira de criança — ele murmurou e olhou, cansado e ansioso na minha direção... Como se eu pudesse responder algo!

Então, Jack Scott chegou e, com fervor, se juntou ao "jogo", como ele chamava. Não restava mais o que fazer além de testar o experimento no coelho branco naquele momento. Eu queria que Boris se distraísse dos problemas, mas odiava ver a vida indo embora de uma criatura viva e quentinha, então decidi não ficar ali. Pegando um livro ao acaso, sentei-me no estúdio para ler. Infelizmente, peguei *O Rei de Amarelo*. Depois de alguns momentos, que pareceram uma eternidade, eu o pus de lado com um estremecimento nervoso quando Boris e Jack entraram, trazendo seu coelho de mármore. Na mesma hora, o sino soou, assim como um grito vindo do quarto da enferma. Boris se foi como um raio e então gritou:

— Jack, corra até o médico, traga-o com você. Alec, venha aqui.

Fui e parei na porta. Uma serva, apavorada, saiu com pressa, correndo para buscar um remédio. Geneviève, sentada ereta, com as faces vermelhas e olhos brilhantes, balbuciava sem parar e resistia a Boris, que gentilmente tentava segurá-la. Ele me chamou para ajudar. Ao meu primeiro toque, ela suspirou e caiu para trás, fechando os olhos, e então... então, enquanto ainda estávamos sobre ela, Geneviève os abriu de novo, olhou diretamente para Boris e — pobre e delirante moça! — contou-lhe seu segredo. Naquele instante, nossas vidas, as três, tomaram um novo rumo. O vínculo que nos unira por tanto tempo se rompeu para sempre e um novo vínculo se forjou em seu lugar, pois ela dissera meu nome e, enquanto a febre a torturava, seu coração jorrou toda aquela tristeza oculta. Maravilhado e parvo, baixei a cabeça; meu rosto fervia como se estivesse em brasa e minhas orelhas vermelharam de sangue, me entorpecendo com seu calor. Incapaz de me mover, incapaz de falar, escutei suas palavras febris em uma agonia de vergonha e tristeza. Não podia calar-lhe, não podia encarar Boris. Então, senti um braço sobre meu ombro e ele virou a face pálida para mim.

— Não é sua culpa, Alec. Não lamente se ela o ama... — Mas ele não foi capaz de terminar, pois o médico irrompeu no quarto, dizendo "Ah, a febre!"

Eu peguei Jack Scott e corri com ele para rua, dizendo "Boris prefere ficar sozinho". Atravessamos a rua até nossos apartamentos e, naquela noite, vendo que eu ficaria doente também, Jack voltara ao médico. A última coisa de que me lembro com alguma distinção é de ouvir Jack dizendo: "Pelo amor de Deus, doutor, o que o afligiria assim, para ficar com o rosto desse jeito?", e pensei em *O Rei de Amarelo* e na Máscara Pálida.

Eu estava muito doente, pois a tensão dos dois anos que se seguiram àquela fatídica manhã de maio em que Geneviève murmurou-me "eu te amo, mas penso amar mais a Boris" veio cobrar seu preço. Nunca imaginei que aquilo viria a ser mais do que eu poderia suportar. Aparentemente tranquilo, eu me enganava. Apesar da batalha interna que se desenrolava noite após noite, comigo sozinho em meu quarto, amaldiçoando a mim mesmo pelos pensamentos desleais a Boris e indignos de Geneviève, pela manhã eu sempre encontrava alívio e retornava para Geneviève e meu querido Boris, o coração lavado pela tempestade da noite.

Fosse em palavra, ato ou pensamento, nunca traí minha tristeza enquanto com eles, nem para mim mesmo.

A máscara do auto engano não era mais uma máscara para mim, mas parte de mim. A noite a roubava, escancarando a verdade sufocada por baixo dela; porém não havia ninguém para vê-la além de mim mesmo. Quando o dia rompia, a máscara voltava a cobrir minha face a seu bel-prazer.

Esses pensamentos cruzavam minha mente perturbada enquanto eu estava doente, mas emaranhavam-se com visões de criaturas alvas, pesadas como rocha, arrastando-se pela banheira de Boris... Ou da cabeça do lobo no tapete, raivosa, mordendo Geneviève, que se deitava sorrindo a seu lado. Pensava ainda no Rei de Amarelo, envolto nas fantásticas cores de seu manto esfarrapado, assim como no choro amargo de Cassilda: "Não sobre nós, ó Rei, não sobre nós!" Febrilmente, lutei para me livrar de tais imagens, mas vi o lago de Hali, fino e vazio, sem ondulação ou vento para agitá-lo, e vi as torres de Carcosa por trás da lua. Aldebarã, as Híades, Alar, Hastur — todos deslizando através das frestas das nuvens que se agitavam e vibravam como a capa esfarrapada e coberta de moluscos de vieira do Rei de Amarelo. Entre esses, um pensamento são persistia. Ele nunca vacilava, não importava o que mais se passasse em minha mente distorcida: minha razão de existência era cumprir com alguma exigência de Boris e Geneviève. Que obrigação era essa, sua natureza, não estava clara; às vezes parecia tratar-se de protegê-los, outras de ajudá-los em meio a uma grande crise. Quaisquer que fossem as necessidades do momento, o peso parecia incidir apenas sobre mim, que nunca estava fraco ou doente o bastante que não pudesse responder com toda minha vontade. Havia sempre uma pletora de faces ao meu redor, a maioria estranha, mas umas poucas eu reconheci — Boris entre elas. Ainda que depois tenham me dito que isso não podia ter acontecido, sei que ao menos uma vez ele se curvou sobre mim. Foi apenas um toque, um débil eco de sua voz antes que as nuvens voltassem a nublar meus sentidos e eu o perdesse, mas ele esteve lá e se curvou sobre mim ao menos uma vez que fosse.

Por fim, em uma manhã, acordei com raios de sol cruzando minha cama e Jack Scott lendo ao meu lado. Eu não tinha forças para falar alto, tampouco pensar, ainda menos me lembrar, mas pude sorrir debilmente quando os olhos de Jack encontraram os meus e, quando ele se levantou de um salto, perguntando-me com ansiedade se eu queria algo, sussurrei: "Sim. Boris." Jack moveu-se até a cabeceira da cama e se abaixou para ajeitar meu travesseiro; não podia ver seu rosto, mas ele respondeu com sinceridade:

— Você deve esperar, Alec. Ainda está muito fraco, até mesmo para ver Boris.

Esperei e fiquei mais forte. Em alguns dias, eu já estava bem para ver quem quisesse, mas, enquanto isso, eu pensava e me lembrava. Assim que tudo que se passou voltou a ficar claro em minha mente, não tive dúvidas do que deveria fazer quando a hora chegasse, certo de que Boris, em meu lugar, teria tomado a mesma decisão. Não perguntei por mais ninguém. Nunca perguntei por que nenhuma mensagem chegara deles ou por que, enquanto eu jazia ali, esperando e me recuperando, sequer ouvira seus nomes serem mencionados. Ocupado com minha própria busca pelo caminho correto e com minha débil, porém determinada, luta contra o desespero, apenas aquiesci diante da relutância de Jack, tomando por certo que ele temia falar deles, com receio de que eu me rebelasse e insistisse em vê-los. Durante esse tempo, eu repetia para mim mesmo: o que seria da vida quando ela recomeçasse para todos nós? Retomaríamos nossas relações exatamente como eram antes de Geneviève adoecer. Boris e eu nos encararíamos e não haveria rancor, covardia ou desconfiança nesse olhar. Por um tempo eu retomaria a convivência com eles na intimidade de seu lar e então, sem pretexto ou explicação, desaparecia de suas vidas para sempre. Boris saberia. Geneviève... Meu único consolo era que ela jamais saberia. Parecia, eu pensava, que eu encontrara o significado do senso de obrigação que persistira por todo meu delírio, e qual era a única resposta possível para ele. Então, quando estava quase recuperado, um dia chamei por Jack e lhe disse:

— Jack, quero ver Boris já. E leve meus devotados cumprimentos à Geneviève...

Quando enfim ele me fez entender que os dois estavam mortos, me entreguei a uma fúria cega que pôs minha pequena convalescença em átomos. Eu delirava e me amaldiçoava, mergulhando-me em uma recaída, de onde emergi algumas semanas depois como um rapaz de vinte e um anos que acreditava que sua juventude tinha se perdido para sempre. Parecia que eu tinha perdido a capacidade de sofrer mais. Um dia, quando Jack me estendeu uma carta e as chaves para a casa de Boris, eu as peguei sem tremer e pedi que me contasse tudo. Foi cruel da minha parte perguntar a ele, mas não havia outro modo e ele se curvou, cansado, sobre as mãos magras, abrindo feridas que nunca curara inteiramente. Ele falou bem devagar:

— Alec, a menos que você tenha alguma pista que eu desconheça, você não será capaz de explicar mais do que eu o que aconteceu. Suspeito que você preferiria não ouvir tais detalhes, mas é preciso que os saiba; do contrário, eu lhe pouparia de tudo isso. Deus sabe que eu gostaria de ser poupado de contá-los, então o farei em poucas palavras. No dia que o deixei aos cuidados do médico, voltei à casa de Boris e o encontrei trabalhando nas Moiras. Geneviève, ele dissera, dormia sob a influência de remédios. Ela estivera um tanto fora de si, ele dissera. Ele continuou trabalhando sem mais falar e eu o observava. Em pouco tempo, percebi que a terceira figura do grupo (aquela olhando direto para frente, para o mundo lá fora) tinha o rosto do próprio escultor. Mas não como a face que você conheceu, e sim aquela que ele teria a partir de então e até o fim. Isso é algo para que eu gostaria de encontrar uma explicação, mas nunca encontrarei. Bem, ele trabalhava e eu o observava em silêncio, e seguimos assim até quase meia-noite. Então, ouvimos a porta se abrir e fechar com força, com passos apressados no cômodo contíguo. Boris irrompeu pela porta e eu segui, mas era tarde demais. Ela jazia no fundo da piscina, suas mãos cruzadas sobre o peito. Então, Boris atirou no próprio coração. — Jack parou de falar, gotas de suor acumulando-se sob seus olhos, o rosto fino se contorcendo. — Levei Boris para o quarto. Depois, voltei e fiz fluir aquele líquido infernal da banheira, abrindo toda água e lavando cada gota do mármore. Quando finalmente ousei descer aqueles degraus, a encontrei deitada e branca como a neve. Enfim, quando decidi o que era melhor fazer, fui para o laboratório e, antes de qualquer coisa, esvaziei no ralo a solução que havia na bacia. Em seguida, despejei também o conteúdo de cada jarro e garrafa. Tinha lenha na lareira, então tratei de fazer fogo e, arrombando as trancas do armário de Boris, fiz queimar todos os papéis, anotações e cartas que encontrei ali. Com uma marreta do estúdio, fiz em pedaços os jarros vazios, juntei-os em um balde de carvão e os levei ao porão, onde os joguei sobre o leito avermelhado de brasa da fornalha. Por seis vezes fiz essa jornada até que, por fim, não sobrara nenhum vestígio de nada que pudesse ajudar a reencontrar a fórmula descoberta por Boris. Finalmente, eu tive coragem de chamar o médico. Ele é um bom homem e, juntos, conseguimos manter tudo alheio ao público. Sem ele, eu não teria tido sucesso. Depois, pagamos os criados e os mandamos embora para o campo, onde a velha Rosier os mantém quietos com histórias sobre as viagens de Boris e Geneviège para terras distantes, das quais levarão anos para voltar. Enterramos Boris no pequeno cemitério de Sèvres. O médico é uma boa criatura e sabe quando ter dó de um homem que não consegue suportar mais nada. Ele deu o laudo de doença cardíaca na certidão e não me fez perguntas. — Então, levantando a cabeça de suas mãos, ele disse: — Abra a carta, Alec, é para nós dois.

Rasguei o envelope e a abri. Era o testamento de Boris, datado de um ano antes. Ele deixara tudo para Geneviève e, no caso de ela morrer antes de ter filhos, eu deveria tomar conta da casa na Rue Sainte-Cécile e Jack Scott ficaria com a gerência de Ept. Quando morrêssemos, as propriedades voltariam para sua família materna na Rússia, com exceção das esculturas de mármore criadas por ele. Estas ficariam comigo.

A visão da página borrou diante de meus olhos e Jack se levantou, caminhando até a janela. Logo ele voltou, sentando-se outra vez. Eu temia o que ele tinha a dizer, mas o ouvi falando com a mesma simplicidade e gentileza:

— Genevièvez jaz diante da *Madonna* no salão de mármore. A Madona se curva gentilmente sobre ela e Geneviève sorri de volta para aquela calma face que nunca teria existido sem ela. — Sua voz vacilou, mas ele pegou minha mão e disse: — Coragem, Alec.

Na manhã seguinte, ele partiu para Ept a fim de cumprir com o papel de fiduciário que lhe havia sido confiado.

IV

Na mesma noite peguei as chaves e rumei à casa que conhecia tão bem. Tudo estava em ordem, mas o silêncio era terrível. Apesar de ter ido duas vezes até a porta do salão de mármore, não consegui me forçar a entrar. Estava além das minhas forças. Fui para a sala de fumo e me sentei lá, diante da espineta. Um lencinho de seda descansava sobre as teclas e virei o rosto, emocionado. Estava claro que eu não podia ficar, então fechei cada porta, cada janela e os três portões, da frente e de trás, e me fui. Na manhã seguinte, Alcide fez minha mala e, deixando-o encarregado dos meus apartamentos, tomei o Expresso do Oriente e fui para Constantinopla.

Durante os dois em que vaguei pelo Oriente, no começo, em nossas cartas, nunca falávamos de Geneviève e Boris, mas gradualmente seus nomes começaram a aparecer. Lembro-me bem de uma passagem em uma das cartas de Jack, respondendo a uma das minhas...

"O que você me disse sobre ver Boris enquanto estava doente, com ele curvando-se sobre você, sentindo seu toque em sua face e ouvindo sua voz, é claro que isso me perturbou. Isso que me descreveu deve ter acontecido quase quinze dias depois dele ter morrido. Digo a mim mesmo que você estava sonhando, que era parte de seu delírio, mas a explicação não me satisfaz, tampouco a você."

Por volta do fim do segundo ano, uma carta de Jack chegou até mim na Índia e parecia tão distinta de tudo que conhecia dele que decidi retornar imediatamente para Paris. Ele escreveu: "Eu estou bem e vendo todas as minhas pinturas, tal como os artistas que não precisam de dinheiro. Não há com que me preocupar, no entanto estou mais cansado do que se tivesse. Sinto-me incapaz de me livrar de uma estranha ansiedade em relação a você. Não é nenhuma apreensão, é mais como uma expectativa que me rouba o ar... em relação a que, só Deus sabe! Apenas posso dizer que está acabando comigo. Minhas noites são só sonhos sobre você e Boris. Não posso me lembrar de nada depois, mas eu acordo de manhã com o coração acelerado e a agitação aumenta ao longo do dia até que eu durma à noite para ter a mesma experiência de novo. Sinto-me exausto por isso e estou determinado a dar fim a essa mórbida condição. Preciso vê-lo. Devo ir para Mumbai ou você virá para Paris?"

Telegrafei a ele, instruindo-o que me esperasse no próximo barco a vapor.

Quando nos encontramos, achei que ele tinha mudado muito pouco. Já eu, ele insistiu, me encontrava em ótimo estado. Era bom ouvir sua voz e, enquanto sentávamo-nos e conversávamos sobre o que a vida havia nos trazido, sentimos que era agradável estarmos vivos naquele clima vívido da primavera.

Ficamos juntos em Paris por uma semana e então eu fui com ele por uma semana para Ept, mas, antes de tudo, fomos ao cemitério de Sèvres, onde Boris descansava.

— Devemos colocar as *Moiras* naquele pequeno bosque perto dele? — Jack perguntou e eu respondi:

— Creio que apenas a *Madonna* deveria guardar o túmulo de Boris.

Mas Jack não se encontrava melhor com meu retorno. Os sonhos dos quais ele não conseguia guardar o menor detalhe continuavam e ele me relatou que, às vezes, a sensação de falta de ar devido à ansiedade era sufocante.

— Veja, faço-lhe apenas mal, nenhum bem — eu disse. — Tente uma mudança sem mim.

Então ele partiu sozinho em passeio pelas Ilhas do Canal e eu voltei para Paris. Ainda não entrara na casa de Boris, agora minha, desde que voltara, mas sabia que o devia fazer. Tudo estava em ordem graças a Jack, e haviam criados lá, então deixei meu apartamento e fui viver lá. Em vez da agitação que eu temia, descobri-me capaz de pintar lá com tranquilidade. Visitei todos os cômodos, com exceção de um. Não podia me permitir entrar no salão de mármore onde Geneviève descansava, porém sentia a cada dia crescer em mim o desejo de olhar sua face, de ajoelhar-me diante dela.

Em uma tarde de abril, eu me encontrava deitado e sonhando na sala de fumo, assim como o fizera dois anos antes, e mecanicamente procurei, entre o amarelado dos tapetes orientais, pela pele de lobo. Custei a distinguir as orelhas pontudas e a cruel cabeça achatada, e então pensei no sonho onde vi Geneviève deitada ao lado daquilo. Os elmos ainda estavam pendurados sobre a tapeçaria puída; entre eles o velho morrião espanhol que me lembrava de Geneviève usar quando nos divertíamos entre as antigas peças de armadura. Virei-me para a espineta: cada tecla amarela parecia carente do gentil toque de sua mão e eu me levantei, guiado pela força da paixão de minha vida, na direção da porta cerrada do salão de mármore. As pesadas portas balançaram ao serem abertas por minhas mãos trêmulas. O sol se esticava pela janela, tingindo de dourado as asas do cupido e pairando como uma nuvem diante da face da Madona, cuja face tão terna se abaixava com compaixão sobre uma forma de mármore tão extraordinariamente pura que me ajoelhei e fiz o sinal da cruz. Geneviève jazia na sombra sob a Madona e, ainda assim, passando por seus braços brancos, pude ver as pálidas veias azuis e, sob suas suaves mãos cruzadas, as dobras de seu vestido eram tingidas de rosa, como se uma fraca luz quente emanasse de seu peito.

Abaixando-me, com o coração partido, toquei o pano de mármore com meus lábios, então voltei para a casa silenciosa.

Uma criada me trouxe uma carta e me sentei na pequeno jardim de inverno para lê-la; estava prestes a romper o selo, mas vi a garota persistindo em sua presença, então lhe perguntei o que queria.

Ela balbuciou algo sobre um coelho branco que fora apanhado na casa e perguntou o que deveria ser feito com ele. Disse-lhe que deveria soltá-lo no jardim murado atrás da casa e abri a carta. Era de Jack, mas tão incoerente que pensei que ele havia perdido a razão.

Não passava de um monte de pedidos fervorosos para que eu não deixasse a casa até que ele voltasse. Ele não podia me dizer o motivo disso; eram os sonhos, ele dizia... Embora não pudesse me explicar nada, ele estava certo de que eu não devia deixar a casa na Rue Sainte-Cécile.

Conforme terminava de ler, levantei os olhos e me deparei com a mesma criada parada na porta, segurando um prato de vidro onde dois peixinhos dourados nadavam:

— Coloque-os de volta no aquário e diga-me o que queria ao me interromper — eu disse.

Com um gemido meio reprimido, ela despejou a água e os peixes em um aquário na extremidade do jardim de inverno e, virando-se para mim, pediu permissão para abandonar o serviço. Disse que as pessoas estavam pregando peças nela, obviamente com o desejo de colocá-la em apuros: o coelho de mármore fora roubado e um vivo fora trazido para casa, os dois lindos peixes de mármore se foram e ela acabara de encontrar aqueles dois, comuns e vivos, se debatendo no chão da sala de jantar. Eu a tranquilizei e a mandei para casa, dizendo que iria investigar eu mesmo. Fui ao estúdio, onde não havia nada lá além de minhas telas e alguns moldes, com exceção do lírio de mármore. Eu o vi em uma mesa do outro lado do cômodo. Então caminhei com raiva em sua direção. Mas a flor que peguei da mesa era fresca e frágil e impregnava o ar com seu perfume.

Então, subitamente compreendi e corri pelo corredor até o salão de mármore. As portas se abriram e o sol bateu no meu rosto, e, através dos raios dourados, em sua glória celestial, a Madona sorria enquanto Geneviève levantava suas faces coradas de seu sofá de mármore e abria seus olhos sonolentos.

NO ADRO DO DRAGÃO

ROBERT W. CHAMBERS

Ó, tu, cujo coração arde pelos que ardem
No inferno, cujas flamas alimentará também;
Quanto tempo para gritar: "Misericórdia." Deus!
Quem és tu para ensinar e Ele para aprender, vê bem?[12]

---

12 Da introdução de Edward Fitzgerald (1809-1883) para o *Rubaiyat*, de Omar Khayyam.

As vésperas tinham chegado ao fim na igreja de São Barnabé. O clérigo deixara o altar; os meninos do coral afluíram pela igreja e se instalaram em seus bancos; um acólito de sotaina abastada marchou pela nave sul, ecoando seu cajado a cada quatro passos dados no pavimento de pedra. Atrás dele, vinha aquele bom e eloquente pregador, o monsenhor C--.

Minha cadeira ficava próxima ao mainel da capela e agora eu me virara em direção à extremidade oeste da igreja. As outras pessoas entre o altar e o púlpito também se viraram. Houve murmúrios e arrastares enquanto a congregação voltava a se sentar. O padre subiu as escadas do púlpito e o voluntário no órgão se interrompeu.

Sempre pensei na música tocada no órgão da São Barnabé como algo extremamente interessante. Erudita e científica, ela era demais para minha reduzida compreensão, mas expressava uma vívida, ainda que fria, inteligência. Além disso, ela expressava aquela qualidade francesa do agrado: o agrado que reinava supremo, imperturbável, digno e reservado.

Hoje, no entanto, do primeiro acorde pude sentir uma mudança para pior, uma mudança sinistra. Durante as vésperas, havia sido principalmente o órgão que apoiara o belo coral, mas, de vez em quando, de modo tão deliberado quanto parecia, uma pesada mão vinha da galeria oeste, onde o órgão ficava, abatendo-se sobre a igreja e a serena pacificidade daquelas vozes límpidas. Era algo mais que aspereza e dissonância, e não entregava nenhuma falta de habilidade. Como ocorreu repetidas vezes, aquilo me pôs a pensar no que diziam meus livros de arquitetura sobre o costume que havia nos velhos tempos de consagrar o coro tão logo ele fosse construído, e que a nave, quase sempre só concluída meio século depois, não costumava receber benção alguma: me perguntava, distraído, se aquele fora o caso da São Barnabé e se, por isso, algo que não deveria se sentir em casa em uma igreja cristã poderia ter entrado incognitamente e possuído a galeria oeste. Eu lera sobre coisas assim acontecendo, claro, mas não em obras sobre arquitetura.

Então lembrei-me que a São Barnabé não tinha mais do que cem anos e sorri diante da incongruente associação entre superstições medievais e aquele alegre pedacinho do rococó oitocentista.

Mas agora as vésperas tinham se encerrado e só o que as deveria seguir eram alguns acordes tranquilos, adequados à contemplação, enquanto aguardávamos pelo sermão. Em vez disso, a discórdia na parte baixa da igreja irrompera com a saída dos clérigos, como se nada daquilo pudesse ser controlado.

Sou filho de uma geração mais simples e antiga, que não morre de amores por buscar sutilezas psicológicas na arte; sempre me recusei a buscar na música qualquer coisa mais do que melodia e harmonia, mas senti que no labirinto sonoro que agora irrompia daquele instrumento havia algo sendo caçado. Para cima e para baixo, os pedais o perseguiam enquanto os teclados retumbavam em aprovação. Pobre diabo, fosse quem fosse, parecia haver pouca esperança de fuga!

Minha irritação nervosa transformou-se em raiva. Quem estava fazendo aquilo? Como ele ousava tocar daquela forma no meio dos serviços eclesiásticos? Olhei de soslaio para as pessoas próximas: ninguém aparentava a menor perturbação. As faces plácidas das freiras ajoelhadas, ainda viradas para o altar, não demonstravam qualquer agitação em sua devota abstração sob a sombra pálida de seu véu branco. A elegante dama ao meu lado olhava com expectativa para o monsenhor C--. Pelo que se via em seu rosto, era de se supor que o órgão estava tocando "Ave Maria".

Mas agora, enfim, o reverendo fazia o sinal da cruz, demandando silêncio. Virei-me para ele agradecido. Até então, eu não encontrara o descanso com que contava quando entrara na São Barnabé naquela tarde.

Eu estava desgastado por três noites de sofrimento físico e confusão mental: a última fora a pior, e era um corpo exausto e uma mente entorpecida, porém extremamente sensível, que eu levara à minha igreja favorita par serem curados. Pois eu havia lido *O Rei de Amarelo*.

— Ao nascer do sol, eles se recolhem e se acomodam nos seus covis.[13] — Monsenhor C-- entregava seu sermão em uma voz calma, olhando com calma para sua congregação. Meus olhos se viraram, não sei dizer o motivo, na extremidade oposta da igreja. O organista estava saindo de trás da tubaria e, passando pela galeria, o vi desaparecer em uma portinhola que levava, através de uma escadaria, direto para a rua. Ele era um homem esbelto e sua face era tão branca quanto seu casaco era negro. "Vá pela sombra", eu pensei, "com sua música maldita! Espero que seu assistente toque o encerramento."

13 Salmos 104, versículo 22.

Com uma sensação de alívio — uma profunda e calma sensação de alívio —, virei-me para o rosto sereno no púlpito e me aquietei para ouvi-lo. Ali, enfim, estava a calmaria pela qual minha mente tanto ansiava.

— Meus filhos — disse o reverendo —, eis a verdade que a alma humana mais tem dificuldade de aprender: não há nada a ser temido. Não há como fazê-la entender que não há nada que possa machucá-la.

"Doutrina curiosa para um padre católico!", eu pensei. "Vejamos como a reconciliará com os Santos Padres."

— Realmente não há nada que possa causar dano à alma — continuou ele, em sua calma e clara entonação. — Porque...

Mas eu nunca escutei o restante. Meus olhos abandonaram sua face, sei lá por qual motivo, e passou a sondar a extremidade oposta da igreja. O mesmo homem estava saindo de trás do órgão e passava pela galeria da mesma maneira que antes. No entanto, não houvera tempo para ele retornar e, se ele tivesse retornado, eu deveria tê-lo visto. Senti um calafrio leve e meu coração parou; e, contudo, seu ir e vir não era da minha conta. Olhei para ele: não conseguia desviar o olhar de sua figura negra e face branca. Quando ele estava exatamente diante de mim, virou-se e encarou-me com ódio intenso e mortal do outro lado da igreja; nunca vira nada parecido — e queira Deus que eu nunca mais visse! Então, ele desapareceu pela mesma porta que eu o vira ele cruzar menos de sessenta segundos antes.

Sentei-me e tentei organizar as ideias. A primeira sensação que tive foi a de ser uma criança bem pequena que se machucara feio e estava juntando o ar antes de gritar por ajuda.

Descobrir-me de repente objeto de tal aversão era muito doloroso: e aquele homem era um completo estranho. Por que haveria de me odiar tanto? Logo eu, que nunca o vira antes? Naquele momento, qualquer outra sensação estava se mesclando àquela pontada: até o medo subordinou-se à dor e naquele instante eu não tinha dúvidas; mas, no momento seguinte, eu comecei a raciocinar e uma sensação de incongruência veio em meu auxílio.

Como eu disse, a São Barnabé é uma igreja moderna. Pequena e bem-iluminada; a ponto de se vê-la inteira em uma única espiada. A galeria do órgão é banhada por uma forte luz branca vinda da longa fileira de janelas no alto do clerestório, que não tem um único vidro colorido.

Ao olhar para o púlpito no meio da igreja, qualquer coisa que se movesse no lado oeste não o faria sem chamar minha atenção. Quando o organista passou por lá, não foi de admirar que eu o tenha visto: simplesmente calculara errado o intervalo de tempo entre a sua primeira e segunda passagens. Da última vez, ele viera por outra porta lateral. Quanto ao olhar que me aborrecera, tal coisa nunca ocorrera e eu fui um tolo.

Olhei ao redor. Aquele era um lugar e tanto para abrigar horrores sobrenaturais! O rosto franco e sensato do Monsenhor C--, seus modos contidos e calmos gestos graciosos — não eram eles um tanto quanto desencorajadores à noção de um mistério terrível? Olhei acima de sua cabeça e quase ri. A dama esvoaçante segurando um canto do dossel de púlpito — que muito se assemelhava a uma toalha de mesa de damasco com franjas em uma ventania —, na primeira tentativa de um basilisco alcançar o desvão do órgão, ela lhe apontaria sua trombeta dourada, pondo fim à sua existência com um sopro! Ri sozinho com aquela ideia, a qual, no momento, me pareceu bem divertida, então fiquei ali zombando de mim e de tudo mais, da megera no outro lado do corrimão, que me fez pagar dez centavos por minha cadeira antes de me deixar entrar (convenci-me de que ela estava mais para um basilisco que meu organista de compleição anêmica); daquela sombria senhora para, sim, é claro!, o próprio Monsenhor C--. Pois toda minha devoção havia partido. Nunca havia feito tal coisa na vida, mas agora eu sentia um desejo profundo de zombar de tudo.

Quanto ao sermão, eu não podia ouvir uma palavra dele por causa do tilintar em meus ouvidos:

Os fraldões de São Paulo nos atingiram.
Tendo pregado para nós os seis sermões da quaresma,
Mais untuosamente do que jamais pregara,[14]

ficando com tempo para os mais fantásticos e irreverentes pensamentos.

Não havia mais motivos para ficar sentado ali: devia sair por aquelas portas e sacudir de mim essa sensação horrorosa. Sabia da rudeza que cometia, mas ainda assim me levantei e deixei a igreja.

14 Trecho do poema "Up at a villa-down in the city", de Robert Browning.

O sol de primavera brilhava sobre a Rue St. Honoré enquanto eu descia os degraus da igreja. Em uma esquina, havia um carrinho de mão cheios de narcisos amarelos, violetas pálidas da Riviera e outras, negras, da Rússia, além de jacintos brancos romanos em uma nuvem dourada de mimosas. A rua estava tomada por andarilhos em busca dos prazeres de um domingo. Balancei minha bengala e ri em meio aos transeuntes. Alguém passou por mim. Ele nunca se virou, mas havia aquele mesmo ar mórbido e maligno em seu perfil esbranquiçado que em seus olhos. Eu o observei tanto quanto pude. Suas costas esguias expressavam a mesma ameaça; cada passo seu o carregava para mais longe de mim e parecia conduzi-lo a uma missão conectada à minha destruição.

Eu rastejava em seu encalço, meus pés quase recusando-se a se moverem. Então, brotou em mim um senso de responsabilidade por algo havia muito esquecido. Começava a parecer que eu merecia suas ameaças, como se elas viessem de muito, muito tempo atrás. Ficara adormecido todos esses anos: mas ainda estava lá e finalmente iria se levantar e me enfrentar. Mas eu tentaria escapar. Aos tropeções, rumei como pude até a Rue de Rivoli, através da Place de la Concorde e até o Quai. Observei com olhos doentes o sol, que brilhava através da alva espuma do chafariz, a qual derramava-se pelas costas de bronze dos deuses ribeirinhos no distante Arco — uma estrutura de névoa de ametista entre incontáveis vistas de caules cinzentos e galhos nus de um verde fraco. Então o vi descendo por uma das ruelas de castanheiras do Cours la Reine.

Deixei a margem do rio, mergulhando às cegas através dos Champs Elysées em direção ao Arco. O sol poente deitava seus raios sobre a relva verde da rotunda: naquela luz plena, ele se sentara em um banco, crianças e jovens mães ao seu redor. Ele não passa de um vadio domingueiro como os outros, como eu mesmo. Disse as palavras quase em voz alta, o tempo todo olhando de lado para sua face maligna e odiosa. Mas ele não olhava para mim. Passei por ele arrastando meus pés plúmbeos pela avenida. Eu sabia que, a cada vez que o encontrava, o deixava mais perto de concretizar seu propósito e meu destino. E, ainda assim, eu tentava me salvar.

Os últimos raios do sol poente cruzavam o grande Arco. Passei sob ele e o encarei. Havia-o deixado para trás na Champs Elysées e, de toda forma, lá vinha ele no meio das pessoas retornado do Bois de

Boulogne. Ele passou tão perto que esbarrou em mim. Seu corpo esguio parecia aço solto dentro daquele casaco negro. Ele não demonstrava sinais de pressa, tampouco fadiga ou qualquer outro sentimento humano. Todo seu ser expressava uma única coisa: a vontade e o poder de me fazer mal.

Angustiado, eu o observei enquanto ele descia a avenida lotada, onde tudo brilhava com as rodas e os arreios dos cavalos e dos capacetes da Garde Republicaine.

Logo o perdi de vista; então, virei-me e fugi. Rumo ao Bois e muito além dele — não sabia para onde ia, mas, depois do que me pareceu um longo tempo, a noite caiu e me encontrei sentado a uma mesa de um pequeno café. Eu tinha vagueado de volta ao Bois. Fazia horas agora desde que o vira. Fadiga física e dor mental deixaram-me sem forças para pensar ou sentir. Eu estava cansado, tão cansado! Eu ansiava por me esconder na minha própria toca. Resolvi ir para casa. Mas era uma lonjura que só.

Eu moro no Adro do Dragão, uma passagem estreita que leva da Rue de Rennes até a Rue du Dragon.

Era uma rua sem saída, transitável apenas para pedestres. Sobre a entrada na Rue de Rennes há uma marquise cuja base é um dragão de ferro. Na parte interna do adro, casas antigas e altas se erguem dos dois lados até a saída, que dá para as duas ruas. Grandes portões, abertos durante o dia contra as paredes dos arcos profundos, fecham o adro depois da meia-noite e, aquele que quiser entrar, deve tocar o sino em uma das portas pequenas nas laterais. O pavimento repleto de buracos forma poças desagradáveis. Escadarias íngremes conduzem para baixo, rumo a portas que se abrem ao adro. O térreo é ocupado por lojas de comerciantes de segunda mão e por ferreiros. Ao longo de todo dia, o lugar tilinta e retine com o som de martelos e barras de metal.

Por desagradável que seja lá embaixo, acima existe alegria, conforto e o honesto trabalho duro.

Os ateliês dos arquitetos e pintores ficam cinco andares acima, assim como os esconderijos de estudantes de meia-idade como eu, que querem viver sós. No entanto, quando vim viver aqui pela primeira vez, era jovem e não estava sozinho.

Precisei caminhar um tempo até que aparecesse um transporte, mas, enfim, quando estava quase chegando de novo no Arco do

Triunfo, apareceu um coche de aluguel e o tomei.

Do Arco até a Rue de Rennes é uma corrida de mais de meia hora, especialmente quando se é conduzido por um cavalo cansado que estivera à mercê dos foliões de domingo.

Passou-se um tempo até que eu passasse pelas asas do Dragão novamente, de maneira que poderia me encontrar com meu inimigo ainda outra e outra vez, mas não o vi mais e agora o refúgio estava ao alcançar da mão.

Diante do amplo portão, uma desordem de crianças brincava. Nosso concierge e a esposa andavam entra elas, trazendo seu poodle preto, pondo as coisas em ordem. Alguns casais valsavam na calçada. Devolvi os cumprimentos e me apressei em entrar.

Todos os moradores do adro tinham saído para a rua. O lugar estava quase deserto, iluminado por alguns lampiões pendurados acima, nos quais o óleo queimava devagar.

Meu apartamento ficava em cima de uma casa à metade do adro, ao qual se chegava através de uma escada que descia quase até a rua, por onde mal se passava um por vez, pus o pé na soleira da porta aberta e o ruído familiar dos degraus surgiu, conduzindo-me ao abrigo e descanso. Olhando por cima de meu ombro direito, o vi a dez passos de distância. Ele devia ter entrado no adro comigo.

Ele estava vindo direto, nem devagar nem rápido, mas direto na minha direção. E agora estava olhando para mim. Pela primeira vez desde que nossos olhos se cruzaram na igreja, eles se encontraram de novo e eu soube que havia chegado a hora.

Recuando de volta até o adro, o encarei. Eu pretendia fugir pela entrada da Rue du Dragon. Seus olhos diziam-me que eu não tinha escapatória.

Senti como se eras se passassem enquanto, eu recuando, ele avançando, caminhávamos pelo pátio em perfeito silêncio; mas enfim senti a sombra do arco sobre o portão e o próximo passo me levou para debaixo dele. Minha intenção era de virar e bater em disparada para a rua. Mas a sombra não era de um arco, e, sim, de uma cripta. Os grandes portões da Rue de Dragon estavam fechados. Senti isso pela escuridão que me cercava e, no mesmo instante, pude ler em seu rosto. Como sua face brilhava na escuridão, aproximando-se rapidamente! As altas abóbodas, as portas fechadas e os cadeados gelados de aço estavam todos do lado de meu perseguidor. A coisa entre nós que ele andava ensaiando enfim aconteceria: estava ali, pronta para saltar sobre mim das trevas profundas; o ponto de onde atacaria eram seus olhos infernais. Sem esperança, me encostei às portas fechadas e o desafiei.

Houve um raspar de cadeiras no chão de pedra e um murmúrio conforme a congregação se levantava. Podia ouvir o cajado do acólito na nave sul, precedendo o monsenhor C-- até a sacristia.

As freiras ajoelhadas se levantaram de sua devota abstração, fizeram suas reverências e partiram. Minha vizinha, a dama elegante, também se levantara com graciosa reserva. Enquanto se ia, ela olhou por um instante para mim com evidente desaprovação.

Meio morto, ou assim me parecia, mas ainda intensamente vivo em cada detalhe, sentei-me em meio à multidão que se movia, então me levantei também e os segui rumo à porta.

Eu dormira durante o sermão. Eu dormira durante o sermão? Olhei para cima e o vi passando pela galeria até o seu lugar. Só o vi de perfil; o braço magro em seu casaco preto parecia um instrumento demoníaco inominável, daqueles que jazem em desuso em uma câmara de torturas de um castelo medieval.

Mas eu escapara dele, ainda que seus olhos dissessem o contrário. Será que de fato escapara dele? Aquilo que lhe dava poder sobre mim retornou do oblívio, onde eu tinha esperanças de tê-lo deixado. Pois agora eu o conhecia. A morte e a temível morada das almas perdidas, para onde minha fraqueza havia muito o enviara, transformaram-no aos olhos de todos, menos aos meus. Eu o reconhecera quase de imediato; nunca duvidei do que ele viera fazer e agora eu sabia que, enquanto meu corpo descansara a salvo no conforto da capela, ele perseguira minha alma pelo Adro do Dragão.

Rastejei até a porta: o órgão estourou com um clangor. Uma luz ofuscante preencheu a igreja, apagando o altar da minha visão. As pessoas sumiram, os arcos e a abóbada também. Olhei cansado para o brilho insondável e vi as estrelas negras pairando nos céus: e a brisa úmida do lago de Hali bateu em meu rosto.

E agora, ao longe, após léguas em um mar agitado de nuvens, vi a lua gotejar borrifos e, distante, as torres de Carcosa se erguiam atrás dela.

A morte e a temível morada das almas perdidas, para onde minha fraqueza havia muito o enviara, transformaram-no aos olhos de todos, menos aos meus. E agora eu ouvia sua voz aumentando, crescendo, trovejando através da luz brilhante e, conforme eu caía, o resplendor sempre crescente derramou-se sobre mim como ondas de fogo. Então afundei nas profundezas e ouvi o Rei de Amarelo sussurrar para minha alma: “Horrenda coisa é cair nas mãos do Deus vivo!”

O SIGNO AMARELO

ROBERT W. CHAMBERS

"Deixe o crepúsculo vermelho supor
O que faremos aqui,
Quando a luz azulada das estrelas apagar
E tudo se encerrar."

I

Existe tanto que é impossível de explicar! Por que certos acordes musicais me fazem pensar nos tons de marrom e dourado da folhagem de outono? Por que a missa na Santa Cecília faz meus pensamentos vaguearem por cavernas cujas paredes resplandecem com massas irregulares de prata virgem? O que era aquilo no rugir e no turbilhão da Broadway das seis da tarde que brilhava diante de meus olhos na forma de uma fotografia da floresta bretã onde a luz do sol era filtrada pela folhagem de primavera e Sylvia se inclinava, tanto curiosa, tanto terna, sobre um pequeno lagarto verde, murmurando: "E pensar que esse pequenino também é uma criatura de Deus!"

Quando vi o vigia pela primeira vez, ele estava de costas para mim. Eu o olhei com indiferença até que ele entrasse na igreja. Não lhe dei mais atenção do que a qualquer outro homem que descansava na Washington Square naquela manhã e, quando fechei minha janela e me voltei para meu estúdio, já o tinha esquecido. Mais tarde, conforme o dia esquentava, tornei a abrir a janela e me inclinei para fora para tomar um pouco de ar. Um homem estava parado no pátio da igreja e, de novo, o notei com tanto desinteresse quanto tivera pela manhã. Olhei para a praça, onde a fonte estava jorrando e então, com minha mente tomada por vagas impressões de árvores, ruas asfaltadas, grupos de babás e pessoas aproveitando o feriado, ensaiei voltar ao meu cavalete. Enquanto isso, meu olhar apático voltou-se para o homem no pátio. Sua face agora estava na minha direção e, com um movimento involuntário, me inclinei para vê-lo. E, no mesmo instante, ele levantou a cabeça e olhou para mim. Imediatamente pensei em um verme em um corpo pútrido. O que tinha no homem que me repelia, não soube dizer, mas a impressão de um verme branco e rechonchudo era tão intensa e nauseante que devo ter feito notar em minha expressão, pois ele virou sua face inchada com um movimento que me fez pensar em uma larva em uma castanha.

Voltei para meu cavalete e sinalizei à modelo que reassumisse sua pose. Depois de um tempo trabalhando, me convenci de que estava estragando, tão rápido quanto podia, o que já tinha feito, então peguei um estilete e comecei a raspar a tinta. Os tons de pele estavam pálidos e doentios, e eu não entendia como pude pintar uma paleta tão enjoativa em um esboço que antes brilhava com tons sadios.

Olhei para Tessie. Ela não havia mudado e o rubor de saúde tingiu seu pescoço e face quando franzi o cenho.

— Eu fiz algo de errado? — indagou ela.

— Não... Fiz uma bagunça com este braço e, nem se minha vida dependesse disso, eu saberia explicar como vim a pintar tal lamaçal nesta tela —, respondi.

— Eu não posei como deveria? — insistiu.

— Mas é claro, perfeitamente.

— Então não é minha culpa?

— Não. É toda minha.

— Eu sinto muitíssimo — disse ela.

Disse-lhe que podia descansar enquanto eu passava um pano com terebentina no ponto onde a peste afligira minha tela, e ela saiu para fumar e observar as ilustrações do *Courrier Français*.

Não sabia se era algo na terebentina ou um defeito na tela, mas, o mais que eu esfregava, mais aquela gangrena parecia se espalhar. Trabalhei igual um cavalo para tirar aquilo e, ainda assim, a doença parecia se espalhar de ponta a ponta no esboço diante de mim. Alarmado, esforcei-me para contê-la, mas agora a cor de um seio tinha mudado e parecia que toda a figura absorvia a infecção como uma esponja sugando a água. Com vigor, manejei espátula, terebentina e raspador, todo o tempo pensando na tremenda discussão que teria com Duval, que me vendera a tela; mas logo me dei conta de que não era a tela que estava defeituosa, tampouco as tintas de Edward. "Deve ser a terebentina", pensei, enraivecido, "ou então minha visão ficou tão borrada e confusa pela luz vespertina que eu não consigo ver direito." Chamei Tessie, a modelo. Ela veio e se inclinou sobre minha cadeira soprando anéis de fumaça.

— O que você fez? — exclamou ela.

— Nada — rosnei —, deve ter sido a terebentina!

— Isso está com uma cor horrível agora — seguiu ela. — O senhor acha que minha pele se parece com gorgonzola?

— Não, claro que não! — disse eu, com raiva. — Já me viu pintar assim antes?

— Nunca, nunca mesmo!

— Então!

— Deve ter sido a terebentina ou algo assim — concluiu ela.

Ela vestiu um quimono e caminhou até a janela. Raspei e esfreguei até me cansar e, por fim, peguei meus pincéis e os cravei na tela com palavras violentas, e apenas o tom chegou aos ouvidos de Tessie.

Não obstante, ela imediatamente começou:

— Isso! Pragueje e aja como um tolo, destruindo seus pincéis! Três semanas o senhor passou debruçado nesse esboço e, agora, veja! De que vale rasgar a tela? Que coisa são esses artistas!

Senti-me tão envergonhado quanto normalmente me sentia depois de um chilique daqueles e virei a tela arruinada para a parede. Tessie me ajudou a limpar os pincéis e depois saiu dançando para se vestir. De trás da cortina, ela me oferecia pequenos conselhos, mais ou menos preocupada com minha perda de controle, até que, talvez pensando que eu já tinha sido atormentado o suficiente, ela saiu de lá pedindo-me que abotoasse seu corpete, onde não podia alcançar.

— Tudo passou a dar errado no momento em que o senhor voltou da janela e passou a falar sobre o homem de aparência horrível que viu no pátio — disse ela.

— Sim, ele deve ter amaldiçoado a pintura — rebati, bocejando. Olhei para meu relógio.

— Já passa das seis, eu sei — disse Tessie, ajeitando o chapéu diante do espelho.

— Sim, não pretendia prendê-la por tanto tempo — respondi. Inclinei-me para fora da janela e recuei com asco, pois o jovem de rosto pastoso permanecia no pátio abaixo. Tessie notou meu gesto de repúdio e se inclinou na janela.

— É daquele o sujeito que o senhor não gosta? — sussurrou ela.

Aquiesci.

— Não pude ver seu rosto, mas ele parece gordo e flácido. De certa forma — continuou ela, olhando para mim —, ele me lembra de um sonho... um sonho horrível que tive certa vez. Ou... — Ela refletiu, olhando para seus sapatos bonitos. — ...será que não foi um sonho, afinal?

— Como é que vou saber? — Sorri.

Tessie sorriu-me de volta.

— O senhor estava nele, então talvez possa saber algo sobre isso — disse ela.

— Tessie! Tessie! — protestei. — Não ouse me agradar dizendo que sonha comigo.

— Mas eu sonhei — insistiu. — Posso lhe contar sobre isso?

— Vá em frente — respondi, acendendo um cigarro.

Tessie recostou-se no peitoril da janela aberta e, muito séria, começo:

— Uma noite, no inverno passado, eu estava deitada na minha cama, sem pensar em nada em particular. Eu tinha pousado para o senhor e estava bem cansada, mas não conseguia dormir de jeito nenhum. Ouvia os sinos batendo na cidade, dez horas, onze, meia-noite. Devo ter caído no sono por essa hora, porque não me lembro dos sinos depois disso. Parecia-me que mal tinha fechado os olhos quando sonhei que algo me impelia a ir até a janela. Levantei-me e, abrindo a janela, olhei para fora. A Twenty-fifth Street, até onde eu podia ver, estava deserta. Comecei a ficar com medo; tudo do lado de fora parecia tão... tão escuro e desconfortável. Então, o som de rodas ao longe chegou aos meus ouvidos e pareceu-me que era por aquilo que eu devia esperar. Muito devagar, as rodas a se aproximavam e, por fim, pude ver um veículo se movendo na rua. Ele chegava cada vez mais perto e, quando passou debaixo da minha janela, pude ver que era uma carruagem fúnebre. Então, enquanto eu tremia de medo, o condutor se virou e olhou direto para mim. Quando acordei, estava com a janela aberta e tremendo de frio, mas a carruagem enfeitada com plumas negras, assim como o condutor, havia desaparecido. Tive esse mesmo sonho em março e, de novo, acordei ao lado da janela aberta. Ontem à noite, o mesmo sonho mais uma vez. O senhor deve lembrar como estava chovendo; quando acordei parada junto à janela aberta, minha camisola estava ensopada.

— Mas como eu me encaixava no seu sonho? — perguntei.

— O senhor... o senhor estava no caixão. Mas não estava morto.

— No caixão?

— Sim.

— Como você pode saber? Podia me ver?

— Não podia, eu só sabia que o senhor estava lá.

— Você andou comendo torrada com molho galês ou salada de lagosta? — indaguei, rindo, mas a garota me interrompeu com um grito assustado. — Opa! O que foi? — eu disse enquanto ela se encolhia no vão da janela.

— O... o homem no pátio... Era ele quem dirigia o rabecão.

— Loucura — disse eu, mas os seus olhos estavam arregalados de medo. Fui até a janela e olhei. O homem tinha sumido. — Vamos, Tessie — insisti —, não seja boba. Você posou por muito tempo, está nervosa.

— O senhor acha que me esqueceria daquele rosto? — sussurrou ela. — Por três vezes vi a carruagem fúnebre passar debaixo da minha janela e a cada vez o condutor se virava e olhava para mim. Ah, seu rosto era tão pálido e... e macio? Parecia morto... Ele olhava como se estivesse morto há um bom tempo.

Fiz com que ela se sentasse e tomasse um copo de marsala. Então, sentei-me ao seu lado e tentei dar-lhe alguns conselhos.

— Veja, Tessie, você devia ir para o campo por uma ou duas semanas, assim não terá mais sonhos com carruagens fúnebres — eu disse. — Você posa o dia inteiro e, quando a noite chega, está com os nervos à flor da pele. Não pode continuar assim por muito tempo. Além do mais, em vez de ir para a cama quando seu trabalho acaba, você sai e vai a piqueniques no Sulzer's Park ou, então, vai para Eldorado ou Coney Island e, quando volta aqui na manhã seguinte, você está morta de cansaço. Não existe carroça fúnebre nenhuma. São só pesadelos causados pelas sopas de caranguejo.

Ela deu um sorriso fraco.

— E quanto ao homem no pátio?

— Ah, ele não passa de mais um subnutrido, uma criatura comum que vemos todos os dias.

— Tão certo quanto meu nome é Tessie Reardon, eu juro, sr. Scott, que o rosto do homem lá embaixo no pátio da igreja é o rosto do homem dirigindo a carruagem fúnebre.

— E se for? — disse eu. — É um trabalho honesto.

— Então, o senhor acha que eu vi a carruagem?

— Ah — respondi, buscando a diplomacia —, se você realmente viu, não me parece improvável que o homem ali embaixo o dirigisse. Mas não tem nada demais nisso.

Tessie se levantou, abriu seu lencinho perfumado e, pegando um pedaço de goma de mascar de um nó no remate da costura, o pôs na boca. Então, após calçar suas luvas, ela me ofereceu a mão e disse com sinceridade:

— Boa noite, sr. Scott — e saiu.

II

Na manhã seguinte, Thomas, o mensageiro, trouxe-me o *Herald* e algumas novidades. A igreja ao lado tinha sido vendida. Agradeci aos céus por isso — não que sentisse alguma repugnância pela congregação ao lado, pois era católico, mas porque meus nervos estavam em frangalhos por conta de um pregador que, aos gritos, fazia com que cada palavra ecoasse pela nave da igreja como se fosse em minha própria casa, reforçando seus erres com uma persistência anasalada que revoltava cada parte do meu ser. Fora que também havia um demônio em forma humana, um organista, que apresentava alguns velhos hinos com uma interpretação toda própria e que me deixava sedento por seu sangue, criatura que tocava trocando os acordes menores por uns que soavam como se vindos de um quarteto juvenil em formação. Queria crer que o padre fosse um homem bom, mas quando ele berrava "E o Senhorrrr disse a Móises, o Senhorrr é um homem da guerra; o Senhorrr é seu nome. Minha fúria é como cerrrra quente e Eu vou matá-lo com a espada!", me perguntava quantos séculos de purgatório seriam necessários para expiar tal pecado.

— Quem comprou a propriedade? — perguntei a Thomas.

— Ninguém qui eu conheço, sinhô. Eles diz que o homi lá do prédio Hamilto tava oiando, sabe. Ele deve querê fazê um prédio maior, né?

Andei até a janela. O jovem de rosto doentio continuava no pátio da igreja e, ao mero sinal dele, a mesma esmagadora repugnância voltou a tomar conta de mim.

— Aliás, Thomas — eu disse —, quem é aquele sujeito ali?

Thomas cafungou.

— Aquele verme ali, sinhô? É o guarda da igreja, sinhô. Ele me dêxa injoado sentado ali a noite inteira nos degrau, oiando igual qui tivesse insultando a gente, ele. Se eu pudesse, dava um cascudo nele, sinhô... disculpa, sinhô.

— Continue, Thomas.

— Uma noite eu tava chegano em casa com Harry, o outro garoto inglês, e eu vi ele ali, sentado nos degrau. Nós tinha Molly e Jen cu a gente, sinhô, as criada, sabe, e ele oiô pra nós insultando nós e eu fui lá e: "Cê tá oiando pronde, sua lesma gorda?" Disculpa, sinhô, mas foi cumé qui eu falei, sinhô. E ele num falô nada e eu falei: "Vem cá qui eu te dô nessa cara de pudim." Aí eu abri o portão e fui lá e ele num falô nada, só ficô oiando e insultando eu com o oiá, sabe? Daí eu acertei ele, sabe, mas, ai!, a cabeça dele era gelada e molenga e um nojo só di'ncostá.

— E o que ele fez, então? — perguntei, curioso.

— Ele? Nadica.

— E você, Thomas?

O jovem corou embaraçado e sorriu sem graça.

— Seu Scott, sinhô, eu num sô covarde, não, mas num faço ideia, pruque eu saí foi correno. Eu tavo no Quinto Regimento dos Lancêro, sabe, lá em Tel-el-Kebir, tomei tiro e tudo nos poço.

— Não me diga que você fugiu.

— Sim, sinhô, sebo nas canela.

— Por quê?

— É bem o qui eu quiria sabê, sinhô. Peguei Molly e curri e o resto tava cum medo igual eu.

— Mas do que eles estavam com medo?

Thomas se recusou a responder por um tempo, mas agora minha curiosidade aflorava por conta da repulsa pelo vigia no pátio e o pressionei. Três anos vivendo nos Estados Unidos tinham sido o suficiente para mudar o sotaque de Thomas e também para enchê-lo com o ridículo medo dos americanos.

— Cê num vai creditá em mim, seu Scott, vai, sinhô?

— Claro que vou.

— Cê num vai ri di mim, né, sinhô?

— Besteira!

Ele hesitou.

— Bem, sinhô, Deus é testemunha qui quando eu soquei ele, ele me agarrou as mão, sinhô, e, quando eu girei aquele braço molenga, um dedo dele sortô bem na minha mão.

A completa repulsa e horror estampados na face de Thomas devem ter se refletido na minha, pois ele acrescentou:

— Foi horrívi e agora, quando eu vejo ele, eu fujo. Ele me deixa doente.

Quando Thomas saiu, fui até a janela. O homem estava parado ao lado da grade da igreja com as mãos no portão, mas rapidamente recuei de volta ao meu cavalete, enjoado e horrorizado, pois notei que faltava o dedo médio em sua mão direita.

Às nove, Tessie apareceu e desapareceu atrás da cortina com um feliz "Bom dia, sr. Scott." Quando reapareceu e tomou sua pose, comecei a trabalhar em uma nova tela, para o seu deleite. Ela permaneceu em silêncio enquanto eu desenhava, mas tão logo o raspar do carvão cessou e eu peguei meu fixador, ela começou a tagarelar.

— Ah, eu tive uma noite maravilhosa ontem. Nós fomos ao Tony Pastor's.

— E quem seriam "nós"? — perguntei.

— Ah, Maggie, o senhor a conhece, a modelo do sr. Whyte, e Pinkie McCormick... Nós a chamamos de Pinkie porque ela tem aquela linda cabeleira ruiva que vocês, artistas, tanto gostam... e Lizzie Burke.

Borrifei um jato de fixador na tela e disse:

— Bem, continue.

— Nós vimos Kelly e Baby Barnes, a dançarina de saia e... e todo o resto. Eu arranjei um chamego.

— Então você não me quer mais, Tessie?

Ela riu e sacudiu a cabeça.

— Ele é o irmão de Lizzie Burke, Ed. Um perfeito cavalheiro.

Senti-me forçado a lhe dar alguns conselhos paternos a respeito desse pretendente, que ela aceitou com um sorriso radiante.

— Ah, eu posso dar conta do flerte de um estranho — disse ela, examinando a goma de mascar —, mas Ed é diferente. Lizzie é minha melhor amiga.

Então, ela relatou como Ed tinha voltado da fábrica de meias em Lowell, Massachusetts, para encontrar a ela e Lizzie, crescidas, e que jovem realizado ele tinha se tornado, e como ele não parou para pensar nem um segundo antes de gastar meio dólar com sorvete e ostras para celebrar sua contratação como balconista no setor de artigos de lã da Macy's. Antes que ela terminasse, voltei a pintar e ela retomou a pose, sorrindo e tagarelando como um papagaio. Por volta do meio-dia, já tinha o esboço bem adiantado e Tessie veio olhar como ficou.

— Bem melhor — ela disse.

Eu pensei o mesmo e almocei com uma sensação satisfeita de que tudo ia bem. Tessie abriu seu almoço em uma mesa de desenho diante de mim e bebemos nosso clarete da mesma garrafa, acendendo nossos cigarros da mesma chama. Eu estava muito ligado a Tessie. Eu a vira mudar de uma criança frágil para uma mulher esbelta e primorosa. Ela posara para mim pelos últimos três anos e, de todas as minhas modelos, era a minha favorita. Aborreceria-me muito caso ela se tornasse "difícil" ou "voasse", como se diz, mas nunca notei nenhuma deterioração de suas maneiras e sentia em meu coração que estava tudo bem com ela. Nunca tivemos discussões morais de nenhuma espécie e eu não tinha intenção de tê-las, em parte porque eu não tinha moral, e em parte porque eu sabia que ela faria o que quisesse, independentemente de mim. Ainda assim, eu ansiava que ela ficasse longe de problemas porque a queria bem e também porque eu tinha o desejo mesquinho de manter a melhor modelo que já tivera. Eu sabia que flertes, como ela dizia, não tinha significado algum para garotas como Tessie, e que certas coisas nos Estados Unidos passavam longe do que significavam em Paris. No entanto, tendo vivido com meus olhos abertos, sabia que um dia alguém levaria Tessie embora de uma maneira ou de outra, e sinceramente torcia, mesmo achando que o casamento não passa de uma besteira, para que, nesse caso, um padre estivesse no fim do caminho. Afinal, eu sou católico. Quando ouço a missa e quando faço o sinal da cruz, sinto que tudo, incluindo eu mesmo, fica mais alegre e, quando me confesso, isso me faz bem. Um homem que vive tão só quanto eu deve se confessar para alguém. E, afinal, Sylvia era católica e isso era razão mais do que suficiente para mim. Mas eu estava falando de Tessie, o que era bem diferente. Tessie também era católica e muito mais devota do que eu, então, de mais a mais, eu tinha pouco a temer por minha bela modelo até que ela se apaixonasse. Mas aí eu soube que o destino sozinho decidiria o futuro por ela e rezei em silêncio para que o destino a mantivesse longe de homens como eu e colocasse em seu caminho apenas tipos como Ed Burkes e Jimmy McCormicks, abençoada seja sua bela face!

Tessie estava sentada soltando anéis de fumaça na direção do teto e agitando o gelo em seu copo.

— Sabe que eu também tive um sonho ontem a noite? — disse eu.

— Não com aquele homem, não é? — Riu.

— Pois foi, sim. Um sonho similar ao seu, senão pior.

Foi tolo e sem sentido da minha parte dizer isso, mas você sabe que a maioria dos pintores não tem muito tato.

— Devo ter caído no sono por volta das dez — continuei — e, depois de um tempo, sonhei que eu tinha acordado. Tão claramente ouvi os sinos da meia-noite, o vento nos galhos das árvores e o barulho dos barcos a vapor na baía, que ainda agora mal posso crer que não estava desperto. Parecia que eu estava deitado em uma caixa com uma tampa de vidro em cima. Podia ver vagamente os lampiões nos postes enquanto passava porque, tenho que lhe contar, Tessie, a caixa onde eu estava deitado parecia estar na parte de trás de uma carruagem acolchoada que me sacudia ao seguir por uma rua de paralelepípedos. Com o tempo, fui ficando impaciente e tentei me mexer, mas a caixa era muito apertada. Minhas mãos estavam cruzadas sobre meu peito, então não pude levantá-las para me ajudar. Ouvi e tentei gritar. Mas minha voz se fora. Podia ouvir o trotar dos cavalos atados ao veículo e até a respiração do condutor. Então, outro som chegou aos meus ouvidos, como a lambada de uma janela se abrindo. Consegui mexer a cabeça um pouco, e logo percebi que podia olhar não apenas pelo vidro da minha caixa, mas também através das janelas da carruagem fechada. Vi casas, vazias e silenciosas, sem luz ou vida, com exceção de uma. Nesta única casa, uma janela estava aberta no primeiro andar e uma figura toda de branco estava parada, olhando para a rua. Era você.

Desviando o olhar de mim, Tessie apoiou o cotovelo na mesa.

— Podia ver seu rosto — prossegui — e me parecia que estava muito triste. Então passamos para uma apertada rua escura. E os cavalos pararam. Eu esperei e esperei, fechando os olhos com medo e impaciência, mas tudo estava tão quieto quanto uma cova. Depois do que me pareceu horas, comecei a ficar incomodado. A sensação de que alguém estava por perto fez-me desvelar os olhos. Então vi a cara do motorista da carruagem fúnebre olhando para mim pelo vidro do caixão...

Um soluço de Tessie me interrompeu. Ela tremia como vara verde. Percebi que tinha agido como uma mula e tentei consertar o estrago.

— Veja bem, Tess — comentei —, só estou contando isso para você ver a influência que a sua história pode ter nos sonhos de outra pessoa. Você não acredita que eu estava mesmo preso em um caixão, não é? Por que está tremendo? Não vê que o seu sonho e essa repulsa irracional que sinto por aquele vigia inofensivo da igreja puseram meu cérebro maquinando coisas para quando eu dormisse?

Ela afundou a cabeça entre os braços e chorou como se estivesse com o coração partido. Que baita jumento que eu estava me saindo!

Mas eu ainda podia fazer pior. Cheguei perto de Tess e passei o braço por cima de seu ombro.

— Querida, me perdoe — disse eu. — Não deveria ficar lhe assustando com besteiras. Você não passa de uma garota sensata e católica demais para acreditar em sonhos.

Sua mão apertou a minha e sua cabeça caiu no meu ombro, mas ela ainda tremia e eu a confortei:

— Que é isso, Tess, abra os olhos, dê um sorriso.

Ela abriu os olhos devagar com um movimento lânguido na minha direção, uma expressão tão estranha que eu imediatamente me pus a tentar tranquilizá-la de novo.

— Isso tudo é loucura, Tessie. Você sem dúvida não está com medo de que lhe aconteça algo ruim por causa disso.

— Não — disse ela, com os lábios vermelhos tremendo.

— Então, qual é o problema? Está com medo?

— Sim. Mas não por mim.

— Por mim, então? — indaguei, com voz alegre.

— Pelo senhor — ela murmurou baixinho. — Eu... eu me importo com o senhor.

Comecei a rir, porém logo entendi o que ela dizia e senti-me atravessado por um choque, fazendo-me sentar como se virasse uma estátua. Aquele era o ápice das idiotices cometidas por mim. Durante o instante entre sua resposta e a minha, pensei em mil réplicas para aquela inocente confissão. Poderia passar por aquilo com uma risada, poderia me fazer de desentendido e assegurá-la de que estava sadio, podia até ter apenas dito que era impossível que ela me amasse. Mas minha resposta veio mais rápida que tais pensamentos — e eu posso pensar e refletir agora, mas é tarde demais —, e a beijei na boca.

Naquela noite, fiz minha caminhada de sempre pelo Washington Park, ponderando nos acontecimentos do dia. Eu estava completamente comprometido. Não havia volta agora e eu via o futuro bem diante dos meus olhos. Eu não era uma pessoa boa, tampouco tinha escrúpulos, mas não tinha intenção alguma de enganar nem a mim nem a Tessie. A única paixão de minha vida jazia enterrada sob as florestas ensolaradas da Bretanha. Estaria enterrada para sempre? "Não!", gritava a Esperança. Por três anos eu estava ouvindo a voz da Esperança e, por três anos, eu esperara pelo som de passos em minha soleira. Teria Sylvia se esquecido? "Não", berrava a Esperança.

Eu disse que não era bom. Isso é verdade, mas também não quer dizer que eu era o vilão de uma opereta. Eu vinha levando uma vida boa e imprudente, tomando tudo que me parecesse prazeroso, lamentando e, por vezes, arrependendo-me das consequências. Uma única coisa, com exceção da minha pintura, me tinha importância, e essa coisa jazia escondida, se não perdida, nas florestas da Bretanha.

Era tarde demais para que eu me arrependesse do que tinha acontecido naquele dia. Fosse o que fosse, pena, uma súbita ternura ou ainda um instinto bruto de vaidade, era tudo a mesma coisa agora e, a não ser que eu quisesse machucar um coração inocente, meu caminho parecia marcado diante de mim. Fogo e força, as profundezas da paixão, de um amor do qual eu nunca suspeitara, com toda experiência que eu imaginava ter no mundo, me deixaram sem alternativa a não ser correspondê-la ou mandá-la embora. Fosse por eu ter tanto medo de provocar dor nos outros, fosse porque eu tinha aquela melancolia puritana em mim, não sei, mas escapei à responsabilidade daquele beijo imprudente e, de fato, sequer tive tempo de qualquer coisa antes que os portões de seu coração se abrissem e de lá jorrasse uma inundação. Outro homem, um daqueles que costumam cumprir seus deveres e encontram uma sombria satisfação em deixarem a si e a todos tristes, provavelmente teria resistido. Mas não eu. Eu não ousaria. Depois que a tempestade diminuiu, disse a ela que seria melhor que amasse Ed Burke e usasse um anel dourado, mas ela não quis me ouvir, e pensei que, se ela tivesse que amar alguém com quem não pudesse se casar, melhor que fosse eu. Pelo menos, eu a trataria com afeto e, tão logo ela ficasse cheia daquela paixão, poderia ir embora sem problemas. Já havia me decidido naquele ponto, por mais que soubesse o quanto seria difícil. Lembrava-me de como acabavam os amores platônicos e de como ficava enojado a cada vez que ouvia falar de um. Sabia que estava tomando um compromisso grande demais para um homem inescrupuloso como eu, e até sonhei com o futuro, mas nem por um segundo tive dúvidas de que ela estava segura comigo. Fosse qualquer uma que não Tessie, eu não teria me preocupado com meus escrúpulos. Pois não me passava pela cabeça sacrificá-la como teria feito com qualquer mulher da vida. Encarei o futuro e vi os prováveis fins daquela relação. Ela podia apenas se cansar da coisa toda ou ficar infeliz a ponto de eu ter de me casar com ela ou ir embora. Se nos casássemos, seríamos infelizes. Eu, com uma esposa inadequada a mim; ela, com um marido inadequado a qualquer mulher. Pois meu passado dificilmente me deixava apto ao casamento. Se eu só fosse embora, pode ser que ela caísse doente, se recuperasse e se casasse com um Eddie Burke ou, então, ela poderia, de forma imprudente ou deliberada, fazer algo tolo. Por outro lado, se ela se cansasse de mim, então uma vida inteira estaria à sua disposição, com Eddie Burkes e alianças e gêmeos e um apartamento no Harlem e sabe-se lá Deus mais o quê. Enquanto eu passeava sob as árvores do Arco de Washinghton, decidi que ela encontraria um grande amigo em mim de qualquer forma e o futuro tomaria conta de si mesmo. Então fui para casa e coloquei minhas roupas noturnas, porque uma pequena nota perfumada em minha cômoda dizia: "Esteja com um coche de aluguel à porta dos bastidores às onze" e ela era assinada por "Edith Carmichel, Metropolitan Theatre".

Jantei, ou melhor, jantamos, srta. Carmichel e eu, no Solari's naquela noite e o amanhecer já começava a dourar a cruz da Memorial Church quando entrei na Washington Square depois de deixar Edith em Brunswick. Não havia viva alma no parque enquanto eu passava pelas árvores e pegava o caminho que ia da estátua de Garibaldi até meu apartamento no Hamilton, mas, quando passei pelo pátio da igreja, vi aquela figura sentada nos degraus de pedra. A despeito de minha vontade, um arrepio me correu o corpo ao ver aquela face branca e molenga, e me apressei para passar. Então, ele disse algo que podia ser para mim ou um mero murmúrio consigo mesmo, mas me subiu uma tremenda e inflamada raiva por tal criatura se dirigir a mim. Por um momento, quis dar meia-volta e acertar minha bengala na cabeça dele, mas continuei andando e, ao entrar no Hamilton, rumei para o meu apartamento. Fiquei rolando pela cama um tempo, tentando tirar o som da voz dele dos meus ouvidos, mas era impossível. Aquela voz, aquele murmúrio enchia a minha cabeça como a fumaça grossa e oleosa de um tanque de gordura ou o odor fétido da decomposição. E, quanto mais eu insistia em ficar deitado e rolando de um lado para o outro, a voz dele ficava mais distinta em meus ouvidos e eu começava a entender as palavras que ele tinha murmurado. Elas vieram para mim devagar, como se as tivesse esquecido e, enfim, os sons começaram a fazer algum sentido. E elas eram:

"Você encontrou o Signo Amarelo?"
"Você encontrou o Signo Amarelo?"
"Você encontrou o Signo Amarelo?"

Eu estava furioso. O que ele queria dizer com aquilo? Então, rogando uma praga para ele e todos da sua laia, virei para o lado e dormi, mas, quando acordei mais tarde, estava pálido e abatido por ter sonhado o mesmo sonho da noite anterior, o que me incomodou mais do que eu queria acreditar.

Vesti-me e desci para meu estúdio. Tessie estava sentada na janela, mas, ao perceber minha aproximação, ela se levantou e passou os braços pelo meu pescoço para um beijo inocente. Ela parecia tão meiga e delicada que a beijei de novo e então a sentei diante do cavalete.

— Ora! Onde está o esboço que comecei ontem? — perguntei. Tessie parecia saber, mas não respondeu. Comecei a procurar entre as pilhas de quadros, dizendo: — Depressa, Tess, se apronte, precisamos aproveitar a luz da manhã.

Quando enfim desisti de procurar entre os quadros e olhei ao redor procurando o esboço perdido, vi que Tessie continuava perto da cortina, as roupas ainda no corpo.

— Qual o problema — indaguei —, não se sente bem?

— Sim.

— Então se apresse.

— Você quer que eu pose... como eu sempre posei?

Então eu entendi. Aqui estava uma complicação. Tinha perdido, claro, a melhor modelo de nu que já tinha visto. Olhei para Tessie. Suas faces estavam coradas. Olha só! Olha só! Tínhamos comido da Árvore do Conhecimento, e o Éden e sua inocência natural eram sonhos do passado... Ao menos para ela.

Acredito que ela notou meu desapontamento, porque disse:

— Posso posar, se é o que quer. O esboço está atrás dessa tela aqui, onde o escondi.

— Não. Vamos começar algo novo — e fui até meu guarda-roupa, onde peguei um traje mourisco que brilhava de lantejoulas. Era um traje genuíno, e Tessie estava encantada ao se retirar para trás da cortina. E, quando ela voltou, eu fiquei atônito. Seus longos cabelos pretos estavam presos pelo diadema de turquesas em sua testa, com cachos brilhantes caindo logo abaixo. Seus pés estavam envoltos em chinelinhas pontudas e bordadas, e a saia do traje, entretecida com arabescos prateados, descia até seus tornozelos. O colete era de um azul-metálico profundo e bordado de prata, enquanto a jaqueta mourisca trazia uma constelação costurada em turquesa que deixava Tessie maravilhosa. Ela se aproximou de mim e levantou o rosto, sorrindo. Escorreguei minha mão para o bolso e tirei de lá uma corrente dourada com uma cruz pendurada, que passei por cima de sua cabeça.

— É sua, Tessie.

— Minha? — hesitou ela.

— Sua. Agora vá e pose.

Então, com um sorriso radiante, ela correu para trás da cortina e reapareceu com uma caixinha que tinha meu nome.

— Eu pretendia lhe dar isso quando estivesse indo para casa à noite — ela disse —, mas agora não dá mais para esperar.

Abri a caixa. Lá dentro, sobre um algodão rosa, havia um broche de ônix negro em que estava incrustado um símbolo ou uma letra em ouro. Não era árabe nem chinês, tampouco, como eu viria a descobrir depois, pertencia a qualquer alfabeto humano.

— Isso é tudo que eu tinha para lhe dar como lembrança — disse ela timidamente.

Aquilo me incomodou, mas disse a ela o quanto tinha eu tinha gostado do presente e prometi usar sempre. Ela o prendeu na lapela de meu paletó.

— Que tolice, Tess, comprar algo tão bonito assim — disse eu.

— Eu não comprei. — Ela riu.

— Onde você o conseguiu?

Então ela me contou como o tinha encontrado um dia, saindo do aquário de Battery, como tinha feito anúncios nos jornais e procurado por notícias, mas logo perdera as esperanças de encontrar o dono.

— Isso foi no inverno passado — concluiu. — No mesmo dia em que tive o primeiro daqueles sonhos horríveis com a carruagem fúnebre.

Lembrei-me do meu sonho na noite anterior, mas não disse palavra a respeito e, naquele momento, meu carvão já voava sobre a tela e Tessie estava imóvel em seu posto de modelo.

III

O dia seguinte me foi desastroso. Enquanto movia uma tela emoldurada de um cavalete para outro, meu pé escorregou no piso encerado e caí pesadamente sobre os pulsos. A torção foi tão feia que era inútil tentar segurar um pincel, então só me restou vagar pelo estúdio, observando desenhos e esboços inacabados até que o desespero tomou conta de mim e sentei-me para fumar e ficar girando os polegares com raiva. A chuva batia nas janelas e sacudia o telhado da igreja, me deixando agitado com o tamborilar interminável. Tessie estava sentada junto à janela, costurando, e, de vez em quando, levantava a cabeça para olhar para mim com uma compaixão tão inocente que comecei a sentir vergonha de minha irritação e busquei por algo que me deixasse ocupado. Já tinha lido todos os jornais e todos os livros na biblioteca, mas, no desespero de fazer algo, fui até os armários onde os guardava e os abri com o cotovelo. Conhecia cada volume ali, assim como suas cores, mas examinei a todos, passando devagar pelas estantes e assobiando para controlar meus ânimos. Estava voltando para a sala de jantar quando meus olhos caíram sobre um livro encadernado em pele de serpente a um canto da prateleira de cima da última estante. Não me lembrava dele e, do chão, não consegui decifrar o que estava escrito na lombada, então fui até a sala de fumo e chamei Tessie. Ela veio do estúdio e subiu nas estantes para alcançar o livro.

— O que é? — eu perguntei.

— *O Rei de Amarelo.*

Fiquei sem fala. Quem tinha colocado aquilo ali? Como aquilo entrara em meu apartamento? Havia muito eu decidira que nunca leria aquele livro e nada no mundo poderia me persuadir a comprá-lo. Temeroso de que a menor curiosidade poderia me tentar a abri-lo, sequer busquei por ele em livrarias. Se um dia tivera a mínima curiosidade, a terrível tragédia que se abateu sobre o jovem Castaigne, que eu conhecia, preveniu-me de explorar aquelas páginas malditas. Recusei-me sempre a ouvir qualquer mínima descrição a respeito, até porque ninguém nunca se aventurava a discutir a segunda parte do livro em voz alta, de forma que eu não tinha conhecimento algum do que se revelaria naquelas páginas. Encarei a encadernação malhada e venenosa como se fosse uma serpente.

— Não toque nisso, Tessie — eu disse. — Desça daí.

Claro que minha advertência foi o bastante para despertá-la a curiosidade e, antes que eu dissesse palavra, ela pegou o livro e, rindo, dançou até o estúdio com ele. Chamei por ela, mas Tessie correu de mim com um sorriso torturante para minhas mãos impotentes e eu a segui com certa impaciência.

— Tessie! — eu gritei, entrando na biblioteca. — Veja, eu estou falando sério. Afaste-se desse livro. Eu não quero que o abra!

A biblioteca estava vazia. Fui até a sala de desenho, então aos quartos, lavanderia, cozinha e, por fim, voltei à biblioteca, de onde comecei uma busca minuciosa. Ela tinha se escondido tão bem que só a descobri meia-hora depois, encolhida, pálida e quieta perto da janela de treliça no depósito do andar de cima. No que botei os olhos nela, vi que tinha sido punida por sua tolice. *O Rei de Amarelo* estava a seus pés, aberto na sua segunda parte. Olhei para Tessie e vi que era tarde demais. Ela tinha aberto *O Rei de Amarelo*. Então a peguei pela mão e levei para meu estúdio. Ela parecia atordoada e, quando disse para se deitar no sofá, ela me obedeceu sem questionar. Depois de um tempo, ela fechou os olhos e sua respiração ficou calma e profunda, mas eu não sabia dizer se ela estava dormindo ou não. Por um longo tempo, fiquei sentado ao seu lado, mas ela não se mexia nem falava. Por fim, levantei-me e, entrando no depósito, peguei o livro com minha mão menos machucada. Parecia pesado como chumbo, mas o levei de volta ao estúdio e, sentando-me no tapete perto do sofá, o li do começo ao fim.

Quando, fraco pelo excesso de emoções, larguei o livro e encostei meu corpo cansado no sofá, Tessie abriu os olhos e ficou me olhando...

Ficamos falando por um tempo naquele tom monótono antes que eu percebesse que estávamos discutindo *O Rei de Amarelo*. Ai, quão pecaminoso quem escreveu tais palavras... palavras límpidas como cristal, claras e musicais como uma nascente borbulhante, palavras brilhantes e explosivas como um diamante envenenado dos Médici! Ai, a malvadeza, a danação da alma perdida capaz de fascinar e paralisar criaturas humanas com tais palavras... palavras compreendidas igualmente pelo tolo e pelo sábio, palavras mais valiosas que uma joia, mais tranquilizantes que a música, mais perversas que a morte!

Continuamos falando, desatentos às sombras crescentes, e ela me implorava para jogar fora o broche com a ônix preta estranhamente incrustada com o que agora sabíamos ser o Signo Amarelo. Nunca saberei por que me recusei, embora, mesmo agora — aqui no quarto enquanto escrevo essa confissão —, ficaria grato de saber o que me preveniu de arrancar o Signo Amarelo de meu peito e arremessá-lo no fogo. Tenho certeza de queria ter feito isso, mas, ainda assim, Tessie me implorou em vão. A noite caiu e as horas se arrastaram; no entanto, ainda murmurávamos sobre o Rei e a Máscara Pálida quando a meia-noite soou pelas torres brumosas da cidade tomada pela neblina. Falamos de Hastur e de Cassilda conforme a névoa lá fora se desenrolava contra as janelas vazias como as nuvens quebravam e se desenrolavam nas costas de Hali.

A casa estava bem silenciosa agora e nenhum som vinha das ruas brumosas. Tessia estava deitada entre as almofadas, sua face como uma mancha cinzenta de escuridão, mas as mãos ainda seguravam as minhas, e eu sabia que ela sabia e que lia meus pensamentos como eu lia os dela, pois tínhamos entendido os mistérios das Híades e o Fantasma da Verdade fora exposto. Então, conforme respondíamos um ao outro, devagar, baixinho, pensamento contra pensamento, as sombras tomaram a penumbra ao nosso redor e, lá longe na rua, ouvimos um som. Aproximava-se aos poucos o enfadonho rolar de rodas, cada vez mais perto, até parar do lado de fora, em frente à porta. Arrastei-me até a janela e vi uma carruagem fúnebre enfeitada com plumas negras. O portão abaixo se abriu e fechou e, tremendo, arrastei-me até minha porta e a tranquei, mas eu sabia que não havia tranca ou fechadura que pudesse deixar do lado de fora aquela criatura que estava vindo em busca do Signo Amarelo. E agora eu podia ouvi-lo se mexendo bem devagar na entrada. E agora ele estava na porta e as trancas apodreceram ao seu toque. Ele havia entrado. Com os olhos saltando das órbitas, espiei na escuridão, mas, quando ele chegou até a sala, não o vi. Foi só quando o senti envolver-me em seu abraço frio que gritei e reagi com fúria mortal, mas minhas mãos estavam inúteis e ele arrancou o broche de ônix do meu casaco e me atingiu com força no rosto. Então, enquanto caía, ouvi Tessie chorar baixinho conforme seu espírito a deixava: e, mesmo enquanto caía, eu ansiava por segui-la, porque sabia que o Rei de Amarelo tinha aberto seu manto esfarrapado e só me restava gritar por Deus agora.

Eu poderia falar mais, porém não vejo que bem faria ao mundo com isso. Quanto a mim, estou além da ajuda humana ou da esperança. Enquanto estou aqui, escrevendo, sem me importar se morrerei ou não antes de acabar, posso ver o médico recolhendo seus pós e ampolas com um gesto vago para o bom padre ao meu lado e eu entendo o que isso quer dizer.

Eles ficarão muito curiosos ao saberem da tragédia... eles, do mundo exterior, que escrevem livros e imprimem milhões de jornais, mas mais não escreverei, e o confessor selará minhas últimas palavras com o selo da santidade assim que seu santo ofício tiver se encerrado. Eles, do mundo exterior, podem mandar suas criaturas para lares destruídos e casas mortas e feridas, e escorrerá sangue e lágrimas de seus jornais, mas seus espiões devem me deixar na porta do confessionário. Eles sabem que Tessie está morta e eu estou morrendo. Eles sabem como as pessoas da casa, despertas por um grito infernal, correram até meu quarto e encontraram um vivo e dois mortos, mas eles não sabem o que lhes contarei agora. Eles não sabem o que o médico disse ao apontar para um monte horrível e decomposto no chão... o lívido cadáver do vigia da igreja:

— Não tenho nenhuma teoria ou explicação. Aquele homem deve estar morto há meses!

Acho que estou morrendo. Queria o padre pudesse...

UM SUSSURRO NAS TREVAS

H. P. LOVECRAFT

I

Tenha em mente que não testemunhei nenhum horror no fim. Dizer que um esgotamento mental foi a causa do que narro aqui — a gota d'água que me fez sair correndo da isolada fazenda Akeley e através dos morros abaulados de Vermont em um veículo roubado durante a noite — é ignorar os fatos mais simples daquela minha experiência final. A despeito de todas informações e especulações de Henry Akeley que compartilhei, das coisas profundas que vi e ouvi, e da admitida impressão vivaz que elas causaram em mim, me é impossível provar se eu estou certo ou errado em minha hedionda conclusão. Pois, afinal, o desaparecimento de Akeley não prova nada. Não encontraram nada errado em sua casa além das marcas de bala dos lados de dentro e de fora. Era como se ele só tivesse saído para dar um passeio nos morros e não tivesse conseguido voltar. Sequer havia sinal de que um convidado estivera ali, tampouco daqueles horríveis cilindros ou das máquinas que estavam guardadas no escritório. Que ele estivesse com um medo mortal dos morros apinhados de verde e das veredas de riachos sem fim onde nascera e se criara, também não significava nada, afinal, milhares são vítimas dos mesmos temores. Excentricidade, além do mais, facilmente se aplica aos seus atos estranhos e às apreensões que tinha em relação ao local.

A coisa toda começou, no que me diz respeito, com as cheias históricas e sem precedentes de Vermont, no dia 3 de novembro de 1927[15]. Na época, como agora, eu era um professor de literatura na Universidade Miskatonic de Arkham, em Massachusetts, além de um entusiasmado pesquisador amador do folclore da Nova Inglaterra. Pouco depois das enchentes, em meio aos inúmeros relatos de dificuldade, sofrimento e organização de voluntários que enchiam os jornais, começaram a aparecer algumas histórias estranhas de coisas encontradas flutuando nas cheias de alguns rios; assim, vários amigos embarcavam em curiosas discussões e apelavam para que eu jogasse qualquer luz que pudesse sobre o assunto. Senti-me lisonjeado ao ter meus conhecimentos sobre folclore levados tão a sério, então fiz o que pude para minimizar essas histórias tão vagas e loucas, que tão claramente pareciam resultado de velhas e rústicas superstições. Encantava-me encontrar tantas pessoas instruídas insistindo que havia algum estrato, por mais obscuro ou distorcido que fosse, de veracidade por trás daqueles rumores.

As histórias que chegaram até mim vieram em boa parte pelos recortes de jornal; embora uma das lorotas viesse de uma fonte oral, sendo repetida para um amigo meu em uma carta recebida da

---

15 Um evento real, considerado pelos moradores da região como o "maior desastre natural" conhecido até então, deixando oitenta e cinco mortos e mais de nove mil desabrigados.

mãe, de Hardwick, em Vermont. O tipo de coisa descrita era praticamente o mesmo em todos os casos, embora parecesse haver três instâncias diferentes envolvidas: uma conectada ao rio Winooski, próximo a Montpelier; outra conectada ao West River de Windham Countym, depois de Newfane; e uma terceira centrada em Passumpsic, em Caledonia County, acima de Lyndonville. Claro que apareceram recortes de outras instâncias sobre esses estranhos itens, mas, após uma análise, todos pareciam resumir-se a esses três. Em cada caso, havia relatos de pessoas do campo vendo um ou mais objetos bizarros e perturbadores emergindo das águas agitadas que fluíam pelos morros desabitados, com uma tendência generalizada para se conectar esses avistamentos com uma lenda primitiva e quase esquecida sussurrada pelos mais velhos e ressuscitada para aquela ocasião.

O que as pessoas pensaram ver eram formas orgânicas nada parecidas com quaisquer coisas que já tivessem visto antes. Naturalmente, muitos corpos humanos também foram arrastados pelas águas naquele trágico período; mas as descrições daquelas estranhas formas davam quase certeza de não serem humanas, apesar de algumas semelhanças superficiais quanto ao tamanho e o formato em geral. Menos ainda, diziam as testemunhas, podia ser qualquer tipo de animal conhecido em Vermont. Eram coisas rosadas de um metro e meio, com corpos de crustáceo com um grande par de barbatanas dorsais ou asas membranosas, além vários membros articulados e um tipo de elipsoide convoluto coberto por um monte de pequenas antenas onde normalmente estaria uma cabeça. Era impressionante como os relatos de diferentes fontes se aproximavam uns dos outros, ainda que essa admiração diminuísse diante do fato de que as velhas lendas, havia muito compartilhadas por toda região daqueles morros, fornecessem uma imagem vívida e mórbida que bem poderia colorir a imaginação de todas aquelas testemunhas. Cheguei à conclusão de que tais testemunhas — todas elas, gente muito simples e impressionável do interior — viram as pilhas de corpos inchados de humanos e animais das fazendas no turbilhão das águas, permitindo que essas lendas pouco lembradas conferissem atributos fantásticos a esses lamentáveis objetos.

As velhas lendas, embora turvas, ambíguas e em grande parte esquecidas pelos da nossa geração, tinha um caráter singular que refletia as influências de lendas indígenas ainda mais antigas. Eu as conhecia bem, mesmo sem nunca ter pisado em Vermont, graças à raríssima monografia de Eli Davenport, que reunia material oralmente obtido antes de 1839 entre os moradores mais velhos do estado. Esse material coincidia muito com os relatos que eu mesmo ouvi dos velhos rústicos nas montanhas de New Hampshire. Em breve resumo, eles sugeriam a existência de uma raça de seres monstruosos escondida nos morros distantes — nas profundezas dos bosques localizados nos mais altos picos, assim como na escuridão dos vales onde córregos escorrem de fontes desconhecidas. Tais seres raramente eram vistos, mas as evidências de sua presença eram relatadas por aqueles que se aventuravam a ir mais acima que o normal nas encostas de certas montanhas ou a alguma garganta profunda de um despenhadeiro íngreme que até os lobos evitavam.

Foram encontradas estranhas marcas de pés ou patas na lama às margens do riacho e nas áreas secas, além de curiosos círculos de pedra com a grama desgastada ao redor, sem que nada disso parecesse ter sido fruto ou moldado pela natureza. Existiam também certas cavernas de profundidade incerta nas laterais dos morros, com as entradas fechadas por pedras de um jeito que pouco aparentava um acidente natural — sem contar a cota razoável de pegadas estranhas indo e vindo daquele ponto, se é que se podia definir em que direção aquelas pegadas seguiam. Mas, o pior de tudo, havia as coisas que alguns aventureiros diziam ver ao crepúsculo nos vales mais remotos e nos densos bosques perpendiculares além dos limites de uma escalada habitual.

Teria sido menos desagradável se o monte de relatos sobre essas coisas não coincidisse tanto. Da forma como foi, quase todos os rumores tinham muitos pontos em comum: alegavam que as criaturas eram um tipo de enorme caranguejo vermelho-claro com muitos pares de pernas e duas grandes asas de morcego nas costas. Algumas vezes, eles caminhavam com todas as suas pernas; e outras, apenas com as posteriores, usando os outros membros para transportar objetos de natureza indeterminada. Em certa ocasião, foram vistos em um número considerável, uma parte deles passando pela água rasa de uma floresta, em três fileiras, no que se depreende uma evidente formação organizada. Pelo menos um espécime foi visto voando, lançando-se do alto de um morro careca e solitário na direção da noite, sumindo no céu depois que a silhueta de suas grandes asas foi vista contra a lua cheia.

Parecia que essas coisas se contentavam em deixar os seres humanos em paz, ainda que vez ou outra tivessem sido responsabilizados pelo desaparecimento de alguns indivíduos que se arriscavam — principalmente aqueles que construíram casas muito perto de certos vales ou muito alto em certas montanhas. Muitos locais se tornaram conhecidos como desaconselháveis para se instalar, um sentimento que persistiu até muito depois da sua causa ser esquecida. Tinha sempre gente olhando com um arrepio para o alto daqueles precipícios nas montanhas, mesmo sem lembrar quantos colonos tinham sumido nela, nem quantas fazendas tinham queimado até as cinzas nas encostas daquelas verdes e sombrias sentinelas.

Embora, de acordo com as velhas lendas, as criaturas só aparecessem para fazer mal àqueles que violavam a privacidade deles, relatos mais recentes falavam da curiosidade para com os homens, e de suas tentativas de estabelecer postos avançados no mundo humano. Existiam histórias sobre as estranhas marcas de patas sendo encontradas ao redor das janelas de fazendas pela manhã, e de ocasionais desaparecimentos em regiões fora das áreas obviamente assombradas. Além disso, havia as histórias de vozes zumbindo como se estivessem imitando a fala humana, fazendo ofertas surpresa a viajantes solitários nas estradas e trilhas nos bosques mais distantes, além de crianças apavoradas até a ponta dos fios de cabelo por coisas vistas ou ouvidas onde a floresta primitiva tocava o quintal no fundo de suas casas. No estrato final de lendas — o estrato que precedeu o declínio da superstição e o abandono do contato direto com esses lugares temíveis — encontram-se referências chocantes a eremitas e fazendeiros afastados que, em algum período de suas vidas, teriam passado por algum tipo de repulsiva mudança mental que os punha em condições de serem rejeitados aos murmúrios de que eram mortais que tinham se vendido a esses estranhos seres. Em um dos condados ao noroeste, parece que era comum, por volta de 1800, acusar os excêntricos e reclusos malvistos de serem aliados ou representantes daquelas coisas abomináveis.

Quanto ao que eram essas coisas, natural que as explicações fossem as mais variadas. A denominação mais comum aplicada a eles eram "as coisas" ou então "os antigos", ainda que outros termos, de uso local e passageiro, também fossem usados. É provável que boa parte da fama deles terem parte com o diabo venha dos puritanos colonizadores que fizeram deles a base de uma impressionante especulação teológica. Aqueles com lendas celtas em sua linhagem — principalmente os escoceses e irlandeses de New Hampshire, assim como os seus parentes assentados em Vermont nas colônias concedidas pelo governador Wentworth — os ligavam às fadas malignas e as "pessoinhas" dos brejos ou dos fortes circulares[16], necessitando, assim, protegerem a si mesmos com velhos encantos passados de geração para geração. Mas eram os índios que tinham as teorias mais fantásticas. Enquanto as lendas tribais diferiam, havia um consenso na crença de algumas particularidades vitais: era unânime a percepção de que tais criaturas não eram nativas do planeta.

Os mitos dos Pennacook, que eram os mais consistentes e pitorescos, diziam que os Alados vinham da Ursa Maior no céu e tinham minas nos nossos morros terrestres, de onde eles tiravam um tipo de rocha que não conseguiam encontrar em nenhum outro mundo. Eles não viviam aqui, diziam os mitos, simplesmente mantinham esses postos avançados e voavam de volta com uma grande carga de rochas para suas estrelas no norte. Eles feriam só aqueles que se aproximavam muito para espiá-los. Os animais os rejeitavam por uma aversão instintiva e não por serem caçados. Eles não podiam comer as coisas e os animais terrestres, então traziam sua própria comida das estrelas. Era ruim se aproximar deles e, às vezes, jovens caçadores que iam até seus morros nunca voltavam. Também não era nada bom ouvir o que, tarde da noite na floresta, eles sussurravam como se fossem abelhas tentando imitar as vozes dos homens. Eles conheciam a língua de todos os povos — dos Pennacock, dos Huron, dos homens das Cinco Nações — mas não pareciam ter, ou precisar, de nenhuma língua própria. Eles falavam com suas cabeças, que mudavam de cor para terem diferentes significados.

16 *Raths*, no original, referem-se a aterros ou fortificações circulares e anelares (com várias camadas), que poderiam ser usados tanto como defesa, prisão ou com intuito religioso. Ainda hoje existem mais de quarenta mil edificações do tipo em toda a Irlanda. Reza a lenda que não se pode assobiar ou cantar nessas terras, principalmente porque algumas delas teriam sido construídas por fadas, de maneira que também não é permitido aos humanos cortar nenhuma árvore da região e, tampouco, mover quaisquer de suas pedras.

Todas as lendas, claro, as brancas e as indígenas, pereceram durante o século XIX, exceto por ocasionais surtos atávicos. Os costumes de Vermont logo se assentaram e, tão logo suas estradas e habitações ficaram prontas de acordo com um certo plano, eles passaram a se lembrar cada vez menos dos medos e restrições que haviam motivado tal plano, acabando até por se esquecerem de tais medos e restrições. A maior parte das pessoas simplesmente sabia que certas partes dos morros eram consideradas malsãs, improdutivas e que, no geral, dava azar viver por ali — quanto mais longe dali, melhor. Com o tempo, a rotina dos costumes e do interesse econômico tornaram-se tão ferrenhos que não havia mais razão para irem até aquelas regiões, de forma que os morros malditos ficaram desertos mais por acidente que por planejamento. Salvo alguns poucos sustos locais, só vovós com gosto pelo fantástico e nonagenários contavam à miúda histórias sobre as criaturas habitando os morros, e, mesmo assim, essas histórias sussurradas admitiam que não havia muito a se temer dessas coisas agora que elas já haviam se acostumado com a presença das casas e dos povoados, ainda mais agora que os seres humanos tinham optado por deixar seu território em paz.

Tomei conhecimento disso tudo em minhas leituras e a partir de certos depoimentos colhidos em New Hampshire, de forma que, assim que os boatos provocados pelas enchentes começaram, pude entender com facilidade quais eram as bases de tamanha imaginação que os envolvia. Custou-me explicar isso para meus amigos, e era proporcionalmente hilário quando vários deles continuavam insistindo que poderia ter um toque de verdade nesses relatos. Tais pessoas apontavam que as lendas primitivas tinham uma significativa persistência e uniformidade, e que a natureza quase inexplorada região dos morros de Vermont deixava tudo ainda mais difícil de se bater o martelo quanto ao que se podia ou não estar vivendo lá; tampouco eles ficavam quietos quando lhes assegurava que todos os mitos pertenciam a um padrão bem conhecido em toda humanidade e determinado por fases primitivas de experiências imaginativas que sempre produzem os mesmos tipos de ilusões.

Não valia a pena demonstrar a tais oponentes que, em essência, os mitos de Vermont pouco diferiam das lendas universais que enchiam o mundo antigo de personificações como faunos, dríades e sátiros, que haviam sugerido os *kallikanzarai*[17] da Grécia moderna e dado à natureza do País de Gales e da Irlanda seus sinais sinistros de estranhas, pequenas e terríveis raças de trogloditas e seres subterrâneos. Também não adiantava falar das crenças mais similares, como a das tribos nepalenses em relação ao Mi-Go, ou o "Abominável Homem das Neves", que hediondamente espreitava em meio ao gelo dos picos gelados do Himalaia. Quando trazia à tona tal evidência, meus oponentes viravam-na contra mim, dizendo que era prova de alguma veracidade histórica dessas antigas lendas; que isso confirmava a existência real de alguma estranha raça antiga de seres condenados a se esconder depois do aparecimento e dominação da espécie humana, e que muito provavelmente teriam sobrevivido, ao custo de muitos deles terem perecido, até eras recentes... ou mesmo até o presente.

Quanto mais eu ria de tais teorias, mais esses amigos teimosos as afirmavam, dizendo que, mesmo sem nenhuma relação com as lendas, os relatos recentes eram muito claros, consistentes, detalhados e sensatamente prosaicos na forma como eram narrados, de maneira que não deveriam ser ignorados. Dois ou três desses extremistas fanáticos chegaram ao ponto de sugerir possíveis significados nas antigas lendas indígenas que deram a esses seres escondidos uma origem extraterrestre, citando os extravagantes livros de Charles Fort[18], que acreditava que viajantes de outros mundos e do espaço sideral visitavam com frequência a Terra. A maior parte dos meus adversários, no entanto, não passava de românticos querendo transferir para a vida real o folclore fantástico sobre "pessoinhas" escondidas, que se tornara popular graças à magnífica ficção de horror de Arthur Machen[19].

---

17 O *kallikanzaroi* é uma espécie de duende zombeteiro, capaz de peças dignas de um saci, como urinar nos canteiros, estragar comida e derrubar coisas. Costumam se manifestar durante as festividades de Natal e têm uma aparência humanoide pouco definida pelas lendas, mas de caráter racista, assim como o saci. A grafia adotada por Lovecraft parece ser um engano, visto que foi trocada em edições recentes para *kallikanzari*.

18 Charles Hoy Fort (1874-1932) foi um escritor americano, pesquisador de fenômenos fora do comum. Entre seus tópicos diversos, encontram-se relatos de teleporte, abduções alienígenas, OVNIs, combustão espontânea e criaturas caindo dos céus.

19 Arthur Llewellyn Jones (1863-1947) foi um escritor, tradutor, crítico literário, jornalista e ator de teatro. Entre suas obras mais conhecidas estão *O Grande Deus Pã* e *O Vale dos Sonhos*. Junto de Poe e Algernon Blackwood, pode ser considerado como uma das maiores influências literárias de Lovecraft

II

Como era natural naquelas circunstâncias, esse picante debate finalmente chegou aos jornais por meio de cartas endereçadas ao *Compras e Vendas de Arkham*[20], algumas delas sendo reproduzidas na impressa da região de Vermont, de onde as histórias das enchentes tinham vindo. O *Rutland Herald* deu meia página para os trechos dessas cartas, de um lado e do outro, enquanto o *Brattleboro Reformer* réproduziu na íntegra uma das minhas longas súmulas sobre história e mitologia, com alguns comentários adicionais no *Pena Solta*[21], coluna cuidadosa que apoiava e saudava minhas céticas conclusões. Na primavera de 1928, eu era uma figura mais ou menos conhecida em Vermont, não obstante o fato de que nunca pusera os pés no estado. Foi quando chegaram as cartas desafiadoras de Henry Akeley, que me impressionaram tanto que me levaram pela primeira e última vez àquele fascinante reino coroado de precipícios e córregos murmurantes nas florestas.

A maior parte do que agora sei sobre Henry Wentworth Akeley é graças à correspondência com seus vizinhos e seu único filho, que vive na Califórnia, depois da minha experiência na sua fazenda isolada. Ele era, eu descobri, o último representante em solo nativo de uma longa e distinta linhagem de juristas, administradores e agricultores fidalgos locais. Com ele, no entanto, os tópicos de conhecimento da família migraram dos conhecimentos práticos para o puramente acadêmico; pois ele fora um notável estudante de matemática, astronomia, biologia, antropologia e folclore na Universidade de Vermont. Nunca tinha ouvido falar dele antes, tampouco ele dera qualquer detalhe autobiográfico em suas cartas; mas logo percebi que se tratava de um homem de caráter, cultura e inteligência, ainda que fosse um recluso com pouca sofisticação em assuntos mundanos.

Apesar da natureza fantástica do que alegava, não pude deixar de levar Akeley mais a sério do que a qualquer outro que se opusera ao meu ponto de vista: além de estar perto do fenômeno em si — visível e tangível — sobre o qual especulou, ele estava absolutamente disposto a deixar suas conclusões em aberto como um verdadeiro

20 *Arkham Advertiser* no original. Ao contrário dos jornais mencionados a seguir, este é fictício, então achamos por bem traduzir seu nome.

21 *The Pendrifter*, no original, coluna que realmente existiu.

homem da ciência. Ele não tinha nenhuma preferência pessoal para defender e era sempre guiado pelo que ele acreditava serem sólidas evidências. Claro que comecei achando que ele estava equivocado, mas, lhe dando um pouco de crédito, acreditava que estivesse equivocado de maneira inteligente; e em momento algum fiz como seus amigos, atribuindo suas ideias e o seu medo dos morros verdes solitários à insanidade. Pude ver que era um assunto de importância para o homem, e soube que o que ele reportava muito provavelmente vinha de estranhas circunstâncias que mereciam ser investigadas, mesmo que pouco tivesse a ver com as causas fantásticas que ele clamava. Mais tarde, recebi dele certas evidências materiais que colocaram e deram ao assunto um fundamento diferente, desconcertante e bizarro.

Não posso fazer melhor do que transcrever na íntegra, tanto quanto possível, a longa carta na qual Akeley se apresentou e que marcou de maneira tão importante minha própria trajetória intelectual. Apesar de não estar mais comigo, minha memória guarda praticamente cada palavra daquela agourenta mensagem; e, mais uma vez, afirmo minha inteira confiança na sanidade do homem que a escreveu. Eis aqui o texto — um texto que chegou até mim em garatafunhos apressados e arcaicos, produzidos por alguém que obviamente não se misturou muito com o mundo durante uma tranquila vida acadêmica.

R.F.D. #2,
Townshend, Windham Co., Vermont.
5 de maio de 1928
Sr. Albert N. Wilmarth,
118 Saltonstall St.
Arkham, Mass.

Meu caro senhor,
Li com grande interesse a edição do Brattleboro Reformer *(23 de abril de 1982) com sua carta sobre as histórias recentes dos corpos estranhos vistos boiando durante nossas enchentes do último outono, e também sobre o folclore com o qual o caso guarda tantas semelhanças. É fácil entender por que alguém de fora tomaria a mesma posição que o senhor, e ainda mais porque a "Pena Solta"*

concorda consigo. É a atitude normalmente tomada por todos, sendo de Vermont ou não, e foi também a minha própria quando era jovem (agora tenho 57), antes que meus estudos, tanto os gerais quanto aqueles relacionados ao livro de Davenport, levassem-me a explorar partes dos morros pouco visitadas nas redondezas.

Fui levado a tais estudos por conta dos estranhos contos que eu costumava ouvir dos fazendeiros mais velhos e mais ignorantes, mas agora eu gostaria que tivesse deixado tudo isso de lado. Devo dizer, com toda modéstia, que as matérias de antropologia e folclore não são de maneira alguma estranhas para mim. Recebi uma boa dose de ambas na faculdade e estou familiarizado com boa parte dos autores de renome, como Tylor, Lubbock, Frazer, Quatrefages, Murray, Osborn, Keith, Boule, G. Elliott Smith e outros. Não me é novidade que histórias de raças escondidas sejam tão velhas quanto a humanidade. Tendo visto os seus textos impressos, assim como aqueles concordando com o senhor no Rutland Herald, creio que sei em que ponto está a controvérsia nesse momento.

O que gostaria de dizer agora é que temo que seus adversários estejam mais corretos que o senhor, ainda que a razão pareça estar do seu lado. Eles estão mais certos do que têm noção — pois, é claro, eles partem apenas da teoria, sendo impossível saber o que eu sei. Se eu soubesse tão pouco quanto eles, não me sentiria tão fundamentado na crença como eles. Eu estaria do seu lado.

O senhor pode ver que estou com certa dificuldade para chegar ao ponto, provavelmente porque eu tema chegar lá; mas o crucial na questão é que disponho de evidências de que seres monstruosos de fato vivem nas florestas perto dos morros altos que ninguém visita. Não vi nenhuma das coisas flutuando nos rios, como relataram, mas vi coisas semelhantes a essas em circunstâncias que tenho medo de repetir. Vi pegadas e, mais recentemente, as marcas aparecem perto de minha casa (moro na antiga casa dos Akeley, ao sul da vila de Townshend e ao lado da Montanha Sombria), mais perto do que eu gostaria de admitir para o senhor agora. E, em certos pontos dos bosques, também escutei vozes que nem tentarei reproduzir no papel.

Em um certo ponto, as escutei tanto que cheguei a levar um fonógrafo com um ditafone e um cilindro fonográfico virgem

— providenciarei para que o senhor possa escutar a gravação. Coloquei a gravação para tocar na máquina para alguns dos antigos moradores daqui e as vozes os paralisaram de medo porque pareciam demais com uma certa voz (o zumbido nos bosques mencionado por Davenport) sobre a qual suas avós lhes contaram, a imitando. Eu sei o que a maioria das pessoas pensa sobre um homem que diz que "ouve vozes", mas, antes que o senhor chegue a alguma conclusão, apenas escute a gravação e pergunte a quaisquer dos idosos interioranos daqui o que eles pensam sobre isso. Se puder encontrar alguma explicação racional para isso, tanto melhor; mas deve haver algo por trás disso. Ex nihilo nihil fit[22]*, o senhor sabe.*

Agora, meu objetivo escrevendo esta carta não é começar uma discussão, mas para lhe passar algumas informações que julgo que um homem como o senhor vá achar de muito interesse. Isto fica entre nós. Publicamente, estou do seu lado, pois certas coisas me mostraram que não é para as pessoas ficarem sabendo muito sobre esse tema. Minha própria pesquisa agora é completamente privada, e eu nem penso em dizer qualquer coisa que atraia a atenção das pessoas, provocando-as a visitas às áreas que investiguei. É verdadeiro, terrivelmente verdadeiro, que há criaturas não humanas nos vigiando o tempo todo, com espiões entre nós, colhendo informações. Foi com um desses infelizes espiões — se ele estivesse com seu juízo perfeito (como eu penso que estava) — que consegui boa parte das pistas relativas ao caso. Depois, ele acabou se matando, mas tenho meus motivos para crer que existem outros agora.

As criaturas vêm de outro planeta, sendo capazes de viver e viajar pelo espaço interestelar com desajeitadas e poderosas asas, capazes de resistir ao éter, mas que parecem não ter muita serventia como condução para eles na Terra. Vou falar sobre isso depois, caso o senhor não me dispense como se fosse louco. Eles vêm para cá para colher metal do fundo dos morros, e acho que sei de onde eles vêm. Eles não vão nos machucar se os deixarmos em paz, mas ninguém pode dizer o que vai acontecer se ficarmos muito curiosos em relação a eles. É claro que um belo exército poderia acabar com a pequena colônia deles. É do que eles têm

22 "De onde nada se espera, aí é que não vem nada mesmo."

medo. Mas, se isso acontecesse, mais viriam de fora — e não sabemos quantos. Eles poderiam facilmente conquistar a Terra, e só não tentaram ainda porque não têm motivos para isso. Eles preferem deixar as coisas como estão para evitar aborrecimentos.

Creio que pretendem se livrar de mim, dado tudo o que descobri. Existe uma grande rocha negra com hieróglifos desconhecidos e meio desgastados que encontrei nos bosques de Round Hill, a leste daqui; e depois que a trouxe para casa, tudo ficou diferente. Se souberem das minhas suspeitas, eles vão me matar ou então me tirar do planeta e levar até o lugar de onde vieram. Eles gostam de levar homens inteligentes de vez em quando, como uma maneira de se informarem sobre como estão as coisas no mundo humano.

Isso me leva ao meu segundo propósito ao escrever para o senhor — isto é, para instá-lo a abafar o atual debate e não lhe dar ainda mais publicidade. As pessoas devem ser mantidas afastadas desses morros e, para isso, devemos minar-lhes a curiosidade. Só Deus sabe que já há ameaças o suficiente com especuladores e agentes imobiliários enchendo Vermont de turistas no verão para invadirem os terrenos desabitados e encherem os morros com cabanas baratas.

Adoraria receber notícias suas e vou tentar enviar-lhe aquela gravação fonográfica e a rocha negra (que está tão desgastada a ponto das fotos não lhe fazerem justiça) se o senhor quiser. Digo "tentar" porque acho que as criaturas encontraram um jeito de interferirem com as coisas por aqui. Tem um sujeito mal-humorado chamado Brown, de uma fazenda perto da vila, que acredito ser um espião deles. Pouco a pouco, eles estão tentando me afastar deste mundo porque sei muito sobre o deles.

Eles têm os jeitos mais incríveis de descobrir o que estou fazendo. Talvez o senhor nem receba esta carta. Penso que devo sair desta parte do país e ir viver com meu filho na Califórnia, em San Diego, caso as coisas fiquem piores, mas não é nada fácil abandonar o lugar onde você nasceu e onde sua família viveu pelas últimas seis gerações. Fora que eu não ousaria vender esta casa para ninguém, agora que as criaturas a notaram. Parece que elas estão tentando recuperar a rocha negra e destruir a gravação fonográfica, mas não deixarei que isso aconteça. Meus cães de guarda sempre os mantêm afastados, pois ainda há poucos deles aqui, e eles são desajeitados para se locomover. Como eu disse, suas asas são inúteis para voos curtos na Terra. Estou prestes a decifrar a rocha — de uma maneira terrível — e, com o seu conhecimento sobre folclore, o senhor pode me ajudar a entender as peças que estão faltando. Suponho que saiba tudo sobre os terríveis mitos que precedem a chegada do homem na Terra — os ciclos de Yog-Sothoth e Cthulhu — sugeridos no Necronomicon. Tive acesso a uma cópia do livro uma vez e soube que o senhor também tem uma na biblioteca da sua faculdade, muito bem trancada.

Concluindo, sr. Wilmarth, penso que nossas respectivas pesquisas podem ser úteis para os dois. Não desejo colocá-lo em risco de nenhum tipo, e penso que devo alertá-lo que estar de posse da rocha e da gravação pode não ser lá muito seguro; mas acho que vai achar que os riscos valem pelo conhecimento que trazem. Vou dirigir até Newfane ou Brattleboro para enviar-lhe o que me autorizar enviar, pois acredito que os correios dessas cidades são mais confiáveis. Devo dizer que vivo muito sozinho agora que não posso contratar nenhuma ajuda. Ninguém fica por conta das criaturas que ficam tentando se aproximar da casa à noite, enlouquecendo os cães, que não param de latir. Só fico grato por não ter me metido tanto nisso enquanto minha esposa ainda estava viva porque é certo que isso a teria enlouquecido.

Torço para que não o tenha enchido demais e que você decida entrar em contato comigo no lugar de jogar fora essa carta como se fossem os delírios de um louco.

Sinceramente,

Henry W. Akeley

P.S.: Estou fazendo algumas cópias extras de umas fotografias que tirei; penso que elas serão de ajuda para provar alguns dos pontos mencionados acima. Os mais velhos creem que essas monstruosidades são reais. Devo lhe enviar tudo isso em breve, se estiver interessado.

H.W.A.

É difícil descrever meus sentimentos diante da primeira leitura de um documento tão estranho. Era de se esperar que eu risse mais alto de toda aquela extravagância do que já havia rido das teorias bem menos extremas que já tinham me provocado júbilo; ainda assim, algo no tom daquela carta fez-me encará-la com uma seriedade paradoxal. Não que eu acreditasse por um segundo que fosse na raça escondida das estrelas de que falava meu correspondente; após algumas dúvidas preliminares, no entanto, passei a acreditar na sua sanidade e sinceridade, assim como no contato que ele tivera com algum fenômeno singular e anormal que não podia explicar exceto daquela maneira imaginativa. Poderia não ser como ele pensava, ponderei, mas sem dúvida merecia uma investigação. O homem parecia excessivamente entusiasmado e alarmado sobre alguma coisa, então era difícil que não houvesse nada ali. Ele fora tão específico e lógico em algumas coisas — e, afinal, sua história encaixava-se muitíssimo bem a algumas das velhas lendas, até aos mitos indígenas mais arrojados.

Que ele tivesse mesmo ouvido vozes perturbadoras nos morros e tivesse mesmo encontrado a rocha negra de que falava, era perfeitamente possível, a despeito das deduções malucas que fizera — deduções talvez sugeridas pelo homem que se dizia um espião desses seres alienígenas e que depois havia se matado. Não era difícil chegar à conclusão de que esse homem estava louco, mas era provável que ele tivesse uma margem perversa de lógica aparente que fez com que o ingênuo Akeley — já predisposto a tais coisas por seus estudos de folclore — acreditasse no que dizia. Quanto aos acontecimentos posteriores, parecia que, por sua incapacidade de contratar ajudantes, os rústicos vizinhos de Akeley também estavam convencidos de que sua casa estava sendo cercada por aquelas coisas durante a noite. Fora os latidos dos cães.

E ainda tinha a questão da gravação fonográfica mencionada por ele, que eu não tinha motivos para crer que não tivesse sido obtida da maneira que ele contara. Devia querer dizer alguma coisa; fossem os barulhos dos animais traiçoeiramente parecidos com os dos humanos, ou fosse a fala de algum ser humano oculto e vagando madrugada adentro em um estado semelhante ao de uma besta. Mas meus pensamentos estavam voltados para a rocha negra coberta de hieróglifos e as especulações quanto ao que significavam. Sem contar as fotografias que Akeley disse que estava para mandar e que os idosos tinham achado tão terríveis — e elas?

Enquanto eu relia os garranchos, senti como nunca sentira antes que meus crédulos oponentes poderiam ter mais razão do que eu admitia. Afinal, era possível que existissem algumas estranhos e, talvez, perdidos e hereditariamente deformados párias naqueles morros tão evitados, ainda que não fossem os monstros vindos das estrelas que o folclore clamava. E, se eles existissem, então a presença de corpos estranhos boiando nas enchentes não seria mais completamente inacreditável. Era muita presunção crer que as antigas lendas e as notícias recentes tivessem esse tanto de realidade por trás delas? Mas, mesmo enquanto cultivava tais dúvidas, me sentia envergonhado por elas terem brotado por conta de uma peça tão fantasticamente bizarra quanto aquela carta de Henry Akeley.

Por fim, respondi sua carta adotando um tom amigável e interessado, solicitando mais detalhes. Ele respondeu praticamente na remessa postal seguinte; como prometido, enviou algumas fotografias dos locais e dos objetos sobre os quais falara. Olhando para aquelas fotos conforme as tirava do envelope, tive um curioso senso de aproximação e terror de quando encontramos coisas proibidas; pois, a despeito de serem um tanto vagas, tinham um abominável poder de sugestão, que se intensificava pelo fato de serem fotos genuínas — ligações ópticas genuínas com aquilo que retratavam, o produto de um processo de transmissão impessoal, sem preconceitos, falhas ou mentiras.

Quanto mais olhava para as fotografias, em mais alta conta punha Akeley e sua história. Essas imagens carregavam evidências concretas de que havia algo nos morros de Vermont que era, no mínimo, muito fora do raio do nosso conhecimento e crenças comuns. A pior de todas era a da pegada — uma imagem capturada com o sol batendo em uma poça de lama em algum terreno elevado e deserto. Vi de cara que não era nenhuma falsificação barata; pelas pedrinhas e folhas de grama no campo de visão era possível uma boa noção da escala, além de impossibilitarem qualquer feito de dupla exposição. Eu disse que era uma "pegada", mas estava mais para uma marca de pata. Mesmo agora, não posso descrever direito, porém se parecia terrivelmente com uma pata de caranguejo e gerava uma incerteza quanto à direção que tomava. Não era uma marca muito funda nem muito recente, mas parecia ter o tamanho do pé de um homem. A partir de uma plataforma central, um par de garras serrilhadas se projetava em direções opostas — se aquilo fosse mesmo um órgão de locomoção, parecia ser bem desconfortável em sua função.

Outra fotografia — evidentemente uma longa-exposição tirada no escuro — mostrava a boca de uma caverna no meio da floresta com um pedregulho redondo obstruindo sua entrada. Na terra nua defronte à entrada, podia-se verificar uma densa rede de estranhos rastros e, ao estudar a foto com uma lente, tive a incômoda certeza de que as marcas eram iguais às da outra foto. Uma terceira mostrava um círculo de pedras de pé, à moda dos druidas, no cume de um morro inabitado. Ao redor do enigmático círculo, a grama se encontrava bem batida e desgastada, mas não pude detectar nenhuma pegada, mesmo com auxílio da lupa. O afastamento extremo do lugar era aparente pelo verdadeiro mar de montanhas desabitadas que eram visto ao fundo, se estendendo rumo a um horizonte de névoas.

Mas, se a mais perturbadora das imagens era a daquela pegada, a mais sugestiva residia naquela grande rocha negra encontrada nos bosques de Round Hill. Akeley evidentemente tinha fotografado a rocha na mesa de seu escritório, visto que era possível enxergar livros enfileirados e um busto de Milton ao fundo. A coisa, até onde se podia perceber, estava verticalmente de frente para a câmera, tinha uma superfície um pouco irregular e curva de trinta por sessenta centímetros; mas dizer qualquer coisa definitiva sobre a superfície ou mesmo a massa de tudo aquilo era algo que quase desafiava o poder da linguagem. Que princípios bizarros de geometria guiaram aquele lapidar — porque tenho certeza de que se tratava de um corte de origem artificial —, eu não sabia nem como começar a imaginar; tampouco eu já tinha visto antes algo que fosse tão inegavelmente de outro mundo. Dos hieróglifos na superfície, eu podia discernir uns poucos, mas um ou dois dos que vi me provocaram um choque. Claro que podia ser uma fraude; afinal, eu não fora o único a ter acesso ao monstro abominável que era o *Necronomicon*, escrito pelo árabe louco chamado Abdul Alhazred. Contudo, isso não impediu que eu me arrepiasse ao reconhecer certos ideogramas que meus estudos me permitiram conectar aos sussurros arrepiantes e blasfemos de seres que passaram por uma espécie de existência pela metade antes que a Terra e os outros planetas do sistema solar se formassem.

Das outras cinco fotos, três mostravam imagens dos pântanos e dos morros, que pareciam carregar os traços de terem sido habitação de algo escondido e doentio. Outra mostrava uma marca estranha no chão próximo à casa de Akeley, que ele disse ter fotografado na manhã seguinte à noite em que os cães latiram de forma mais violenta que o habitual. Era pouco nítida e não se podia tirar nenhuma conclusão dela; mas era diabolicamente parecida com a outra marca fotografada na área elevada e deserta. A última foto era da própria casa de Akeley; uma bela casa caiada de branco, com dois andares e um sótão, com coisa de mais de um século, um gramado bem cuidado e um caminho cercado por pedras levando até um elegante portão georgiano entalhado. Um monte de enormes cães policiais se espalhava pelo gramado, de cócoras próximo a um homem de feições agradáveis com uma barba cinzenta e aparada, que julguei ser o próprio Akeley — que deduzi ter tirado a própria foto, já que segurava na mão direita um dispositivo para acionar o *flash*.

Das fotos, voltei-me para a volumosa carta de letras miúdas; e pelas três horas seguintes fiquei imerso em um abismo de horror indescritível. No que Akeley não tinha dado mais do que um esboço anteriormente, agora ele entrava em minúcias de detalhes; com longas transcrições de palavras entreouvidas nos bosques durante a noite, um copioso relato sobre formas monstruosas e rosadas espiadas entre moitas nos morros ao amanhecer e uma terrível narrativa cósmica fruto dos vários e profundos estudos aplicados aos discursos do autointitulado espião que se matara. Encontrei-me diante de nomes e termos que eu já tinha escutado nas mais horrendas associações — Yuggoth, o Grande Cthulhu, Tsathoggua, Yog-Sothoth, R'lyeh, Nyarlathotep, Azathoth, Hastur, Yian, Leng, o lago de Hali, Bethmoora, o Emblema Amarelo, L'mur-Kathulos, Bran e o Magnum Innominandum — e fui levado de volta, através de eras inomináveis e dimensões inconcebíveis, até mundos de uma antiga e alienígena entidade que o enlouquecido autor do *Necronomicon* só conseguiu imaginar da maneira mais vaga possível. Soube então das minas da vida primitiva e dos córregos que brotavam de lá; e, finalmente, dos riachos surgidos de um desses córregos e de como eles se entrelaçaram com os destinos do nosso planeta.[23]

Minha cabeça girava; e se antes eu tentei explicar e descartar as coisas, agora eu começava a acreditar nas mais anormais e incríveis das maravilhas. A gama de evidências era terrivelmente vasta e avassaladora; e a postura calma e científica de Akeley — comportamento tão distante quanto possível do demente, fanático, histérico ou mesmo do extravagante e do especulativo — teve um baita efeito no meu juízo e nos meus pensamentos. Quando finalmente deixei a carta de lado, já podia entender os medos que ele vinha encarando e estava pronto para fazer tudo que pudesse para afastar as pessoas daqueles morros selvagens e assombrados. Mesmo agora, quando o tempo já me entorpeceu a memória e me faz questionar minhas

---

23 Alguns dos estranhos nomes citados por Wilmarth diante da carta de Akeley já foram vistos ao longo deste volume, outros podem ser inéditos para alguns dos leitores, sendo assim, na ordem: Yuggoth é uma entidade lovecraftiana, identificada como uma variação aterrorizante de Plutão no poema *Os Fungos de Yuggoth*; Cthulhu é, provavelmente, a entidade mais conhecida das criações de Lovecraft e é apresentada como um ser que mistura um dragão e um homem com um rosto repleto de tentáculos de polvo; Tsathoggua é uma criação de Clark Ashton Smith (1893-1961), no conto *The Tale of Satampra Zeiros*, escrito em 1929 e publicado em 1931, um ano depois de *Um Sussurro nas Trevas* — além de demonstrar como eram prolíficas e, muito provavelmente, autorreferentes as correspondências de Lovecraft com seus amigos escritores, também deixa claro que o autor teve plena consciência em vida do quanto o universo narrativo que estava criando tinha condições de se expandir; Yog-Sothoth é uma entidade cósmica onisciente, também vista como uma nuvem de esferas dotadas de olhos e pernas; R'lyeh é a cidade perdida onde o grande Cthulhu repousa; Nyarlathotep é um deus sem face, descrito com frequência como um homem alto e negro, reunindo legiões de seguidores — a criação surgiu primeiro em um sonho de Lovecraft, mas alguns pesquisadores acreditam que sua origem esteja nas apresentações elétricas comandadas por Nikola Tesla; Azathoth é outra das deidades lovecraftianas mais conhecidas, um monstro de nuvens de puro caos, cujo nome é tão terrível que ninguém ousa falar em voz alta; Hastur já apareceu neste livro como um deus e como uma constelação; Yian é uma criação de Robert Chambers para *The Maker of Moons*; Leng é um platô de localização indefinida pertencente aos antigos, onde eles construíram uma de suas grandes cidades — em *Neonomicon*, Alan Moore diz que "esse não é um lugar elevado no sentido comum da palavra, na verdade, Leng se projeta em direção a um espaço matemático superior."; o lago de Hali também já surgiu nestas páginas na forma de uma pessoa, demonstrando a maleabilidade com que essas entidades tomam forma; Bethmoora é uma cidade afastada e devastada criada por Lord Dunsany (1878-1957), que também aparece na sequência final do filme *Hellboy II* (2008); o Emblema Amarelo é outro elemento já apresentado nestas páginas; L'mur-Kathulos é a união de dois conceitos, o primeiro, L'mur, provavelmente se refere a Lemúria, um paraíso perdido lendário, enquanto o segundo é uma homenagem de Lovecraft ao amigo Robert E. Howard (1906-1936), que criou um personagem com esse nome — mais tarde transformado em um vilão cósmico da Marvel Comics; da mesma forma, Bran também é uma referência a uma criação de Howard, Bran Mak Morn; por fim, Magnum Innominandum é nada mais que o latim para "O Grande Que Não Deve Ser Nomeado".

experiências e dúvidas terríveis, há algumas coisas na carta de Akeley que eu não falaria em voz alta nem escreveria no papel. Fico quase grato que a carta e a gravação se foram. E também queria, por motivos que logo ficarão claros, que o novo planeta depois de Netuno não tivesse sido descoberto.

Depois de ler aquela carta, meu debate público sobre os horrores de Vermont cessou permanentemente. Argumentos de oponentes ficaram sem resposta ou protelados com a promessa de respondê-los depois até que, por fim, a controvérsia caiu no esquecimento. Entre o fim de maio e começo de junho, me mantive em constante troca de cartas com Akeley — apesar de uma ou outra se perder de vez em quando, o que nos obrigava a refazer nossas posições e fazer cópias consideravelmente trabalhosas. O que estávamos tentando fazer, como um todo, era comparar anotações a respeito do estudo de uma obscura mitologia e chegar a uma relação mais clara entre os horrores de Vermont e a gama geral de lendas primitivas do mundo.

Já no princípio, chegamos ao consenso de que essas monstruosas absurdidades e os demoníacos Mi-Go do Himalaia pertencia à mesma espécie de pesadelo encarnado. Também havia envolventes conjecturas zoológicas que eu teria levado ao professor Dexter, meu colega na universidade, mas que permaneceu sendo um assunto só nosso, de acordo com a vontade premente de Akeley. Se agora parece que desobedeço a essa vontade, é só porque acredito que nesse ponto um alerta sobre aqueles morros distantes de Vermont — assim como sobre os picos himalaios que exploradores estão cada vez mais inclinados a subir — é mais urgente à segurança pública do que seria o silêncio. Algo específico que estávamos conduzindo era o decifrar dos hieróglifos na infame rocha negra — algo que bem nos poderia deixar de posse de segredos mais profundos e vertiginosos que qualquer outro já conhecido pelo homem.

III

Por volta do fim de junho, a gravação fonográfica chegou — postada em Brattleboro, já que Akeley estava relutante em confiar no ramal de linhas ferroviárias ao norte. Tinha começado a ter uma sensação crescente de estar sendo espionado, agravada pelo extravio de algumas de suas cartas; também falou bastante sobre as ações traiçoeiras de certos homens que ele considerava como ferramentas ou agentes das criaturas ocultas. Acima de tudo, ele suspeitava de um fazendeiro grosseiro chamado Walter Brown, que vivia sozinho em uma encosta degradada perto dos bosques e que vez ou outra era visto vagando nas esquinas de Brattleboro, Bellows Falls, Newfane e South Londonderry, em circunstâncias inexplicáveis e sem razão. Ele estava convencido de que escutara a voz de Brown em uma terrível conversa que entreouvira em certa ocasião; e uma vez ele encontrara uma daquelas estranhas pegadas próximo à casa de Brown, o que poderia ter um significado bem sinistro. As pegadas estavam bem próximas às do próprio Brown — algumas até viradas de frente para as dele.

Assim, a gravação fora postada em Brattleboro, para onde Akeley dirigiu seu velho Ford pelas velhas estradas secundárias de Vermont. Ele confessou, em um bilhete que acompanhava a gravação, que estava começando a temer aquelas estradas e que só iria a Townshend para fazer compras se fosse de dia. Não valia a pena, ele sempre repetia, saber demais, exceto se estivesse longe daqueles silenciosos e incertos morros. Muito em breve ele iria pra Califórnia viver com o filho, apesar de ser muito difícil deixar um lugar onde as memórias e sentimentos ancestrais tanto se entranhavam.

Antes de reproduzir a gravação no aparelho que pegara emprestado da administração da universidade, eu repassei cuidadosamente as explicações de Akeley nas inúmeras cartas. Essa gravação, ele dissera, fora obtida por volta de uma da madrugada no dia primeiro de maio de 1915, perto da entrada da caverna na inclinação arborizada no lado oeste da Montanha Sombria, onde ela se erguia dos pântanos de Lee. O lugar sempre fora assolado por estranhas vozes, motivo pelo qual ele levara o fonógrafo, o ditafone e o cilindro virgem na esperança de ouvir algo. Sua experiência dizia que a noite de Santa Valburga[24] — a horrenda noite de Sabá das lendas ocultistas europeias — era provavelmente a data mais proveitosa para tal empreendimento, no que ele não estava errado. Vale ressaltar, no entanto, que nunca mais ele escutou aquelas vozes naquele lugar.

---

24 Simplesmente “May Eve” no original, fazendo referência clara à tradicional festa pagã em comemoração à chegada da primavera no hemisfério norte ocorrida entre 30 de abril e 1º de maio.

Ao contrário da maioria das vozes entreouvidas, as que podiam ser ouvidas na gravação tinham um teor quase ritualístico, e ainda incluía uma voz palpavelmente humana que Akeley nunca fora capaz de identificar. Não era a de Brown, já que a voz parecia de um homem bem mais culto. A segunda voz, no entanto, era o ponto crucial da coisa toda — pois era o maldito zumbido que não tinha semelhança com nada humano, apesar de pronunciar palavras humanas com excelente conhecimento da língua inglesa e sotaque erudito.

A gravação fonográfica e o ditafone não funcionaram bem o tempo todo, além de claramente não terem sido beneficiadas pela natureza remota e abafada do ritual; logo, os registros gravados com exatidão eram muito fragmentados. Akeley me passara uma transcrição daquilo que ele acreditava que as palavras queriam dizer, e eu dei uma olhada nela enquanto me preparava para ouvir a gravação. O texto era sinistro e misterioso, mais até do que horripilante, mas saber a sua origem e a maneira como fora conseguido me provocou mais medo do que qualquer palavra ali contida. Apresentarei a conversa aqui na íntegra, da forma como me lembro — e tenho a convicção de que a conheço por inteiro, não apenas por ter lido a transcrição, mas por ter ouvido a gravação repetidas vezes. Não é algo de que alguém se esqueceria facilmente!

(sons indistintos)

(Voz de um Homem Culto)

...é o Senhor do Bosque, mesmo para... e os presentes dos homens de Leng... assim vindos dos poços da noite para os golfões do espaço, e dos golfões do espaço para os poços da noite, sempre louvando o Grande Cthulhu, a Tsathoggua e Aquele Que Não Deve Ser Nomeado. Sempre Os louvando, pedindo abundância ao Bode Negro dos Bosques. Ia! Shub-Niggurath! O Bode com Mil Filhotes!

(Um Zumbido Imitando a Fala Humana)

Ia! Shub-Niggurath! O Bode Negro dos Bosques com Mil Filhotes!

(Voz Humana)

E aconteceu que o Senhor dos Bosques, sendo... sete e nove, degraus de ônix abaixo... (tri)butos para Ele no Golfo, Azathoth, Ele de Quem Tu nos ensinou marav(ilhas)... nas asas da noite além do espaço e além d... para Aquele do qual Yuggoth é o filho mais novo, girando sozinho na borda do éter negro...

(Voz Zumbida)

...vá entre os homens e encontre os caminhos para que Ele, no Golfo, possa saber. Para Nyarlathotep, o Grande Mensageiro, tudo deve ser dito. E Ele poderá assumir o semblante dos homens, a máscara de cera e um roupão que o esconda, e desça do mundo dos Sete Sóis para zombar...

(Voz Humana)

(Nyarl)athotep, o Grande Mensageiro, que trará alegria para Yuggoth pelo vazio, Pai do Milhão de Favorecidos, Perseguidor entre...

(Fala Cortada Pelo Fim da Gravação)

Tais foram as palavras que ouvi ao ligar o fonógrafo. Foi com um traço genuíno de pavor que eu relutei em colocar a agulha de safira e ouvir o arranhar preliminar da gravação, de maneira que fiquei grato quando ouvi as fracas e fragmentadas palavras em uma voz humana — uma suave e educada voz que tinha um vago sotaque de Boston e que certamente não era de nenhum nativo dos morros de Vermont. Enquanto ouvia a tentadora e fraca reprodução, pude notar que as falas eram idênticas à transcrição que Akeley tinha preparado com tanto cuidado. Quase cantando, aquela voz bostoniana dizia "Ia! Shub-Niggurath! O Bode com Mil Filhotes!"

E então escutei a outra voz. Ainda agora eu estremeço quando penso no quanto ela me impressionou, mesmo já tendo sido preparado pelos relatos de Akeley. Desde então, todos aqueles para quem relatei o conteúdo da gravação disseram não enxergar nada além da loucura de um impostor barato; mas, se pudessem ouvir a coisa maldita eles mesmos, ou então ler o volume das minhas correspondências com Akeley (principalmente aquela segunda e enciclopédica carta), sei que pensariam diferente. Afinal, é uma baita pena que eu não tenha desobedecido Akeley tocando a gravação para outras pessoas — e uma baita pena também que todas as suas cartas se perderam. Para mim, com a impressão em primeira mão de tais gravações, além de meu conhecimento do contexto e das circunstâncias em que foram feitas, a voz era monstruosa. Ela seguia rapidamente a voz humana em uma resposta ritualística, mas, em minha mente, ela não passava de um eco mórbido vindo voando de abismos e infernos inimagináveis. Faz mais de dois anos que toquei o blasfemo cilindro de cera; mas agora, e em todos os momentos antes, ainda consigo ouvir aquele fraco e diabólico zumbido como se fosse a primeira vez.

"Ia! Shub-Niggurath! O Bode Negro dos Bosques com Mil Filhotes!"

Embora a voz continue em meus ouvidos, no entanto, eu ainda não fui capaz de analisá-la o suficiente para fazer sua descrição gráfica. É como um zumbido de um inseto repugnante e gigantesco, calculadamente articulado como a fala de uma espécie alienígena, que me faz ter certeza absoluta de que os órgãos responsáveis por provocar tal semelhança não têm qualquer semelhança com os órgãos vocais humanos ou de qualquer outro mamífero. Certas singularidades nos timbres, alcance e sobretons que punham esse fenômeno fora das esferas da humanidade e do terráqueo. A súbita aparição desse som em minha primeira audição me pôs a ouvir o restante da gravação em um tipo de transe. Quando o trecho mais longo do zumbido começou, senti intensificar-se a forte sensação de blasfêmia infinita que já tinha me atingido na passagem anterior, mais curta. Por fim, a gravação terminara de forma abrupta, durante uma incomum passagem compreensível da voz bostoniana; mas eu ainda fiquei sentado como um idiota, encarando o vazio, por um bom tempo depois que a máquina automaticamente parou.

Nem preciso dizer que eu toquei várias vezes aquela gravação, tentando fazer exaustivas comparações, comentários e análises com as notas de Akeley. Seria tanto inútil quanto perturbador repetir aqui as conclusões a que chegamos; mas devo dizer que concordamos em crer que tínhamos encontrado uma fonte para alguns dos costumes mais repulsivos e primordiais das religiões mais antigas e crípticas da humanidade. Parecia-nos claro também que existia uma aliança antiga e elaborada entre as criaturas ocultas e certos membros da raça humana. Quão extensas eram essas alianças e qual era o estado delas hoje em relação ao que eram nos tempos passados, aí não tínhamos como descobrir; no máximo, tínhamos condições de fazer um sem-número de especulações terríveis. Parecia existir uma terrível e ancestral linhagem em vários estágios definidos, para além da memória, ligando a humanidade e o infinito inominável. As blasfêmias que apareciam na Terra, tudo sugeria, vinham do sinistro planeta Yuggoth, nos confins do sistema solar; mas este não passava de outro posto avançado de uma temível raça interestelar cuja origem última deve estar bem além do contínuo espaço-tempo einsteiniano ou do grande cosmo conhecido por nós.

Enquanto isso, continuávamos discutindo a rocha negra e a melhor maneira de levá-la para Arkham — Akeley acreditava que não era aconselhável que eu o visitasse no local de seus estudos assustadores. Por alguns motivos, Akeley não confiava em nenhuma rota de transporte. A última ideia que dera fora de atravessar o país com aquilo e postá-la em Bellow Falls, de onde ela partiria em um trem para Boston e Maine, passando por Keene, Winchendon e Fitchburg, o que exigiria que ele dirigisse por estradas mais solitárias e cobertas por florestas que a autoestrada para Brattleboro. Segundo ele, quando postou a gravação fonográfica, tinha notado um homem próximo à agência de Brattleboro cujas ações e expressões estavam longe de tranquilizá-lo. Esse homem parecia muito ansioso para falar com os balconistas e pegara o trem em que a gravação fora embarcada. Akeley admitiu que não ficou em paz até saber de mim que a gravação tinha chegado a salvo.

Por essa época, na segunda semana de julho, outra carta minha se extraviara, conforme fiquei sabendo por uma nervosa mensagem de Akeley. Depois disso, ele me pediu que parasse de enviar-lhe cartas para Townshend; no lugar, deveria endereçá-las como posta-restante para Brattleboro, para onde ele poderia fazer viagens frequentes ou em seu carro ou no ônibus que recentemente tinha substituído o trem como serviço de transporte de passageiros. Eu podia ver que ele estava ficando cada vez mais ansioso, entrando em detalhes quanto ao aumento de latidos de seus cães nas noites sem luar e nas pegadas frescas que encontrava na estrada ou na lama em seu quintal quando amanhecia. Certa feita, contou-me sobre um verdadeiro exército de marcas em uma linha reta encarando outras, igualmente firmes e grossas, feitas pelas patas dos cães, e me enviou uma asquerosa fotografia como prova. Isso foi depois de uma noite em que os cães se superaram em uivos e latidos.

Na manhã de 18 de julho, uma quarta-feira, recebi um telegrama de Bellows Falls, no qual Akeley dizia que estava embarcando a rocha negra no trem de Boston e Maine, nº 5508, que deixaria Bellows

Falls às 12h15, com expectativa de chegar na estação norte de Boston às 16h12. Ela deveria então, eu calculei, chegar em Arkham mais ou menos na manhã seguinte; e, como combinado, passei a manhã de quinta esperando recebê-la. Mas a manhã veio e se foi sem que ela chegasse e, quando liguei para a agência dos correios, me informaram que nenhuma encomenda tinha chegado para mim. Meu próximo ato, feito em meio a uma tensão crescente, foi fazer uma ligação de longa distância para a agência da estação norte de Boston; e quase não fiquei surpreso ao descobrir que minha encomenda não tinha aparecido. O trem nº 5508 tinha atrasado 35 minutos no dia anterior, mas não trouxe nenhuma caixa endereçada a mim. O agente, no entanto, prometeu-me abrir um procedimento de busca; e eu terminei o dia enviando a Akeley uma carta noturna deixando-o a par da situação.

Com uma rapidez louvável, recebi uma ligação do agente de Boston na tarde seguinte, tão logo ele se inteirou dos fatos. Parecia que o atendente ferroviário no trem 5508 se lembrava de um incidente que poderia ter a ver com a minha perda — uma discussão com um sujeito de voz acentuada, magro, loiro e de jeito rústico, ocorrida quando o trem estava esperando em Keene, New Hampshire, um pouco depois das 13h. O homem, ele dissera, estava criando caso por conta de uma caixa pesada que ele dizia estar esperando, mas que não se encontrava nem no trem nem nos livros de registro. Ele dera o nome de Stanley Adams e tinha uma voz estranha, monótona e grossa que deixou o atendente tonto e sonolento enquanto o ouvia. O atendente também não conseguia se lembrar como a conversa tinha acabado, mas tinha a impressão de começar a se sentir mais desperto tão logo o trem começou a se mover. O agente de Boston acrescentou que esse balconista era um jovem de inteira confiança e honestidade, com bons antecedentes e muito tempo de casa.

Naquela noite, eu fui a Boston para entrevistar o agente em pessoa depois de ter conseguido seu nome e endereço no escritório. Era um sujeito franco e simpático, mas percebi que ele não tinha nada a acrescentar à sua declaração anterior. Estranhamente, ele dissera que mal poderia reconhecer o estranho que o inquiriu na estação. Percebendo que ele não tinha mais nada para dizer, voltei a Arkham e fiquei até de manhã escrevendo cartas a Akeley, à companhia ferroviária, ao departamento de polícia e ao agente da estação em Keene.

Intuí que o sujeito com voz estranha que tinha afetado de forma tão estranha o atendente provavelmente tinha um papel importante naquela situação sinistra e torci para que os funcionários da estação de Keene e os registros do telégrafo pudessem me dizer algo a respeito dele e de como, onde e quando tinha lhes enchido de perguntas.

Devo admitir, no entanto, que meu furor investigativo não serviu de nada. O sujeito com voz estranha de fato fora notado nos arredores da estação Keene na manhã de 18 de julho, e alguém até o vira com algo parecido com uma caixa pesada; mas ele era um completo desconhecido e não fora visto desde então. Até onda sabiam, ele não visitara a agência do telégrafo nem recebera nenhuma mensagem, e ninguém parecia tê-lo visto enviando qualquer tipo de mensagem que comunicasse a presença da rocha negra no trem nº 5508. Lógico que Akeley se juntou a mim conduzindo aquela investigação, fazendo uma viagem ele mesmo até Keene para interrogar as pessoas da estação; mas sua atitude em relação ao assunto era bem mais fatalista que a minha. Ele parecia acreditar que a perda da caixa era uma ameaça agourenta e que indicava um cumprimento iminente de tais tendências, o que o fazia perder toda esperança na sua recuperação. Ele falava das indubitáveis capacidades telepáticas e dos poderes hipnóticos das criaturas dos morros e seus agentes, chegando a dizer em uma das cartas que não acreditava nem que a rocha ainda estivesse na Terra. Da minha parte, fiquei devidamente enfurecido, porque sentia que havia ao menos uma chance de aprender coisas profundas e surpreendentes daqueles hieróglifos velhos e borrados. A questão me deixaria muito mais irritado não fossem as cartas subsequentes de Akeley me conduzindo a toda uma nova fase de reconhecimento dos horríveis problemas dos morros e acabando por se tornar o centro das minhas atenções.

IV

As coisas desconhecidas, escreveu Akeley em uma caligrafia trêmula, começaram a se aproximar dele com todo um novo grau de determinação. Os latidos em noites de lua fraca ou ausente passaram a ser terríveis agora, fora que ocorreram tentativas de atacá-lo nas estradas solitárias que ele cruzava durante o dia. No segundo dia de agosto, enquanto seguia até o vilarejo em seu carro, encontrou um tronco de árvore caído no caminho, onde a mata era cortada pela estrada; enquanto isso, os latidos selvagens de dois cachorros grandes que trazia consigo indicavam claramente que tipo de criaturas o estavam espreitando. Ele não tinha nem coragem de pensar no que teria acontecido se os cães não estivessem lá — depois disso, não saía mais se não estivesse acompanhado de pelo menos dois membros de sua poderosa e fiel matilha. Nos dias 5 e 6 de agosto aconteceram outros incidentes na estrada: um tiro de raspão em seu carro em um dia e, no outro, o latido dos cães alertando para a presença de um mal na mata.

No dia 15 de agosto, recebi uma carta desesperada que me perturbou profundamente, me fazendo desejar que Akeley deixasse de lado aquela insistência solitária e procurasse ajuda da lei. O incidente horrível havia se dado entre na noite do dia 12 para o dia 13, com balas voando ao redor da fazenda e três dos doze cachorrões sendo encontrados mortos na manhã seguinte. Havia uma pletora das pegadas estranhas na estrada, além das pegadas humanas de Walter Brown entre elas. Akeley chegou a ligar para Brattleboro pedindo por mais cães, mas a sua linha fora cortada antes que ele pudesse terminar seu telefonema. Mais tarde, ele fora pra Brattleboro em seu carro só para descobrir que os técnicos tinham encontrado o cabo telefônico principal cortado bem no ponto que passava pelos morros ao norte de Newfane. E isso fez com que ele se decidisse a voltar para casa com quatro novos cães e várias caixas de munição para o rifle de caça do último tipo que ele tinha. A carta fora escrita na agência de Brattleboro e chegou até mim sem nenhum atraso.

Àquela altura, minha atitude em relação ao assunto estava começando a deixar de ser científica para se tornar alarmantemente pessoal. Temia por Akeley em sua fazenda tão solitária e distante, e também temia por mim mesmo por conta da minha agora definitiva relação com aquele estranho problema dos morros de Vermont. Parecia que as coisas queriam fazer contato. Será que elas chegariam até mim, será que me engoliriam? Em resposta àquela carta, clamei para que ele procurasse por ajuda e disse que, se ele não o fizesse, eu mesmo o faria. Falei também sobre visitar Vermont em pessoa a despeito da sua vontade, para ajudá-lo a explicar a situação para as autoridades responsáveis. Em resposta, recebi um telegrama de Bellows Falls onde se lia:

APRECIO SUA DISPOSIÇÃO MAS NÃO HÁ O QUE FAZER PONTO NÃO TOME NENHUMA ATITUDE PONTO ISSO PODE PREJUDICAR TUDO PONTO ESPERE POR EXPLICAÇÕES PONTO HENRY AKELY

Mas a questão ficava cada vez mais complexa. Em resposta à minha resposta ao telegrama, Akeley enviou uma nota trêmula com um informe assustador de que não só não me enviara telegrama nenhum como também não recebera a carta para a qual o telegrama era uma clara resposta. Através de um interrogatório apressado feito por ele em Bellows Falls, descobrira que a mensagem fora postada por um sujeito estranho e loiro com uma voz curiosa e grossa, mas não descobriu mais nada além disso. O balconista mostrou a ele a mensagem original, escrita a lápis pelo emissário com uma caligrafia que não lhe era em nada familiar. Também vale notar que a assinatura também estava errada — A-K-E-L-Y, sem o segundo "E". Certas conjecturas eram inevitáveis, mas, em meio à crise, ele não se deixou parar para elaborá-las.

Ele falou sobre a morte de mais cães e da compra de outros, além da troca de tiros que passou a ser algo comum nas noites sem luar. As pegadas Brown, além das de outros dois ou mais humanos, passaram a ser encontradas com regularidade entre as marcas estranhas na estrada e nos fundos do quintal. Aqueles, Akeley admitia, não eram bons augúrios; e agora ele sentia que provavelmente teria que ir morar logo com o filho, vendendo ou não vendendo a velha fazenda. Mas não é fácil para alguém deixar o único lugar que conheceu como lar. Ele tentaria ficar um pouco mais; talvez ele conseguisse assustar os invasores — em especial se abertamente deixasse de tentar desvendar os segredos deles.

Escrevi de imediato para Akeley, renovando minha oferta de ajudá-lo e falando mais uma vez sobre visitá-lo para ajudá-lo a convencer as autoridades a respeito do terrível perigo que corria. Em sua resposta, ele se mostrou menos contrário a esse plano do que parecera no passado, mas disse que gostaria de esperar um pouco mais — tempo o bastante para colocar suas coisas em ordem e se reconciliar com a ideia de deixar a terra natal que estimava quase morbidamente. As pessoas olhavam com desconfiança para suas pesquisas e especulações, e seria melhor se fosse embora sem causar tumulto ou semear dúvidas generalizadas sobre sua sanidade. Ele já tinha tido o bastante, ele admitia, mas gostaria de ir embora com alguma dignidade se pudesse.

Essa carta chegou até mim no dia 28 de agosto, e logo tratei de respondê-lo da forma mais encorajadora que podia. E tal encorajamento pareceu ter surtido efeito, pois Akeley descreveu menos horrores em sua resposta. No entanto, ele não estava muito otimista, dizendo que era só por causa da lua cheia que as criaturas se mantinham afastadas. Ele esperava que não houvesse muitas noites nubladas e chegou até a falar em embarcar para Brattleboro quando a lua diminuísse. Novamente, escrevi em resposta o encorajando, mas, no dia 5 de setembro, chegou uma carta que me parecia ter cruzado com a minha na entrega; e para essa eu não pude dar nenhuma resposta cheia de esperanças. Dada sua importância, creio que o melhor é apresentá-la na íntegra — tanto quanto minhas memórias das garatujas dele permitirem. Segue uma cópia substancialmente exata:

Segunda-feira
Caro Wilmarth
Um P.S. um tanto quanto desencorajador à minha última carta. Ontem, a noite foi bastante nublada — mas sem chuva — e nem um pouco da lua passou pelas nuvens. As coisas foram bem ruins e acredito que o fim está se aproximando, a despeito do que esperávamos. Depois da meia-noite, alguma coisa pousou no teto da casa e os cães correram para ver do que se tratava. Pude ouvir sons de coisas estalando e se partindo, e então um deles conseguiu chegar ao telhado pulando de uma parte baixa da casa. Houve uma luta terrível e pude ouvir um zumbido terrível de que nunca me esquecerei. E então me chegou um cheiro lamentável. Na mesma hora, balas passaram zunindo pela janela e quase me acertaram. Acredito que a grande maioria das criaturas dos morros se aproximou da casa quando os cães se dividiram, ocupados com o que estava acontecendo no telhado. O que estava lá em cima eu não sei ainda, mas temo que as criaturas estão melhorando suas habilidades com as asas. Apaguei as luzes e usei os buracos nas janelas para mirar e disparei meu rifle em todas as direções ao redor da casa, só tomando cuidado para não mirar baixo demais e acertar um dos cães. Isso pareceu encerrar

o assunto, mas de manhã eu encontrei grandes poças de sangue no quintal, além de poças de um líquido verde e viscoso que tinha o cheiro mais terrível que já senti. Subi no telhado e encontrei mais daquele líquido lá. Cinco dos cães foram mortos — temo que tenha eu mesmo acertado um deles por não ter mirado alto o bastante, já que ele estava ferido de bala nas costas. Agora estou consertando as vidraças quebradas pelos tiros e vou a Brattleboro para conseguir mais cães. Acho que os homens do canil pensam que sou louco. Em breve, envio mais notícias. Acredito que estarei pronto para me mudar em uma semana ou duas, ainda que eu quase morra só de pensar nisso.
Às pressas-- Akeley

Mas essa não foi a única carta de Akeley a se cruzar com a minha. Na manhã seguinte, 6 de setembro, chegou uma outra; dessa vez um tremendo garrancho que quase me tirou do sério e sem saber o que dizer ou fazer a seguir. Novamente, não posso fazer nada além de citar de memória, tão bem quanto ela permite.

Terça-feira
As nuvens não se foram, então nada de lua de novo... e a qualquer momento ela vai minguar. Teria cercado a casa com uma cerca elétrica e colocado um poste de luz se não soubesse que eles cortariam os fios tão rápido quanto eu os colocasse.
Acho que estou enlouquecendo. Pode ser que tudo que já lhe escrevi não tenha passado de um sonho ou de sandice. Já era ruim o bastante antes, mas agora está muito pior. Eles falaram comigo na noite passada... falaram naquela voz zumbida e me disseram coisas que não ouso repetir. Ouvi o que diziam com clareza, mesmo com os latidos dos cães, e uma voz humana os ajudou quando a deles ficou abafada. Fique fora disso, Wilmarth: é pior do que suspeitávamos. Eles não me deixarão ir para a Califórnia agora... eles querem me levar vivo, ou algo teoricamente próximo de vivo... não apenas para Yuggoth, mas para além... galáxia afora e, provavelmente, além dos rincões conhecidos do espaço. Disse a eles que não iria a lugar nenhum que não quisesse, tampouco da maneira terrível que queriam me levar, mas acho que isso não serviu de nada. Minha casa fica num ponto tão ermo que é bem

capaz deles virem de dia ou de noite. Mais seis cães morreram e senti que era vigiado ao longo do trecho da estrada que corta a mata enquanto dirigia pra Brattleboro hoje. Foi um erro tentar enviar-lhe aquela gravação e a rocha negra. Sugira que dê fim na gravação antes que seja tarde demais. Amanhã lhe enviarei outra carta se ainda estiver por aqui. Queria conseguir empacotar meus livros e outras coisas e embarcar em Brattleboro. Sumiria daqui sem levar nada se pudesse, mas tem alguma coisa na minha cabeça me dizendo para voltar. Posso fugir para Brattleboro e ficar a salvo, mas a verdade é que me sinto como um prisioneiro lá da mesma maneira como me sinto em casa. E sinto que, mesmo que eu tentasse deixar tudo para trás, não conseguiria ir muito longe. Isso é horrível — melhor não se meter.

Att.-- Akeley

Eu não dormi depois de receber aquela carta e fiquei perplexo com o grau de sanidade que restava a Akeley. O conteúdo da carta era completamente insano, mas a forma como ele se expressava — diante de tudo que lhe acontecera — tinha um sinistro poder de convencimento. Nem mesmo escrevi uma resposta, pensando que era melhor esperar que Akeley tivesse tempo para responder à minha última carta. Tal resposta chegou no dia seguinte, mas a verdade é que o conteúdo dela praticamente eclipsava quaisquer que fossem os pontos referentes à correspondência que ela deveria responder. Segue o que me lembro do texto, garranchado e borrado como estava em sua redação apressada e desesperada.

Quarta-feira
W--
Sua carta chegou, mas já não há motivo para discutir mais nada. Estou resignado. Me pergunto se ainda tenho forças suficientes para lutar com eles. Não poderia escapar nem que desistisse de tudo e fugisse. Eles me pegariam.
Recebi uma carta deles ontem — o correio as trouxe enquanto eu estava em Brattleboro. Datilografada e com selo indicando que foi postada em Bellows Falls. A carta diz o que eles querem fazer comigo... e eu não ouso repetir. Tome cuidado você também! Dê

fim àquela gravação. As noites seguem nubladas e a lua segue minguando. Quem me dera eu ter coragem de pedir ajuda... talvez me desse alguma força de vontade... mas todos que ousariam vir aqui me chamariam de louco, a menos que eu tivesse alguma evidência. Não poderia pedir às pessoas que viessem só por vir... há anos que estou sem fazer contato.

Mas não te contei o pior Wilmarth. Se prepara para ler o que vem a seguir, porque certamente irá assustá-lo. Mas é a pura verdade. Eu vi e toquei em uma das criaturas, ou numa parte de uma das criaturas. Jesus, como era horrível! Estava morta, é claro. Um dos cachorros estava com ela e a encontrei perto do canil hoje de manhã. Tentei guardá-la no galpão de lenhas para convencer as pessoas de tudo isso, mas evaporou depois de algumas horas. Não sobrou nada. Você bem lembra: aquelas coisas boiando nos rios foram vistas apenas na manhã seguinte às enchentes. E o pior você não sabe. Tentei tirar uma foto para você, mas, quando revelei o filme, não havia nada visível além do galpão. Do que aquela coisa devia ser feita? Eu os vi e os senti e eles deixam marcas por onde passam. Eles certamente são feitos de algo sólido... mas o que era? A forma não pode ser descrita. Era um caranguejo grande com vários anéis grossos de carne piramidados e cobertos com antenas onde deveria ficar uma cabeça, caso aquele fosse o corpo de um ser humano. O suco verde e gosmento parece ser seu sangue. E mais deles devem chegar à Terra a qualquer minuto.

Walter Brown está desaparecido... Não o veem vadiando em nenhum dos seus pontos costumeiros nos vilarejos ao redor. Talvez eu o tenha acertado com um dos meus tiros, porém não há como saber, já que as criaturas sempre tentam pegar os seus mortos e feridos para levar embora.

Cheguei à cidade esta manhã sem nenhum problema, mas temo que eles estejam se guardando por terem certeza da minha captura. Estou escrevendo isso da agência de Brattleboro. Isso deve ser uma despedida... Se for, escreva para meu filho, George Goodenough Akeley, Pleasant Street, nº 176, em San Diego, na Califórnia, mas não venha aqui. Escreva para ele caso não tenha notícias minhas na próxima semana e fique de olho nos jornais em busca de notícias.

Agora darei minhas duas últimas cartadas... se ainda tiver forças para isso. Primeiro, tentarei envenenar as criaturas com gás (tenho os produtos químicos adequados e arrumei máscaras para mim e para os cães) e, se isso não funcionar, então contarei ao xerife. Eles podem me prender num hospício se quiserem... seria melhor do que o que as criaturas pretendem. Talvez eu possa trazê-los para mostrar as pegadas ao redor da casa... elas são fracas, mas toda manhã encontro mais delas. Mas acredito que a polícia dirá que as forjei de alguma maneira; porque todo mundo aqui me acha maluquinho.

Devo tentar convencer um policial a passar a noite aqui e ver por si mesmo... mas não duvido que as criaturas descubram e se afastem nessa noite. Eles cortam meus fios sempre que tento telefonar à noite... os homens da agência telefônica acham isso muito estranho e podem testemunhar a meu favor, caso não imaginem que seja eu mesmo cortando os fios. Tem uma semana que já não tento consertá-los.

Eu podia pegar algum dos ignorantes daqui para testemunhar a meu favor quanto à veracidade desses horrores, mas iriam cair risada e, de qualquer forma, todos evitam minha casa há tanto tempo que não tem como saber o que acontece aqui. Você não seria capaz de convencer nenhum desses fazendeiros miseráveis a se arrastar por um quilômetro até a minha casa, nem por dinheiro nem por piedade. Até o carteiro goza de mim quando escuta o que eles dizem... Jesus! Se ao menos eu ousasse dizer a eles o quanto isso tudo é real! Pensei em mostrar-lhe as pegadas, mas ele sempre vem na parte da tarde e elas já desapareceram a essa hora. Se eu preservasse uma dela com uma caixa ou uma panela por cima, ele certamente acharia que é uma piada ou uma farsa. Quisera eu não ser um eremita assim, porque aí as pessoas apareceriam aqui como antes. E eu nunca ousei mostrar a rocha negra ou as fotografias para ninguém além de uns poucos ignorantes. Os outros diriam que eu falsifiquei a coisa toda e não fariam mais do que rir de mim. Mas eu ainda devia tentar mostrar essas fotos. Elas mostram claramente aquelas pegadas inumanas, mesmo que eu não consiga fotografar as criaturas que as produziram. Que pena que ninguém mais tenha visto aquela coisa antes que ela desaparecesse!

Mas nem sei se ligo mais pra isso. Depois de tudo pelo que passei, um hospício é até um bom lugar. Os médicos podem me ajudar a sair dessa casa, o que é a única salvação para mim.
Escreva para meu filho George, caso não receba mais notícias minhas. Adeus, destrua a gravação e não se meta nisso.
Att.-- Akeley

Essa carta me preencheu com o pavor mais sinistro. Eu não sabia o que responder, mas rabisquei algumas palavras incoerentes de conselho e encorajamento e as enviei como uma carta registrada. Lembro-me de insistir que Akeley se mudasse logo pra Brattleboro, de preferência pedindo ajuda das autoridades; e também disse que iria até aquela cidade com a gravação e o ajudaria a convencer os tribunais de que ele era são. Acho que também escrevi que já era hora de alertar as pessoas contra essa coisa que estava entre elas. Devo dizer que, nesse momento de tensão, minha crença nas aclamações de Akeley era completa, ainda que eu achasse que sua falha em capturar em foto o monstro morto se dava por um vacilo de nervosismo seu e não por conta de uma aberração da natureza.

V

Então, aparentemente cruzando minha nota incoerente e me alcançando no sábado pela manhã, 8 de setembro, chegou uma carta diferente e apaziguadora, cuidadosamente datilografada em uma máquina diferente; uma carta estranha que buscava me tranquilizar e fazer um convite, marcando uma transição extraordinária no pesadelo que se desenrolava naqueles morros solitários. Novamente, citarei de memória — buscando, por razões específicas, preservar ao máximo o estilo da carta. O carimbo do correio era de Bellows Falls e tanto a assinatura como o todo da carta eram datilografados — como é comum entre os datilógrafos novatos. O texto, no entanto, era absolutamente sem erros para o trabalho de um iniciante na máquina de escrever; me fazendo concluir que Akeley devia ter já ter usado uma máquina antes — talvez na faculdade. Seria justo dizer que a carta me trouxe alívio, mas sob meu alívio residia uma camada de preocupação. Se Akeley se mostrava são em seus medos, como ele poderia se mostrar são agora que se sentia livre? E que tipo de "relação melhorada" era essa que ele mencionava? A coisa toda era tão diametralmente oposta às atitudes prévias de Akeley! Mas aqui está o conteúdo da carta, transcrito com cuidado da minha memória, da qual tenho certo orgulho.

Para o exmo. Albert N. Wilmarth,
Universidade de Miskatonic,
Arkham, Massachusetts
de
Towshend, Vermont, quinta-feira, 6 de setembro de 1928

Meu caro Wilmarth,

É com grande prazer que o tranquilizo a respeito das tolices sobre as quais tenho lhe escrito. Digo "tolices", embora com isso eu me refira mais à minha atitude apavorada do que as descrições de certos fenômenos. Tais fenômenos são reais e de grande importância; meu erro foi ter uma atitude anômala em relação a eles.

Creio ter mencionado que meus estranhos visitantes começaram a tentar se comunicar comigo. Na noite passada, essa troca de ideias mostrou-se frutífera. Em resposta a certos sinais, aceitei que entrasse na casa um mensageiro externo — um humano, apresso-me em dizer. Ele me contou tantas coisas, tantas que eu e você sequer sonhamos em começar a adivinhar, e esclareceu o quanto nós julgamos e interpretamos errado os propósitos desses Seres Exteriores ao manterem uma colônia secreta neste planeta. Parece que as lendas sinistras a respeito do que eles oferecerem aos homens e do que eles pretendem em sua conexão com o planeta não passam do resultado de uma compreensão errada de um discurso alegórico — discurso, claro, moldado por origens culturais, hábitos e costumes muito diferentes de tudo o que ousamos sonhar. Minhas próprias conjecturas, admito, passaram tanto da marca quanto os palpites dos fazendeiros ignorantes e dos índios selvagens. O que pensei ser mórbido, vergonhoso e escandaloso é, em realidade, maravilhoso, expansor da consciência, até mesmo glorioso — minhas estimativas anteriores não passavam da eterna tendência do Homem de odiar, temer e se encolher diante daquilo que é essencialmente diferente.

Agora eu me arrependo dos males que posso ter causado a esses seres externos e maravilhosos ao longo de nossas escaramuças noturnas. Se ao menos eu tivesse consentido em falar com eles de forma amigável e razoável em primeiro lugar! Mas eles não guardam nenhum ressentimento, suas emoções são organizadas de forma muito diferente das nossas. Foi azar que eles tivessem como agentes humanos em Vermont espécimes inferiores como o falecido Walter Brown, por exemplo, que me difamou enormemente entre eles. Aliás, não há notícia de que eles já tenham ferido algum homem, mas com frequência foram injustiçados e espionados por membros da nossa espécie. Há todo um culto secreto de homens maléficos (um homem com a sua erudição mística certamente me entenderá ao ligá-los à Hastur e ao Emblema Amarelo) devotados ao propósito de rastreá-los e feri-los em benefício de poderes monstruosos de outras dimensões. É contra tais agressores — e não contra a humanidade — que as drásticas precauções dos Seres Exteriores se dirigem. A propósito, aprendi que muitas de nossas cartas extraviadas foram roubadas, mas não pelos Seres Exteriores, mas pelos emissários desse culto maligno.

Tudo que os Seres Exteriores desejam da humanidade é paz e não serem molestados, além de uma crescente relação intelectual. Esta última é de absoluta necessidade agora que nossas invenções e equipamentos estão expandindo nossos conhecimentos e capacidades, deixando cada vez mais impossível para os Seres Exteriores manterem secretas suas bases de exploração neste planeta. Esses alienígenas gostariam de conhecer mais profundamente a humanidade, e que mais alguns de nossos líderes filosóficos e científicos saibam mais sobre eles. Com tal troca de conhecimento, todos os riscos passarão e uma vivência mútua mais satisfatória há de se estabelecer. A mera noção de qualquer tentativa de escravidão ou degradação da humanidade é ridícula.

Para iniciar essa nova e melhorada relação, os Seres Externos naturalmente me escolheram — a mim, cujo conhecimento sobre eles já é considerável — como seu primeiro intérprete terráqueo. Muito me foi dito na noite passada — fatos da natureza mais estupenda e reveladora — e ainda mais me será dito, tanto oralmente quanto por escrito. Porém, ainda não serei chamado para fazer nenhuma viagem pra fora do planeta por enquanto, ainda que eu o deseje fazer o quanto antes — empregando meios especiais e transcendendo tudo o que até agora nos acostumamos a ter como experiência humana. Minha casa não será mais cercada por eles. Tudo voltou ao normal e os cães não têm mais serventia. No lugar do medo, fui servido com uma quantidade generosa de conhecimento e aventura intelectual que poucos outros mortais já puderam experimentar.

Os Seres Exteriores são, talvez, os organismos mais maravilhosos neste ou além do espaço-tempo — membros de uma raça de amplidão cósmica, da qual todas as outras formas de vida não passam de uma variante degenerada. São mais vegetais que animais, se é que tais termos podem ser aplicados ao tipo de matéria do qual são compostos, tendo uma espécie de estrutura fungosa; ainda que a presença de uma substância como a clorofila e um sistema nutritivo muito singular os diferenciem completamente de um verdadeiro fungo cormofítico. De fato, eles são compostos de uma matéria completamente estranha a essa parte do espaço — com uma oscilação de elétrons absolutamente diferente. E é por isso que eles não podem ser fotografados por câmeras comuns ou chapas a que temos acesso, ainda que possamos vê-los a olho nu. Com o conhecimento adequado, no entanto, qualquer químico talentoso poderia desenvolver uma emulsão fotográfica capaz de registrar suas imagens.

Seu gênero é único em sua habilidade de atravessar o frio do vácuo interestelar em suas formas corpóreas completas, mas alguns deles não podem fazer isso sem auxílio mecânico ou curiosas transposições cirúrgicas. Apenas algumas espécies são dotadas das asas resistentes ao éter como as encontradas em Vermont. Aqueles que habitam certas áreas remotas dos picos do Velho Mundo são trazidas aqui de outras maneiras. Sua semelhança externa com a vida animal e um tipo de estrutura que entendemos como matéria fazem mais um paralelo com a evolução do que indicam um parentesco. Sua capacidade cerebral supera a de qualquer outra forma de vida existente, mas devo dizer que a variação alada encontrada em nossos morros não é a mais desenvolvida. Ainda que a telepatia seja seu meio de comunicação primordial, eles também dispõem de rudimentares órgãos vocais com os quais, após uma pequena operação (pois a cirurgia é algo cotidiano e bem desenvolvido entre eles), podem duplicar de forma grosseira a fala de certos organismos que ainda fazem uso do discurso falado.

Sua morada principal é um ainda não descoberto planeta quase sem luz localizado no ponto mais ermo de nosso sistema solar — depois de Netuno —, o nono planeta mais distante do Sol. Este é, como inferimos, o objeto misticamente insinuado como "Yuggoth" em certos escritos antigos e esquecidos; e que logo será tema de estranhas discussões em nosso mundo, em um esforço de facilitar nossas relações mentais. Eu não ficaria surpreso se astrônomos se aliassem a tais correntes de pensamento para descobrir Yuggoth quando os Seres Externos assim o desejarem. Mas Yuggoth, é claro, não passa de um ponto de partida. A grande maioria desses seres habita abismos estranhamente organizados, muito além do alcance da imaginação humana. O glóbulo de espaço-tempo que reconhecemos como a totalidade de toda entidade cósmica não passa de um átomo na grande infinitude que é a deles. E tanto quanto essa infinitude pode ser mesurada em uma mente humana, no momento certo ela também se esclarecerá para mim, como já o foi para não mais do que cinquenta outros desde o princípio da espécie humana.

É provável que você tome isso como delírio a princípio, Willmarth, mas com o tempo você também apreciará a oportunidade titânica na qual tropecei. Quero que você partilhe disto tanto quanto possível, e para isso devo lhe contar centenas de coisas que não cabem em uma folha de papel. No passado, eu lhe precavi a respeito de me visitar. Agora que está tudo bem, tenho o prazer de deixar de lado essas precauções e lhe fazer um convite. Será que você poderia viajar para cá antes de voltar às aulas? Seria maravilhoso se você pudesse. Traga consigo a gravação fonográfica e todas as minhas cartas enviadas até agora — precisaremos colocá-las juntas para organizar toda essa tremenda história. Você também pode trazer as fotografias, já que perdi todos os meus negativos nas movimentações recentes. Mas que riqueza de fatos eu terei para adicionar a esses materiais incertos e experimentais — e que ferramentas estupendas eu tenho agora para acrescentar a elas!

Não hesite — estou livre de bisbilhoteiros agora, e tenha certeza de que você não encontrará nada anormal ou perturbador. Apenas venha e espere pelo meu carro na estação de Brattleboro — prepare-se para ficar tanto quanto quiser, e aguarde por muitas noites de conversas sobre coisas além de qualquer conjectura humana. Não conte a respeito disso, claro — pois este assunto não cabe ao escrutínio público.

A viagem de trem para Brattleboro não é ruim — você pode conseguir os horários em Boston. Pegue o Boston e Maine para Greenfield, e então faça uma baldeação. Sugiro que tome o das 16h10 — horário fixo — vindo de Boston. Assim, deverá chegar em Greenfield às 19h35, de onde um trem sairá às 21h19, chegando ao posto de Brattleboro às 22h01. Isso nos dias de semana. Avise-me quando virá e terei meu carro à disposição para pegá-lo *na estação.*

Perdoe esta carta datilografada, mas minha caligrafia tem ficado instável ultimamente, como você sabe, e não me sinto propício para longas missivas. Comprei esta Corona nova em folha ontem em Brattleboro — e me parece que ela cumpre bem com suas funções.

Espero por uma resposta e torço para vê-lo em breve com a gravação, todas as minhas cartas e as fotografias.

Aguardando-lhe ansiosamente,
HENRY W. AKELEY

A complexidade de minhas emoções ao ler, reler e ponderar sobre essa estranha e inesperada carta não alcança uma descrição adequada. Disse antes que me encontrava aliviado e um tanto inquieto, mas com isso não fui capaz de expressar fielmente todas as nuances da diversidade de sentimentos subconscientes capazes de acomodar tal alívio ou incômodo. Para começar, a carta era um antípoda de toda correlação de horrores expressos anteriormente — a mudança do tom do completo horror para a calma complacência e até mesmo exultação era tão inesperada quanto rápida e completa! Eu mal podia acreditar que bastava um único dia para alterar a totalidade da perspectiva de alguém que, até a última quarta-feira, tinha escrito uma série de boletins delirantes, não importando que revelações confortadoras aquele único dia pudesse ter trazido. Por alguns momentos, uma sensação de irrealidade conflituosa fez com que me questionasse se todos aqueles depoimentos anteriores, tomados de drama e forças fantásticas, não passavam de uma espécie de sonho criado em grande parte por mim mesmo. Então, pensei na gravação fonográfica, ficando ainda mais desnorteado com tudo aquilo.

A carta não se parecia com nada que eu pudesse esperar! Conforme analisava minha própria reação a ela, percebi que consistia em duas fases distintas. A primeira tinha a ver com a sanidade de Akeley: se ele antes ele estava são e continuava assim, então tudo indicava que a mudança na situação era tão delicada quanto inexplicável. Em segundo lugar, a própria mudança nas atitudes de Akeley, seu jeito e o modo de se comunicar estavam muito além do normal ou do esperado. Toda sua personalidade parecia ter passado por uma insidiosa mutação — mutação esta tão profunda que mal se podia conectar os dois aspectos com a pressuposição de que os dois representariam a mesma sanidade. A escolha de palavras, a grafia — tudo estava sutilmente diferente. E com minha sensibilidade acadêmica para o estilo da prosa, podia traçar profundas divergências em suas reações e no ritmo do texto. É claro, o cataclismo emocional ou a própria revelação poderia ter produzido uma mudança tão radical, visto ser tão extrema. Ainda, a carta parecia, por outro lado, quase como se fosse uma típica correspondência de Akeley. A mesma velha paixão pelo infinito — a mesma velha curiosidade acadêmica. Nem por um momento — nem mais que por um momento — eu poderia dar crédito à ideia de falsidade ou uma maligna substituição. Pois não seria o convite — a boa vontade em me fazer comprovar a veracidade da carta em pessoa — uma prova de que era genuína?

Não descansei no sábado à noite; em vez disso, fiquei acordado pensando nas trevas e maravilhas por trás daquela carta que tinha recebido. Minha cabeça, dolorida por conta da sucessão de concepções monstruosas as quais fui forçado a confrontar durante os últimos quatro meses, trabalhou nesse surpreendente novo material em um ciclo de dúvidas e aceitações que repetiam os passos dos fenômenos encarados anteriormente; até que um pouco antes do amanhecer um interesse e uma curiosidade urgente começaram a tomar o lugar da tempestade de perplexidade e indisposição que estavam ali originalmente. Louco ou são, metamorfoseado ou apenas aliviado, a probabilidade era de que Akeley tivesse realmente encontrado alguma mudança gigante de perspectiva em sua arriscada busca; uma mudança qualquer, diminuindo o perigo — real ou fantasiado — e possibilitando vislumbrar uma estonteante visão de conhecimento cósmico e sobre-humano. Meu próprio entusiasmo pelo desconhecido foi aumentado pelo dele, e logo me senti tocado, contagiado pela mórbida noção de romper uma barreira. Pela possibilidade de abalar a enlouquecedora e cansativa limitação do tempo e do espaço, assim como das leis naturais — de me conectar com o vasto mundo exterior, de me aproximar dos segredos noturnos e abissais do infinito e do derradeiro — certamente, tais coisas valiam o risco de condenar sua vida, sua alma e até mesmo a sanidade! E Akeley dissera que não havia mais perigo algum — ele até me convidou para lhe fazer uma visita no lugar das admoestações de sempre. Eu formigava só de pensar no que ele tinha para me contar agora — quase ficava paralisado de fascinação ao pensar em me sentar naquela solitária e até recentemente sitiada fazenda onde um homem tinha falado com emissários reais do espaço sideral; sentado ali, com a terrível gravação e a pilha de cartas onde Akeley tinha resumido suas primeiras conclusões.

Assim, mais tarde na manhã de domingo, telegrafei a Akeley, dizendo que iria encontrá-lo em Brattleboro na quarta-feira seguinte, 12 de setembro, se a data lhe fosse conveniente. Só divergi de suas sugestões em uma coisa, quanto à escolha do trem. Francamente, não me sentia bem com a ideia de chegar naquela região assombrada de Vermont tarde da noite; então, no lugar de aceitar sua sugestão, liguei para a estação perguntando outros horários. Chegando cedo e pegando o das 8h07 (horário fixo) até Boston, eu poderia pegar o das 9h25 para Greenfield; chegando lá às 12h22. Com isso, eu poderia baldear tranquilamente para um trem em direção a Brattleboro, que chegaria ao destino às 13h08 — um horário muito mais confortável que chegar às 22h01 para me encontrar com Akeley e seguir com ele rumo à densa e bem guardada região dos morros de Vermont.

Mencionei essa decisão em meu telegrama e fiquei feliz de saber na resposta que chegou à tarde que meu anfitrião tinha concordado com ela. Eis sua mensagem:

ARRANJO SATISFATÓRIO PONTO TE ENCONTRAREI ÀS UMA E OITO NO TREM DE QUARTA PONTO NÃO SE ESQUEÇA DA GRAVAÇÃO E DAS CARTAS E DAS FOTOS PONTO NÃO CONTE A NINGUÉM SOBRE SUA VIAGEM PONTO AGUARDE POR GRANDES REVELAÇÕES PONTO AKELEY PONTO

Receber essa mensagem em resposta direta àquela enviada a Akeley — e necessariamente entregue em sua casa por um carteiro da estação de Townshend ou mesmo por um telefonema feito de lá — acabou com qualquer suspeita remanescente que porventura ainda tivesse a respeito da autoria daquela carta tão desconcertante. Meu alívio foi tamanho — de fato, foi maior do que eu esperava naquele momento; afinal, todas as minhas dúvidas tinham sido subitamente enterradas. Então eu dormi profunda e ruidosamente naquela longa noite, ficando muito ocupado nos dois dias seguintes com os preparativos para a viagem.

VI

Na quarta-feira eu segui viagem como combinado, levando comigo uma mala com coisas básicas, além de alguns acessórios de pesquisa, incluindo a horrenda gravação fonográfica, as fotografias e toda as cartas de Akeley. Como requisitado por ele, não disse a ninguém para onde estava indo; afinal, entendia a necessidade do absoluto sigilo, mesmo esperando que tudo corresse bem. A ideia de um contato real com uma mente alienígena de uma entidade externa era absurda demais até para minha mente treinada e, vá lá, vagamente preparada para algo assim; então imagine o que o encontro com uma criatura dessas poderia gerar na grande massa de leigos desinformados? Não sei dizer se era medo ou ânsia por aventura que me dominava enquanto trocava de trens em Boston e começava minha longa jornada rumo ao oeste, passando por regiões familiares até aquelas sobre as quais eu pouco sabia. De Waltham para Concord para Ayer para Fitchburg para Gardner para Atol...

Meu trem chegou a Greenfield com sete minutos de atraso, mas a conexão para o norte também estava parada. Mudando de um trem para o outro com pressa, senti uma curiosa falta de ar enquanto os vagões rumavam sob a luz do início da tarde na direção de territórios sobre os quais sempre tinha lido, mas nunca tinha visitado. Eu sabia que estava entrando em uma Nova Inglaterra da velha guarda, mais primitiva que a mecanizada e urbanizada costa e sul do estado, onde passei toda minha vida; uma Nova Inglaterra ancestral e intocada, livre de forasteiros e chaminés de fábrica, anúncios de outdoor e estradas pavimentadas que enchiam as regiões onde a modernidade havia tocado. Lá haveria estranhos sobreviventes dessa ainda existente vida nativa, cujas raízes profundas faziam deles um prolongamento autêntico da paisagem — uma ainda existente vida nativa que mantém vivas as estranhas tradições da memória, fertilizando o solo com sinistras, maravilhosas e pouco mencionadas crenças.

Aqui e ali eu via o azulado do Connecticut River brilhando com o sol e ,tão logo deixamos Northfield, passamos sobre ele. Adiante, os crípticos e esverdeados morros se aproximavam e, quando o condutor se aproximou, descobri que finalmente estava em Vermont. Ele me instruiu a atrasar meu relógio em uma hora, já que aquela região montanhosa se recusava a aceitar bobagens modernas como o horário de verão. Enquanto fazia isso, me ocorreu que, na verdade, voltava um século no calendário.

O trem continuou próximo do rio e, enquanto passava por New Hampshire, pude ver a inclinação do despenhadeiro de Wantastiquet, sobre o qual várias lendas curiosas[25] narram. Então, à minha esquerda, começaram a aparecer estradas e uma ilha verde surgiu no riacho à minha direita. As pessoas se levantaram e partiram rumo à porta, e eu as segui. O trem parou e eu saltei no longo pátio da estação de Brattleboro.

Olhando na direção da fila de carros esperando, hesitei um momento, tentando ver qual deles era o Ford de Akeley, mas minha identidade foi descoberta antes que eu pudesse tomar a iniciativa. No entanto, não era Akeley quem avançava na minha direção, mão estendida e uma fala suave perguntando se eu era mesmo o sr. Albert N. Wilmarth de Arkham. Esse homem não guardava qualquer semelhança com o barbado e grisalho Akeley que eu vi em uma foto; era alguém mais jovem, mais urbano e mais bem-vestido, com nada além de um bigodinho preto e bem aparado. Sua voz educada guardava

25 Uma montanha com nome indígena que até então acreditavam ser um vulcão adormecido.

um tom estranho e ligeiramente perturbador que também trazia uma certa familiaridade, embora eu não soubesse dizer o porquê.

Enquanto o sondava, ouvia-o explicar que era um amigo do meu futuro anfitrião, que tinha vindo a Townshend em seu lugar. Akeley, ele dissera, tinha sofrido um repentino ataque de asma e não se sentia bem para sair de casa, ainda mais para viajar. Não era nada sério, porém, então não havia motivos para uma mudança de planos em relação à minha visita. Não consegui descobrir o quanto o sr. Noyes — como ele se apresentou — sabia sobre as pesquisas e descobertas de Akeley, mas me parecia que seu jeito casual o colocava na posição de alguém ignorante de tudo. Lembrando de como Akeley havia se tornado um ermitão, estava um tanto surpreso pela mera existência de um amigo como aquele; apesar disso, não deixei que minhas dúvidas me dissuadissem de entrar no veículo que ele me apontou. Não era o velho carrinho que eu esperava das descrições de Akeley, mas um grande e imaculado espécime de uma nova leva — aparentemente era do próprio Noyes e trazia uma placa de Massachusetts com o símbolo do "bacalhau sagrado", além de indicação de ter sido emplacado naquele ano ainda. Meu guia, concluí, devia ser uma espécie de morador de veraneio da região de Townshend.

Noyes entrou no carro depois de mim e logo deu partida. Eu estava grato que ele não fosse de conversa, porque uma certa tensão presente no ar me tirou toda a disposição para falar. Enquanto subíamos uma rua e virávamos à direita na estrada principal, percebi que a cidade parecia muito atrativa banhada pelo sol vespertino. Era pouco movimentada como as cidades da Nova Inglaterra de que me lembrava em minha infância, e algo na posição daqueles telhados, campanários, chaminés e paredes de tijolos parecia tocar minhas emoções como uma viola da gamba. Era possível dizer que eu estava no ponto de conexão de uma região semi-enfeitiçada em que se acumulavam sinais de um tempo que se recusava a passar; uma região onde coisas velhas e estranhas tiveram a oportunidade de crescer e ficar porque ninguém se incomodou de mexer nelas.

Enquanto deixávamos Brattleboro, uma sensação de coação e mau agouro começou a crescer em mim por conta da obscura formação de morros que coroava a região com suas altas e ameaçadoras inclinações de granito e verde que pareciam se derramar sobre nós, insinuando seus segredos obscuros e vestígios imemoriais que poderiam ou não ser uma ameaça à humanidade. Por um tempo, nosso trajeto correu junto a um largo e raso rio que fluía dos morros no norte, e estremeci quando meu companheiro me disse que aquele era o West River. Foi naquelas águas, eu me lembrei, que os jornais anunciaram a presença de uma daquelas mórbidas criaturas semelhantes a caranguejos, vista logo após as enchentes.

Gradualmente, a região ao nosso redor ficou mais selvagem e deserta. Arcaicas pontes cobertas se estendiam desafiadoras, vindas do passado, metidas entre os morros, e uma estrada de ferro meio abandonada, paralela ao rio, parecia exalar um vapor visível que enchia tudo com um senso de desolação. Também se viam grandes vales que desembocavam em desfiladeiros maiores ainda, e de onde despontava o granito virgem da Nova Inglaterra em meio à vegetação que subia pelas gretas das encostas. Angusturas exibiam riachos selvagens fluindo, conduzindo ao rio os segredos inimagináveis de milhares de picos inacessíveis. Aqui e ali viam-se veredas, estradas meio escondidas que levavam a pontos fechados de luxuriosas massas de floresta verde entre aquelas árvores anciãs, onde exércitos de espíritos elementais bem poderiam se esconder. Enquanto observava tudo isso, pensava em como Akeley tinha sido molestado por agentes invisíveis ao dirigir por essas mesmas estradas e não ficaria surpreso se tais coisas realmente existissem.

Chegamos ao peculiar e belo vilarejo de Newfane em menos de uma hora e era nosso último elo com aquele mundo que o homem pode chamar sem dúvida nenhuma de seu, pela virtude da conquista e da completa ocupação. Depois disso, descartamos qualquer ligação com o imediato, o tangível e as coisas tocadas pelo tempo, entrando em um mundo fantástico de silêncio surreal, onde a estreita e angular estrada subia, descia e fazia curvas em um estado de capricho quase consciente em meio aos picos verdes desabitados e vales quase desertos. Com exceção do som do motor e do movimento ocasional de poucas fazendas isoladas, a única coisa que alcançava meus ouvidos era o som gorgolejante e insidioso de águas distantes e estranhas vindo das inúmeras fontes escondidas nos bosques cobertos de sombras.

A aproximação e o isolamento dos pequenos e arcados morros agora começavam a me tirar o fôlego. Suas inclinações e declives eram ainda maiores do que eu tinha imaginado a partir dos rumores, parecendo não ter nada a ver com o mundo comum e prosaicamente objetivo que conhecemos. Os densos e pouco explorados bosques naquelas encostas inacessíveis pareciam encobrir coisas incríveis e desconhecidas, e eu senti como se o próprio arco daqueles morros guardasse um significado estranho de uma era esquecida, como se eles fossem grandes hieróglifos deixados por uma raça titânica da qual só ouvimos falar, cujas glórias residiam apenas em sonhos raros e profundos. Todas as lendas do passado, assim como todas as estupefacientes imputações feitas nas cartas e evidências de Henry Akeley, agitavam-se em minhas memórias, aumentando a atmosfera de tensão e a ameaça crescente. O propósito de minha visita e as temíveis anormalidades que ela postulava atingiram-me em cheio com uma sensação de arrepio que quase desequilibrou minha paixão pela pesquisa e pela investigação.

Meu guia deve ter notado minha atitude inquieta, pois, conforme a estrada ficava mais inóspita e irregular, e o carro sacudia e ficava mais lento, seus ocasionais comentários agradáveis tornaram-se um discurso calmo e fluído. Ele falou sobre a beleza e a estranheza da região, além de revelar certo conhecimento sobre os estudos folclóricos do meu futuro anfitrião. A partir das suas perguntas educadas, ficou claro que ele sabia que eu tinha vindo com um propósito científico e que eu trazia dados de alguma importância; mas ele não deu sinal algum de compreender a vastidão e a brutalidade dos conhecimentos a que Akeley finalmente tivera acesso.

Seus modos eram tão animados, normais e urbanos que seus comentários deveriam ter me acalmado e me feito retomar a confiança; mas, por incrível que possa parecer, eu ficava cada vez mais perturbado conforme avançávamos sacudindo rumo àqueles morros e bosques desertos. Às vezes, parecia que ele estava me cutucando para ver o que eu sabia sobre os monstruosos segredos da região e, a cada comentário, parecia que crescia aquela *familiaridade* vaga, provocadora e desconcertante em sua voz. Não se tratava de uma familiaridade comum e sadia, apesar do jeito natural cultivado em sua voz. De alguma maneira, liguei isso a alguns pesadelos esquecidos, ficando com a sensação de que enlouqueceria se conseguisse me lembrar deles. Se tivesse alguma boa desculpa, acho que teria desistido daquela visita. Mas, como estava, não podia fazer isso — e me ocorreu que uma conversa clara e científica com Akeley quando eu chegasse devolveria meus ânimos ao normal.

Além disso, existia um elemento de beleza cósmica estranhamente apaziguador na hipnótica paisagem pela qual subíamos e descíamos de maneira fantástica. O próprio tempo havia se perdido nos labirintos atrás de nós e, ao nosso redor, só havia o tenso movimento das flores, como que saídas de um conto de fadas, reconquistando a beleza de séculos perdidos — matas antiquíssimas, pastos intocados decorados com um florir outonal e, a grandes intervalos, pequenas fazendas amarronzadas instaladas em meio a grandes árvores próximas a abismos verticais de sarças e prados gramados. Até a luz solar assumia glamour sobrenatural, como se uma atmosfera especial ou uma névoa encobrisse a região. Nunca tinha visto nada como aquilo antes, com exceção das paisagens vistas em algumas pinturas italianas primitivas. Sodoma[26] e Leonardo conceberam tais paisagens, mas sempre à distância e através de arcadas renascentistas. Estávamos agora adentrando fisicamente aquelas pinturas e eu sentia naquela necromancia um conhecimento inato ou herdado, que até então sempre busquei em vão.

De repente, depois de fazer uma curva de ângulo obtuso no topo de uma subida, o carro parou. À minha esquerda, diante de um gramado bem cuidado que ia da estrada e exibia em suas margens pedras brancas polidas, uma casa de dois andares com um sótão se erguia, grande e elegante demais para a região, com um emaranhado de estábulos, galpões e moinhos de vento conectados atrás e adiante dela. Imediatamente reconheci o lugar pelas fotos que havia recebido, e não fiquei surpreso ao ver o nome de Henry Akeley na caixa de correio perto da estrada. A uma certa distância atrás da casa, um charco com árvores espaçadas se espalhava, além do qual se erguia uma encosta íngreme e densamente arborizada que levava ao cume frondoso. Mais tarde, eu soube que se tratava do cume da Montanha Sombria, que já devíamos ter escalado até a metade naquela altura.

Saltando do carro e pegando minha mala, Noyes me pediu que esperasse enquanto ele entrava e avisava a Akeley que eu tinha chegado. Disse ainda que tinha negócios importantes em outro lugar e não podia ficar por muito tempo. Conforme ele entrava apressado na casa, eu desci do carro querendo esticar minhas pernas um pouco antes que pudesse me sentar de novo para conversar. A tensão e o

---

26 Il Sodoma era o pseudônimo de Giovanni Antonio Bazzi (1477-1549), um pintor italiano.

nervosismo tinham tomado conta de mim mais uma vez, agora que eu estava no lugar em que ocorrera o mórbido cerco descrito de maneira tão assombrosa nas cartas de Akeley, e eu estava com um pavor genuíno da conversa iminente que me conectaria a tais mundos estranhos e proibidos.

O contato imediato com o bizarro absoluto é ainda mais aterrorizante do que inspirador, e não me animava pensar que, naquele mesmo ponto da estrada empoeirada, monstruosas marcas de locomoção e fétido icor esverdeado haviam sido encontrados após noites sem luar e tomadas de terror e mortalidade. Mergulhado no ócio, notei que não via nenhum dos cães de Akeley. Será que ele os tinha vendido depois de selar a paz com os Seres Exteriores? Por mais que eu tentasse, não conseguia ter a mesma confiança que Akeley demonstrara naquela última e tão alegremente diferente carta de ter encontrado paz com aquelas criaturas. Afinal, ele era um homem muito simples e com pouca experiência no mundo. Não havia, talvez, algo sinistro no subtexto da nova aliança?

Levado por meus pensamentos, meus olhos seguiram rumo à pulverulenta estrada, onde tinham ocorrido aqueles horrendos acontecimentos. Os últimos dias tinham sido secos e traços de todo tipo marcavam o caminho irregular, a despeito de ser um ponto pouco frequentado do distrito. Um pouco curioso, comecei a observar os traços de algumas daquelas marcas tão diferentes, ao mesmo tempo que tentava conter os voos macabros da fantasia que as memórias forjadas sobre aquele lugar sugeriam. Algo desconfortável, ameaçador e até funesto residia ali naquela paz abafada, com barulhos distantes de água em meio aos picos esverdeados e precipícios de madeiras enegrecidas que sufocavam o estreito do horizonte.

E então surgiu uma imagem em minha mente que tornou insignificantes essas vagas ameaças e os voos de minha imaginação. Eu disse que estava observando o monte rastros na estrada com um tipo de despreocupada curiosidade — mas subitamente essa curiosidade foi varrida por uma lufada de um grande temor paralisante. Pois, como as marcas na poeira estavam, no geral, confusas e misturadas, era difícil obter qualquer marca mais precisa, mas minha visão inquieta tinha capturado certos detalhes próximos ao ponto em que o caminho da casa se ligava à estrada; e acabei reconhecendo, sem sombra de dúvida ou esperança, o significativo horror por trás delas.

Foram horas e horas que passei observando aquelas fotografias das marcas deixadas pelos Exteriores enviadas por Akeley. Conhecia tão bem os rastros deixados por aquelas criaturas repugnantes e a inexatidão de para onde apontavam tais marcas como nenhum outro ser era capaz neste mundo. Não havia chance de ser uma confusão. Estavam bem ali, diante dos meus olhos, tão recentes que deviam ter sido feitas algumas horas atrás, ao menos três marcas que se destacavam de forma blasfema diante da surpreendente pletora de pegadas borradas que iam e vinham da fazenda de Akeley. *Eram as marcas infernais dos fungos vivos de Yuggoth.*

Eu me recompus a tempo de conter um grito. Afinal, o que mais eu poderia ter esperado ver ali, supondo que tudo que Akeley escrevera era real? Ele havia falado sobre o acordo de paz com as criaturas. Por que, então, seria estranho que algumas delas tivessem visitado sua casa? Mas o pânico era mais forte que a sensação de segurança. Existiria algum homem que, sem tremer, pudesse olhar pela primeira vez para marcas como aquelas, de seres sencientes dos rincões mais longínquos do espaço? Foi quando vi Noyes saindo da casa e se aproximando a passos rápidos. Eu devia, pensei, retomar o controle, afinal, as chances eram de que esse amigo nada soubesse sobre as pesquisas profundas e absurdas de Akeley sobre o oculto.

Akeley, Noyes apressou-se em me informar, estava feliz e pronto para me ver; infelizmente, seu ataque repentino de asma o impediria de ser um anfitrião adequado por mais um dia ou dois. Esses ataques o deixavam mal e eram sempre acompanhados por uma febre debilitante e uma fraqueza geral. Ele não servia para muita coisa enquanto esses ataques duravam — precisava sussurrar, ficando fraco e desajeitado até para andar. Seus pés e tornozelos inchavam também e ele precisava enrolá-los em bandagem, como se estivesse tendo uma crise de gota. Hoje ele estava em péssimo estado, então eu teria que ficar por minha conta; mas ele não se encontrava menos disposto para nossa conversa. Eu o encontraria no cômodo à esquerda do salão principal — o quarto com as cortinas fechadas. Seus olhos ficavam tão sensíveis durante as crises que precisava evitar a luz do sol.

Ao que Noyes se despediu de mim e entrou em seu carro rumando para o norte, comecei a me dirigir devagar à casa. A porta fora deixada entreaberta para mim; mas, antes de me aproximar e entrar, dei uma olhada ao redor do lugar, tentando descobrir o que é que me fazia achar aquilo tudo tão estranho. Os celeiros e galpões pareciam firmes e comuns, e notei o carro de Akeley em sua grande garagem sem cobertura. E foi quando o segredo daquela estranheza me atingiu. Era o silêncio absoluto. Comumente, uma fazenda devia contar com um número moderado de sons dos animais criados ali, mas faltava-lhe sinais de vida. Que dirá das galinhas e dos porcos? As vacas, que Akeley clamara ter aos montes, poderiam estar pelo pasto, assim como os cães poderiam ter sido vendidos; mas a ausência de cacarejos e grunhidos era bastante peculiar.

Não fiquei parado no caminho por muito tempo, mas hesitei antes de entrar e fechar a porta atrás de mim. Custou-me um tanto de esforço psicológico fazer isso e, vendo-me lá dentro, tive uma ânsia momentânea de voltar. Não que o lugar fosse sinistro de alguma maneira; muito pelo contrário, achei bonita e bem cuidada a entrada neocolonial, e até admirei o trabalho do homem que a mobiliara. O que me fez querer partir foi algo muito tênue e indefinido. Talvez tenha sido um certo odor estranho que pensei ter sentido — ainda que eu soubesse como o cheiro de mofo era comum mesmo nas melhores casas de fazenda antigas.

VII

Recusando-me a deixar que meus escrúpulos me dominassem, lembrei-me das instruções de Noyes e abri a porta branca de seis painéis com fechadura de latão à minha esquerda. O cômodo estava bem escuro, como ele dissera; e, conforme entrei, notei que o cheiro estranho era ainda mais forte lá dentro. Além disso, parecia haver um ritmo ou vibração leve no ar. Inicialmente as cortinas fechadas não me permitiram ver muito, mas logo um tipo de barulho, como um sussurro, chamou minha atenção para uma poltrona no canto mais escuro. Em meio às sombras, pude ver a face e as mãos de um homem em um borrão branco; e me pus a cumprimentar a figura que tentava falar. Tênue como a luz estava, percebi que aquele era meu anfitrião. Eu havia estudado sua fotografia vezes sem conta, e não havia dúvidas de que era dele aquele rosto firme e castigado pelo tempo de barba cheia e grisalha.

No entanto, tão logo olhei para ele, meu reconhecimento se misturou à minha tristeza e ansiedade, pois certamente a sua era a face de um homem muito doente. Senti que devia haver muito mais do que asma atrás daquela expressão tensa, rígida e imóvel, que nem mesmo chegava a piscar; e me dei conta de quão terríveis devia ter sido a torrente de experiências medonhas que lhe acometeu. Não era o bastante para destruir qualquer ser humano — mesmo um homem mais jovem do que aquele intrépido explorador do oculto? O estranho e súbito alívio, creio, tinha vindo muito tarde para salvá-lo de algo como um colapso. Havia algo de deplorável no jeito molenga e sem vida que suas mãos magras descansavam sobre seu colo. Ele estava metido em um roupão frouxo e tinha um cachecol de cor amarela vívida ao redor do pescoço e da cabeça.

E foi quando me dei conta de que ele tentava falar no mesmo modo sussurrado e seco com que me cumprimentara. Era um sussurro difícil de captar a princípio, já que o bigode cinzento escondia o movimento dos lábios, e algo em seu timbre me desconcertava sobremaneira; mas, ao concentrar minha atenção, logo pude entendê-lo surpreendentemente bem. O sotaque não era de forma alguma rústico, e a sua fala era ainda mais polida do que nossas correspondências me fizeram crer que seriam.

— Sr. Wilmarth, presumo? Deve me perdoar por não me levantar. Estou muito doente, como o sr. Noyes deve ter lhe informado; mas não podia permitir que o senhor não viesse. O senhor sabe o que lhe escrevi em minha última carta; há tanto para contar-lhe amanhã, quando eu estiver me sentindo melhor. Não sei dizer o quanto me agrada vê-lo em pessoa depois de tantas cartas. Você tem os arquivos consigo, estou certo? Assim como as fotografias e a gravação? Noyes colocou suas malas na entrada, tenho certeza de que viu. Hoje à noite, temo que você ficará a maior parte do tempo sozinho. Seu quarto fica no segundo andar, logo acima deste, e você verá a porta do banheiro aberta no topo da escada. Há uma refeição preparada para você na sala de jantar, na porta logo à sua direita, da qual poderá se servir quando quiser. Amanhã serei um anfitrião melhor, mas, por enquanto, a doença me torna um inválido.

"Sinta-se em casa — apenas deixe as cartas, fotos e a gravação sobre esta mesa aqui antes de subir com sua bagagem. É aqui que deveremos discuti-las — você pode ver meu fonógrafo naquele canto.

"Não, obrigado — não há nada que você possa fazer por mim. Eu lido bem com esses males da idade. Apenas volte aqui para uma visita tranquila antes que anoiteça e então vá se deitar quando quiser. Vou descansar aqui — talvez até durma aqui a noite inteira, como costumo fazer. Pela manhã, estarei bem melhor para discutirmos o que precisamos. Você percebe, é claro, a natureza estupenda do que se encontra diante de nós. Para nós, assim como para uns poucos homens sobre a Terra, abrir-se-ão golfos de tempo, espaço e conhecimento além de qualquer concepção da ciência e filosofia humana.

"Você sabe que Einstein está errado e que certos objetos e forças podem mover-se a uma velocidade maior que a da luz? Com os meios necessários, espero conseguir viajar para trás e para frente no tempo, e até *ver* e *sentir* o planeta em épocas passadas e futuras. Você não pode imaginar a que ponto esses seres levaram a ciência. Não há nada que eles não possam fazer com a mente e o corpo de organismos vivos. Pretendo visitar outros planetas e até outras estrelas e galáxias. A primeira viagem será para Yuggoth, o planeta mais próximo totalmente povoado por esses seres. É uma estranha orbe negra nos confins do nosso sistema solar, ainda desconhecida para os astrônomos terrestres. Mas devo ter-lhe escrito sobre isso. No momento adequado, os seres direcionarão sua torrente de pensamentos em nossa direção, permitindo que sejam descobertos — ou, talvez, permitindo que um de seus aliados humanos deem a dica aos cientistas.

"Existem cidades gigantescas em Yuggoth — extensas fileiras de torres com terraço construídas de rochas negras da mesma espécie da que tentei lhe enviar. Ela veio de Yuggoth. O sol brilha lá não mais que uma estrela qualquer, mas eles não necessitam de luz. Eles têm outros sentidos, mais sutis, então não precisam de janelas em suas casas e templos. A luz chega mesmo a machucá-los e causa-lhes grande estorvo, porque tal coisa sequer existe no cosmos negro além do espaço e do tempo de onde eles vêm. Visitar Yuggoth poderia enlouquecer qualquer homem mais fraco — mas eu vou lá. Os rios negros de breu que fluem sob suas misteriosas pontes ciclópicas — monumentos construídos por uma raça extinta e esquecida antes mesmo dos Seres Exteriores chegasse a Yuggoth, vindos dos abismos que encerram tudo — são o bastante para fazer de qualquer homem um Dante ou um Poe, se conseguir manter-se são o tempo bastante para dizer o que viu.

"Mas lembre-se: esse mundo de escuridão de jardins fungoides e cidades sem janelas não é de modo algum terrível. Apenas para nós que parece ser. É provável que este mundo tenha parecido terrível para esses seres quando eles o exploraram em eras ancestrais. Você sabe que eles estiveram aqui muito antes da fabulosa era de Cthulhu se encerrar, e lembram-se de tudo sobre a R'lyeh afundada quando ela ainda estava sobre os oceanos. Eles também estiveram dentro da Terra — conhecem aberturas das quais nós, humanos, nunca ouvimos falar (algumas delas aqui mesmo nestes morros de Vermont), assim como os mundos de vidas desconhecidas que residem lá embaixo; as azuláceas K'n-yan, as vermelhaças de Yoth, e as pretas e sem luz N'kai. É de N'kai que aquele terrível Tasthoggua veio — você sabe, a criatura amorfa, um deus parecido com um sapo mencionado nos manuscritos *Pnakotic*, no *Necronomicon* e no ciclo mitológico de Commorium[27], preservado pelo sumo-sacerdote Klarkash-Ton.

"Mas falaremos sobre tudo isso mais tarde. Deve ser quatro ou cinco da tarde agora. Melhor que traga as coisas de sua mala, coma alguma coisa e então volte aqui para conversarmos."

Muito devagar, me virei e obedeci a meu anfitrião: busquei minha mala e tirei os artigos desejados, depositando-os sobre a mesa, para finalmente subir ao quarto designado para mim. Com a imagem daquela marca das patas das criaturas na estrada fresca em minha memória, as palavras sussurradas por Akeley me afetaram estranhamente; e a ligeira familiaridade com esse mundo desconhecido de vidas fungídeas — o desconhecido Yuggoth — fez com que minha pele se arrepiasse mais do que eu gostaria de admitir. Fiquei triste pela doença de Akeley, mas preciso confessar que seus sussurros enrouquecidos tinham um tom tanto odioso quanto digno de pena. Se ao menos ele não *se gabasse* tanto de Yuggoth e seus segredos obscuros!

Meu quarto mostrara-se um cômodo agradável e bem mobiliado, desprovido do odor bolorento e da perturbadora sensação de vibração; e, depois de deixar minhas coisas lá, desci outra vez para falar com Akeley e jantar. A sala de jantar ficava logo depois do escritório e pude ver que uma cozinha se apresentava na mesma direção.

---

27 Os manuscritos Pnakotic são mencionados em uma série de contos de lovecraftianos, como "A Procura de Kadath" e "Nas Montanhas da Loucura"; o *Necronomicon* é um grimório oculto também presente nas histórias lovecraftianas e que se tornou tão popular que, assim como Cthulhu, foi abordado em diversas mídias, principalmente no cinema, no filme *Necronomicon — o livro proibido dos mortos* (1993) e em *Evil Dead — A Morte do Demônio* (1981), suas sequências, remake e série derivada; Commorium é a primeira capital do continente hiperboriano, descrito nos contos de Clark Ashton Smith.

Sobre a mesa, um amplo arranjo de sanduíches, bolos e queijos me aguardava, além de uma garrafa térmica e uma xícara, provando que café quente não tinha sido esquecido. Depois de uma refeição bem satisfatória, servi-me de uma dose generosa de café, mas notei que o padrão culinário tinha sofrido uma queda verificável nesse aspecto. Meu primeiro gole revelou um gosto vagamente desagradável e acre, então não tomei mais. Enquanto lanchava, pensei em Akeley sentado em silêncio na grande poltrona no quarto escuro ao lado. Tinha pedido que ele se juntasse a mim em meu repasto, mas ele sussurrara que não podia comer nada ainda. Mais tarde, antes de dormir, ele se serviria de um pouco de leite maltado — tudo que ele tomaria naquele dia.

Depois do jantar, insisti em limpar e lavar a louça na pia da cozinha — aproveitando para esvaziar a garrafa de café que não tinha conseguido apreciar. Então voltei para o escritório escuro, onde puxei uma cadeira e me sentei perto do meu anfitrião, me preparando para a conversa que ele se sentisse confortável para conduzir. As cartas, fotos e a gravação ainda estavam sobre a mesa no centro, mas na ocasião não tocamos nelas. Depois de um tempo, até me esqueci do cheiro bizarro e da curiosa sensação de vibração.

Já disse que existiam coisas nas cartas de Akeley — principalmente a segunda e mais volumosa — que eu não ouso citar, sequer colocar em palavras em uma folha de papel. Essa hesitação aplica-se ainda mais fortemente sobre as coisas que me foram sussurradas no final daquele dia no cômodo escuro no meio daqueles morros malditos. Quanto a extensão dos horrores cósmicos desfraldados por aquela voz tomada de rouquidão, não posso nem me aproximar. Ele sabia de coisas horrendas antes, mas o que ele tinha aprendido ao fazer um pacto com aquelas Criaturas Externas era quase demais para a sanidade suportar. Mesmo agora, eu me recuso absolutamente a acreditar no que ele insinuou sobre a constituição do infinito derradeiro, a justaposição de dimensões, e a temível posição do nosso cosmos conhecido de espaço-tempo na infinita cadeia de átomos cósmicos de que é feita a imediata curva do supercosmos, seus ângulos e sua organização eletrônica material e semimaterial.

Nunca um homem são esteve tão perigosamente próximo dos misteriosos arcanos de uma entidade primordial — nunca um cérebro orgânico se aproximou tanto da aniquilação total no caos que transcende a forma, a força e a simetria. Aprendi a respeito do lugar de onde veio Cthulhu *primeiramente* e o motivo por que boa parte das estrelas que vemos hoje em dia queimaram. Adivinhei — por insinuações que fizeram até meu informante se interromper timidamente — o segredo por trás das Nuvens de Magalhães e dos aglomerados globulares, assim como a obscura verdade escondida pelas esquecidas alegorias de Tao. A natureza dos Doels[28] me foi claramente revelada, e me foi dita a essência (ainda que não a origem) dos Cães de Tindalos[29]. A lenda de Yig, o Pai das Serpentes[30], não era mais uma simples figura do imaginário, e eu comecei a ficar enojado quando me foi contado a respeito do monstruoso caos nuclear além dos ângulos espaciais onde o *Necronomicon* tinha sido misericordiosamente encoberto sob a alcunha de Azathoth. Era chocante tornar concretos os piores pesadelos e mitos secretos, cujo ódio mórbido e resoluto excedia os rincões mais bravios das mitologias ancestrais e medievais. Inevitavelmente, fui levado a crer que os primeiros sussurros desses contos malditos tinham a ver com os Seres Externos de Akeley, que talvez tivessem visitados outros reinos cósmicos como ele agora se propunha a visitá-los.

Meu anfitrião contou-me também sobre a Rocha Negra e o que ela implicava, e fiquei grato por ela ter se extraviado. Minhas estimativas sobre aqueles hieróglifos estavam todas corretas! E, no entanto, Akeley parecia reconciliado com todo aquele sistema demoníaco no qual tropeçara; reconciliado e ansioso para investir ainda mais naquele abismo monstruoso. Perguntava-me com que seres ele tinha falado desde nossa última carta e se algum deles tinha sido um emissário humano, como o que fora mencionado. A tensão crescia em mim inexoravelmente, fazendo-me criar todo tipo de teoria sobre aquele estranho e persistente cheiro e aquela insidiosa onda vibratória no quarto escuro.

---

28 Novamente, uma citação puramente lovecraftiana, criaturas larvais descritas em "A Procura de Kadath".

29 "The Hounds of Tindalos" é o título de um conto de Frank Belknap Long (1901-1994). É dito que essas criaturas vivem entre as dobras do tempo, mas sem poderem entrar e ter as mesmas percepções que os humanos.

30 "A Maldição de Yig" é um conto de Zealia Bishop (1897-1968), publicado na revista *Weird Tales* com uma profunda revisão de H. P. Lovecraft. Além deste, outras duas histórias da autora, "The Mound" e "Medusa's Coil", também tiveram assistência editorial de Lovecraft, que, ao que parece, reescreveu boa parte do material original, criando uma trama completamente nova em prol do seu próprio fabulário.

A noite caía agora e, enquanto me lembrava do que Akeley tinha me escrito a respeito daquelas primeiras noites, tremi ao pensar que não haveria lua naquela. Tampouco me agradava o fato de como a fazenda ficava no sopé daquele declive colossal a caminho da Montanha Sombria e seu topo impossível de ser visitado. Com a permissão de Akeley, acendi uma pequena lamparina, que deixei baixa, e a pus em uma prateleira distante, próximo ao fantasmagórico busto de Milton; mas logo me arrependi de ter feito isso, porque agora a face rígida e imóvel de meu anfitrião, assim como suas mãos sem vida, parecesse absurdamente anormal, quase como um cadáver. Ele parecia quase incapaz de se mover, ainda que eu tivesse a impressão de ele assentir vez ou outra.

Depois de tudo que me disse, eu mal podia prever que segredos profundos ele poderia guardar para a manhã; mas parecia que os processos para sua jornada até Yuggoth e além — *e a minha possível participação nisso* — seriam os tópicos para o dia seguinte. Ele deve ter se maravilhado com o olhar de horror que estampei ao ouvir sobre uma viagem cósmica proposta a mim, pois sua cabeça balançou com violência quando exibi meu temor. Depois disso, ele falou com calma sobre como os seres humanos podem realizar — e inúmeras vezes realizaram — esses aparentemente impossíveis voos pelo vazio interestelar. *Parece que corpos humanos completos são incapazes de realizar tal jornada*, mas, graças aos prodigiosos métodos cirúrgicos, biológicos, químicos e mecânicos dos Seres Externos, foi encontrada uma maneira de transmitir os cérebros humanos sem a necessidade de sua estrutura física.

Existia uma forma inofensiva de extrair um cérebro, uma maneira de manter o resíduo orgânico vivo em sua ausência. A matéria cerebral sozinha era então imersa em um ocasionalmente reabastecido fluído dentro de um cilindro etéreo de um metal minerado em Yuggoth, com certos eletrodos ligados a elaborados instrumentos capazes de duplicar as três faculdades de ver, ouvir e falar. Assim, para os seres fungídeos alados, era fácil transportar tais cilindros cerebrais de forma segura pelo espaço. Logo, em cada planeta alcançado por sua civilização, eles seriam capazes de encontrar uma miríade de instrumentos ajustáveis às faculdades cerebrais necessárias para se conectar com esses seres; então, depois de alguns ajustes, a essas inteligências levadas pelo cosmos seriam concedidas uma vida articulada e totalmente sensorial — mesmo que mecânica e incorpórea — a cada novo estágio da jornada através e além do contínuo espaço-tempo. Era tão simples quanto carregar uma gravação fonográfica e ser capaz de tocá-la em qualquer dispositivo fonográfico que exista. Quanto a esse empreendimento, não havia dúvidas de seu sucesso. Akeley não tinha nenhuma. Afinal, tal processo não tinha sido bem-sucedido várias vezes?

Pela primeira vez, uma das mãos inertes e inúteis se levantaram, apontando para uma prateleira alta no canto oposto da sala. Lá, enfileirados, mais de uma dúzia de cilindros de um metal que eu nunca tinha visto antes — cilindros com cerca de um metro de altura e pouco menos de diâmetro, com três curiosos bocais em uma formação de triângulo isósceles na superfície convexa frontal de cada um. Um deles estava conectado a um par de máquinas singulares localizado ao fundo. Não precisou que ele me dissesse o seu propósito, e tremi como se sofresse de uma sezão. Então, vi a mão apontar para um canto mais próximo, onde alguns intricados instrumentos estavam ligados a fios e plugues, muitos deles parecidos com os dois dispositivos atrás dos cilindros na prateleira.

— Tem quatro tipos de instrumentos aqui, Wilmarth — sussurrou a voz. — Quatro tipos, de três modelos diferentes, totalizando doze peças ao todo. Vê, há quatro variedades de seres preservados nesses cilindros ali. Três humanos, seis fungóides que não conseguem navegar pelo espaço, dois seres de Netuno (Deus! Se você pudesse ver os corpos que eles têm em seu próprio planeta!), e o restante são entidades das cavernas centrais de uma estrela negra particularmente interessante de uma galáxia distante. No entreposto principal nos subterrâneos de Round Hill, você poderá encontrar mais cilindros e máquinas — cilindros de cérebros extracósmicos com sentidos diferentes de todos que conhecemos, aliados e exploradores das mais vagas distâncias — e máquinas especiais capazes de interpretar as impressões e expressões ao serem conectadas a eles para a compreensão dos mais diferentes tipos de ouvintes. Round Hill, como a grande maioria dos entrepostos ao longo dos vários universos, é um ponto cosmopolita! É claro, só me foram emprestados os tipos mais comuns para que eu pudesse fazer experiências.

"Aqui, pegue as três máquinas que lhe aponto e as disponha sobre a mesa. Aquela mais alta, com as duas lentes de vidro na frente, e a caixa com os tubos de vácuo com a caixa de ressonância. E agora aquela com o disco de metal no topo. Por fim, o cilindro com a etiqueta "B-67" colada nele. Suba naquela cadeira de madeira para alcançá-los. Pesado? Esqueça! Atente-se ao número, B-67. Não mexa naquele cilindro novo e brilhante ligado aos instrumentos de teste, o que tem meu nome nele. Pegue o B-67 e o coloque na mesa, perto de onde você pôs as máquinas... E verifique se a regulagem das três máquinas está ajustada para o máximo à esquerda.

"Agora conecte os fios da máquina com lentes no bocal superior do cilindro... Isso! Ligue a máquina com o tubo ao plugue da esquerda mais abaixo e o aparato circular ao outro bocal. Agora mova todos os interruptores com mostrador das máquinas ao máximo para a direita: primeiro o de lentes, depois o de disco, então o de tubo. Isso. Devo lhe dizer que se trata de um ser humano... como qualquer um de nós. Vou lhe dar um gostinho das outras espécies amanhã."

Até hoje não sei por que obedeci àqueles sussurros de forma tão submissa, tampouco se pensei que Akeley estivesse louco. Depois de tudo que tinha acontecido, eu devia estar preparado para qualquer coisa; mas aquela pantomima mecânica parecia-se tanto com os delírios de um inventor louco que me disparou um acorde de dúvida que nem mesmo o discurso feito por Akeley antes havia despertado. O que aqueles sussurros sugeriam estava além de qualquer crença humana — no entanto, não estavam também todas aquelas outras coisas muito além, e eram menos absurdas apenas pela ausência de provas concretas contra elas?

Enquanto minha mente cambaleava por todo esse caos, me tornei mais consciente dos chiados e ruídos das três máquinas recentemente ligadas ao cilindro — chiados e ruídos que logo se reduziu a um quase silêncio. O que estava prestes a acontecer? Eu estava prestes a ouvir uma voz? E, se eu ouvisse, que prova teria de que não se tratava de um aparelho de rádio ligado e falando através de um alto-falante escondido? Ainda agora sou incapaz de dizer com precisão o que ouvi ou mesmo que fenômeno realmente sucedeu-se diante de mim. Mas algo certamente aconteceu.

Para ser breve e claro, a máquina com os tubos e a caixa de ressonância começaram a falar com uma clareza e inteligência que não deixavam dúvidas de que o ser falante estava realmente presente e nos observando. A voz era alta, metálica, sem vida e mecânica em cada detalhe de sua reprodução. Também não apresentava qualquer inflexão ou expressividade, mas talhava e ralhava com uma precisão e deliberação mortais.

— Sr. Wilmarth — ela disse —, espero não lhe alarmar. Sou um ser humano tal qual o senhor, ainda que meu corpo agora descanse a salvo em um tratamento vitalizante adequado dentro de Round Hill, cerca de dois quilômetros e meio daqui. Mas eu estou aqui com os senhores: meu cérebro está neste cilindro e eu posso ver, ouvir e falar através destes vibradores eletrônicos. Em uma semana, atravessarei o vácuo da mesma forma que fiz muitas vezes antes e espero ter o prazer da companhia do sr. Akeley. Também espero contar com a sua companhia; pois lhe conheço de vista e reputação, e também estive de olho em sua correspondência com nosso amigo. Sou, é claro, um dos homens que se aliaram a esses seres visitando nosso planeta. Eu os conheci no Himalaia e os ajudei de várias maneiras. Em troca, eles me proporcionaram experiências que apenas poucos humanos experimentaram.

"O senhor tem noção do que quero dizer quando digo que já visitei trinta e sete diferentes corpos celestes — planetas, estrelas negras e objetos menos definidos —, incluindo oito galáxias além da nossa e duas fora da curva do espaço e do tempo no cosmo? Nada disso me provocou o menor mal. Meu cérebro foi removido do meu corpo por fissões tão hábeis que seria grosseiro chamar essa operação de cirurgia. Os seres visitantes têm métodos que tornam essas extrações fáceis e quase normais; e o corpo nunca envelhece quando seu cérebro está fora dele. O cérebro, devo acrescentar, é praticamente imortal com suas faculdades mecânicas e um suprimento limitado de alimento proporcionado pelas ocasionais mudanças do fluído preservador.

"Em suma, espero de coração que o senhor decida vir comigo e o sr. Akeley. Os visitantes têm ânsia de conhecer pessoas de conhecimento como o senhor, e assim levá-los a conhecer os abismos com os quais a maioria de nós apenas sonha em nossa quimérica ignorância. Pode lhe ser estranho encontrá-los a princípio, mas sei que estará à altura de tal conhecimento. Também acredito que o sr. Noyes irá conosco: o homem que o trouxe aqui em seu carro. Ele é um de nós há anos já; suponho que tenha reconhecido sua voz das gravações que o sr. Akeley lhe enviou."

Diante da minha violenta surpresa, o som parou um segundo antes de concluir:

— Assim, sr. Wilmarth, deixarei tudo à sua escolha; apenas acrescentarei que um homem com o seu amor pelo estranho e pelo folclore nunca deveria perder uma oportunidade como esta. Não há nada a temer. A transição como um todo é indolor, e há muito o que se aproveitar e sentir no estado mecânico. Quando os eletrodos são desconectados, apenas caímos em um estado de sono especialmente vívido e recheado de sonhos fantásticos. E agora, se não se importa, devemos adiar nossa conversa até amanhã de manhã. Boa noite; apenas restitua os controles à esquerda; não se preocupe com a ordem exata, mas deixe que a máquina com lentes seja a última. Boa noite, sr. Akeley: trate bem nosso convidado! Tudo certo com esses controles?

E isso foi tudo. Obedeci mecanicamente à voz e desliguei os três dispositivos, tonto com tudo que estava acontecendo. Minha mente ainda estava agitada quando ouvi a voz sussurrada de Akeley me dizendo que eu poderia deixar todo o aparato na mesa como estava. Ele não me endereçou nenhum comentário sobre o que tinha acabado de acontecer e a verdade é que nenhum comentário seria recomendado diante dos meus sentidos sobrecarregados. Eu o ouvi dizer que podia pegar a lamparina para usar no meu quarto e deduzi que ele queria descansar sozinho no escuro. Era claro que ele merecia descansar, uma vez que o discurso da tarde e da noite fora exaustivo até para o mais forte dos homens. Ainda confuso, dei boa noite ao meu anfitrião e subi as escadas com a lamparina, mesmo tendo uma excelente lanterna de bolso comigo.

Fiquei grato de sair do escritório no andar de baixo com aquele cheiro estranho e o barulho repetitivo de uma vibração, mas é óbvio que não conseguia escapar da sensação de pavor, perigo e anormalidade cósmica que parecia se abater sobre o lugar em que eu estava e as forças que tinha encontrado. Aquela região solitária e selvagem, com sua encosta negra e misteriosa, coberta de mata e tão próxima dos fundos da casa, as pegadas na estrada, o doentio e imóvel sussurrar na escuridão, os cilindros e máquinas infernais e, acima de tudo, os convites para uma estranha cirurgia e uma jornada ainda mais estranha — essas coisas, todas tão novas e em tão súbita sucessão, me encheram com um senso acumulado de exaustão, o qual quase corroeu minha vontade e força física.

Descobrir que Noyes, meu guia em Vermont, era uma das vozes humanas naquela monstruosa celebração ritualística na gravação de Akeley foi um tremendo choque, embora eu já tivesse sentido um certo estranhamento de repelente familiaridade em sua voz. Outro choque veio quando parei para analisar a minha própria atitude diante de meu anfitrião; por mais que eu tivesse instintivamente gostado do Akeley revelado em suas correspondências, agora eu percebia que ele me enchia de uma repulsão tamanha. Sua doença deveria ter aumentado a minha pena; em vez disso, me provocava arrepios. Ele estava tão rígido e inerte, parecendo um corpo sem vida — e aquele sussurro incessante era tão odioso e inumano!

Ocorreu-me que aquele sussurro era diferente de qualquer coisa parecida que eu já tivesse escutado; porque, apesar dos lábios embigodados que pareciam não se mover, tinha uma força latente e notável para os sibilos de um asmático. Eu pude entender o que ele dizia mesmo estando do outro lado do cômodo e, uma vez ou outra, cheguei até a sentir que aqueles fracos e penetrantes sons representavam não uma fraqueza, mas uma deliberada repressão — mas não sei dizer o motivo. Primeiro, senti uma espécie de qualidade perturbadora em seu timbre. Agora, quando tento ponderar sobre isso, posso atribuir essa impressão a um tipo de familiaridade subconsciente como aquela que tornara a voz de Noyes tão vagamente ameaçadora. Mas quando ou onde eu havia encontrado o perigo que aquele sussurro sugeria, aí já não sei dizer.

Uma coisa era certa: eu não passaria outra noite ali. Meu zelo científico tinha sido varrido pelo medo e pela aversão, e já não sentia mais nada além da vontade de escapar daquela trama mórbida de revelações não naturais. Eu sabia o bastante agora. É verdade que as correlações cósmicas existem — mas tais coisas certamente não são para humanos normais se meterem.

Influências blasfemas pareciam me cercar e sufocar meus sentidos. Dormir, eu estava decidido, estava fora de questão; então apenas apaguei a lamparina e me joguei na cama ainda vestido. Não tinha dúvidas de que aquilo era um exagero, mas eu estava pronto para alguma emergência: me agarrei ao revólver que tinha trazido com minha mão direita e à lanterna portátil com a esquerda. Não vinha qualquer som do andar de baixo, e eu só podia imaginar como meu anfitrião permanecia sentado lá na escuridão com sua rigidez cadavérica.

Um relógio tiquetaqueava em algum lugar e fiquei grato pela normalidade daquele som. Aquilo me lembrou, no entanto, de outra coisa que me perturbara na região: a ausência absoluta de vida animal. Certamente não havia bichos na fazenda, e agora eu me dava conta que mesmo os sons mais comuns da vida no campo não eram ouvidos. Com exceção do sinistro correr de águas distantes e invisíveis, aquela quietude era anormal — interplanetária —, e me perguntava que maldição cósmica se espalhava sobre aquela região decadente. Lembrei-me das velhas lendas que diziam que os cães e outros bichos sempre odiaram os Seres Externos, e pensei no que aquelas marcas de passos na estrada lá fora queriam dizer.

III

Não me pergunte por quanto tempo fiquei naquele toscanejar ou quanto do que se passou foi um sonho. Se eu lhe disser que acordei em determinado momento, e vi e ouvi certas coisas, você dirá apenas que eu não acordei foi nada, e que tudo não passou de um sonho até o momento em que saí em disparada da casa, tropicando até o galpão em que tinha visto o carro velho e subindo no veículo antiquado para uma corrida louca através daqueles morros assombrados que me levaram — depois de horas em curvas sinuosas e solavancos naquele labirinto de matas — até um vilarejo que percebi ser Townshend.

Você também, é claro, ignorará tudo o mais em meu depoimento e irá declarar que todas as fotos, as gravações e os sons das máquinas e cilindros, além das outras estranhas evidências, não passavam de um chiste pregado em mim pelo desaparecido Henry Akeley. Você vai sugerir inclusive que ele se havia se juntado a outros excêntricos em uma conspiração para me envolver em uma farsa tola e elaborada — que ele fez com que a rocha se perdesse em Keene e que também mandou Noyes gravar aquele terrível registro fonográfico. É estranho, no entanto, que Noyes ainda não tenha sido identificado e que ele fosse desconhecido a todos os moradores das áreas próximas a Akeley, ainda que ele estivesse frequentemente na região. Gostaria de ter pensado em decorar a placa do seu carro — mas acho que é melhor, afinal, que eu não o tenha feito. No final das contas, a despeito de tudo que você diga e, às vezes, do que eu mesmo diga a mim, sei que aquelas repugnantes influências externas devem estar escondidas lá naqueles morros semi-inexplorados — e que tais influências devem contar com espiões e emissários no mundo dos homens. Ficar distante o máximo possível de tais influências e emissários é tudo que almejo da vida em meu futuro.

Quando minha história frenética fez com que um grupo de homens do xerife fosse até a fazenda, Akeley já havia desaparecido sem deixar pistas. Seu roupão esfarrapado, assim como a echarpe amarela e as bandagens dos pés estavam jogadas no chão do estúdio, próximos à cadeira e ninguém conseguiu definir se algum de seus outros pertences tinha desaparecido com ele. Os cães e o gado também tinham desaparecido, e havia *mesmo* algumas curiosas marcas de bala tanto dentro quanto fora da casa; mas, além disso, nada de estranho pôde ser verificado: nenhum dos cilindros ou das máquinas, nenhuma das evidências que trouxera comigo, nem mesmo o cheiro estranho e a vibração contínua, as marcas de locomoção peculiares na estrada ou quaisquer das coisas estranhas que eu tinha visto antes de deixar a casa.

Depois de escapar, fiquei uma semana em Brattleboro questionando pessoas de todos os tipos a respeito de Akeley; e o resultado foi que fiquei convencido de que aquilo tudo não foi fruto de um sonho ou uma ilusão. As compras estranhas de cães, munição e produtos químicos feitas por Akeley, além dos cortes dos fios telefônicos em sua casa, eram questões dignas de nota; da mesma forma, todos que o conheciam — inclusive seu filho na Califórnia — admitiram que suas observações ocasionais a respeito de pesquisas estranhas também tinham alguma consistência. Cidadãos mais céticos acreditavam que ele tivesse enlouquecido e, sem hesitar, declaravam que essas evidências não passavam de logros produzidos com uma astúcia insana e, talvez, incitada por excêntricas companhias; os mais modestos entre eles, porém, sustentavam suas afirmações nos mínimos detalhes. Ele havia mostrado a alguns daqueles grosseirões suas fotos e a rocha negra, além de ter tocado a gravação para eles; e todos disseram que as marcas e a voz zumbida eram como aquelas descritas nas lendas.

Eles disseram também que aqueles sons e sinais suspeitos foram notados com frequência próximos da casa de Akeley depois dele ter encontrado a rocha negra e que agora o local era evitado por todos, com exceção do carteiro e alguns poucos cabeças-duras eventual. A Montanha Sombria e Round Hill eram dois pontos notoriamente assombrados e não pude encontrar um único indivíduo que tivesse explorado tais lugares. Desaparecimentos ocasionais de nativos da região também foram confirmados, agora incluindo entre eles o semivadio Walter Brown, sobre quem Akeley falara em suas cartas. Até encontrei um fazendeiro que dizia ter pessoalmente visto um dos corpos estranhos boiando durante a cheia do West River, mas sua história era tão confusa que não tinha muito valor.

Quando deixei Brattleboro, decidi que nunca voltaria a Vermont, e tenho convicção de que manterei tal resolução. Aqueles morros selvagens são certamente o entreposto de uma terrível raça cósmica — coisa de que tenho cada vez menos dúvidas desde que li que um nono planeta logo depois de Netuno foi vislumbrado, da mesma forma como aquelas criaturas disseram que aconteceria. Astrônomos, com uma adequação da qual não suspeitam, chamaram essa coisa de "Plutão"[31]. Tenho certeza, sem nenhum motivo para deferir tal levantamento, que este não é nada além do sinistro Yuggoth — e me tremo todo só de tentar entender *por que* essas criaturas querem que ele seja conhecido assim, neste momento em especial. Em vão, tento me acalmar dizendo que esses seres demoníacos não estão gradualmente se preparando para avançar sobre a Terra e seus habitantes.

Mas ainda preciso lhes contar sobre como acabou aquela noite terrível na fazenda. Como eu disse, finalmente caí em uma madorna atormentada; uma madorna recheada com pedaços de sonhos que envolviam lampejos de paisagens monstruosas. Não sei dizer o que me acordou, mas não tenho dúvidas de que estava desperto nesse momento. Minhas primeiras impressões confusas foram de ouvir passos furtivos no chão de tábuas no corredor do lado de fora da minha porta e de um movimento desajeitado e abafado na maçaneta. Entretanto, isso parou de repente; de forma que minha primeira impressão clara foi de vozes vindo do escritório logo abaixo. Parecia que eram vários indivíduos falando, e acredito que estavam discutindo.

Os poucos segundos que ouvi foram o bastante para me despertar por completo, já que a natureza daquelas vozes era tal que tornava

31 O equivalente romano a Hades, deus do submundo e do reino dos mortos, Plutão deixou, desde 2006, de ser considerado um planeta do nosso sistema solar e agora é um "planeta-anão" por conta da falta de força gravitacional ao seu redor, deixando que sua órbita esteja repleta de outros corpos celestes.

ridícula a mera ideia de continuar dormindo. Os tons eram curiosamente variados e qualquer pessoa que tivesse ouvido aquela gravação maldita seria capaz de reconhecê-las. Por mais hediondo que fosse, eu sabia que estava sob o mesmo teto que aquelas criaturas inomináveis do espaço abismal; pois aquelas duas vozes eram, sem dúvida alguma, as blasfemas vozes zumbidas que os Seres Externos usavam para se comunicar com os homens. Eram bem diferentes entre si — diferente em tom, sotaque e velocidade —, mas eram do mesmo tipo.

Uma terceira voz era sem dúvida daquela máquina de enunciação mecânica conectada a um dos cérebros em um dos cilindros. Não havia dúvidas quanto a isso ou quanto aos zumbidos; pois a voz alta, metálica e sem vida da noite anterior, com sua inflexão, expressão arrastada e barulhenta, assim como sua impessoalidade precisa e deliberada, tudo nela era inesquecível. Por um tempo, não me questionei se a inteligência por trás daquele som arranhado era a mesma que tinha falado comigo antes; mas, um pouco depois, refleti que qualquer cérebro poderia emitir uma vocalização da mesma qualidade se ligado àquele reprodutor mecânico de vozes; a única diferença possível estaria na própria língua, seu ritmo, velocidade e pronúncia. Para completar o colóquio sinistro, havia ainda duas vozes indubitavelmente humanas — uma com um tom grosseiro de um homem rústico e desconhecido, e outra com um leve sotaque de Boston, indicando que pertencia a meu antigo guia Noyes.

Conquanto eu tentava entender as palavras que o envelhecido piso de madeira abafava de maneira tão desconcertante, também ficava consciente de uma grande movimentação no andar de baixo, de forma que não podia me livrar da sensação de que o lugar estava lotado de seres vivos — muitos mais do que eu pressupunha pelas vozes que era capaz de escutar. A exata natureza desses sons é ainda agora muito difícil de ser descrita, simplesmente pela falta de base para comparação. Vez ou outra, objetos pareciam se mexer pela sala como se estivessem vivos, e o som dos seus passos tinha algo de uma batida de algo mole em uma superfície dura — como o contato de uma cornucópia de borracha sobre uma superfície instável. Era, para usar uma comparação mais concreta, mas menos acurada, como se pessoas com sapatos frouxos e pontudos de madeira cambaleassem e escorregassem sobre um piso encerado. Quanto à aparência dos responsáveis por tais sons, sou incapaz de especular.

Logo vi que seria impossível discernir do que falavam. Palavras isoladas — incluindo o meu nome e o de Akeley — apareciam aqui e ali, especialmente quando proferidas pelo dispositivo mecânico; mas o seu verdadeiro significado estava perdido por falta de contexto. Hoje eu me recuso a tentar formular qualquer dedução a respeito do que ouvi, e até mesmo seu apavorante efeito sobre mim foi mais de uma *sugestão* do que de uma *revelação*. Uma reunião terrível e anormal, tenho certeza, acontecia bem debaixo dos meus pés; mas que deliberações terríveis aconteciam, não sei dizer. Era curioso como essa sensação de falta de dúvidas a respeito do maligno e do blasfemo me atravessava a despeito das afirmações de Akeley de que aqueles seres estranhos eram benignos.

Pacientemente, ouvi e comecei a distinguir com clareza entre as vozes, ainda que eu não conseguisse entender muito do que nenhuma delas dizia. Eu podia captar certas emoções vindas delas, mas só. Uma das vozes zumbidas, por exemplo, carregava uma inegável nota de autoridade, enquanto a voz mecânica, não obstante sua sonoridade e regularidade artificiais, parecia se encontrar em uma posição subalterna e suplicante. Já o tom de Noyes parecia carregado de uma atmosfera conciliatória. Quanto aos outros, não consegui interpretá-los. Também não escutei o sussurro familiar de Akeley, mas sabia bem que tal som não conseguiria passar pelo piso do quarto em que eu estava.

Tentarei elencar algumas das palavras desconjuntadas e outros sons ouvidos, enumerando os falantes de cada palavra tanto quanto eu puder. Foram do aparelho de som as primeiras frases que consegui reconhecer.

(APARELHO DE SOM)
"...trouxe isso eu mesmo... enviei de volta as cartas e a gravação... dando fim nisso... entrando... vendo e ouvindo... maldito seja você... uma força impessoal, no final das contas... um cilindro novo e brilhante... meu Deus..."
(PRIMEIRA VOZ ZUMBIDA)
"...no momento em que paramos... pequeno e humano... Akeley... cérebro... dizendo..."
(SEGUNDA VOZ ZUMBIDA)

"Nyarlathotep... Wilmarth... gravações e cartas... impostura barata..."
(NOYES)
"...(uma palavra ou nome impronunciável, possivelmente N'gah-Kthun)*... inofensivo... paz... umas duas semanas... teatral... eu avisei..."*
(PRIMEIRA VOZ ZUMBIDA)
"...sem motivo... plano original... efeitos... Noyes pode ficar de olho... Round Hill... cilindro novo... o carro de Noyes..."
(NOYES)
"...bem... é todo de vocês... aqui embaixo... descanso... lugar..."
(VÁRIAS VOZES FALANDO AO MESMO TEMPO, CONTEÚDO IRRECONHECÍVEL)
(MUITOS PASSOS, INCLUINDO O PECULIAR ARRASTAR RUIDOSO)
(UM TIPO DE BATER DE ASAS)
(O SOM DE UM VEÍCULO SENDO LIGADO E DANDO RÉ)
(SILÊNCIO)

Essa é a essência do que meus ouvidos captaram enquanto eu permanecia imóvel na cama no andar de cima da assombrada casa no meio daqueles morros demoníacos — parado lá, totalmente vestido, com um revólver engatilhado na mão direita e uma lanterna pequena na esquerda. Eu estava, como já disse, bem desperto; mas um tipo de paralisia obscura me manteve em estado de inércia até que o último daqueles sons cessasse. Podia ouvir o velho relógio de Connecticut ecoando em algum lugar lá embaixo e, por fim, distingui o ressonar de alguém dormindo. Akeley deve ter cochilado depois da estranha sessão, e eu bem podia crer que ele precisava.

O que pensar ou fazer eram coisas que estavam além do que eu podia decidir. Afinal, o que eu tinha *ouvido* além das coisas que informações anteriores poderiam ter me levado a esperar? Eu já não sabia que os inomináveis Forasteiros agora eram bem-vindos na fazenda? Sem dúvida Akeley fora surpreendido por uma visita inesperada dos novos aliados. No entanto, algo naquela conversa fragmentada tinha me alarmado como o diabo, me gerando dúvidas grotescas e aterradoras, fazendo desejar que eu acordasse e descobrisse que tudo não passava de um sonho. Creio que meu subconsciente deve ter captado algo que minha consciência desperta não fora capaz de reconhecer ainda. Mas e quanto a Akeley? Ele não era meu amigo e não teria protestado caso qualquer mal fosse preparado contra mim? O ronco pacífico no andar de baixo parecia capaz de pôr fim aos meus súbitos e ridículos temores.

Era possível que Akeley tivesse sido usado como um chamariz para me atrair até aqueles morros com as cartas, as fotos e a gravação fonográfica? Estariam aqueles seres buscando nos envolver a nós dois em uma mesma destruição porque descobrimos muito sobre eles? Mais uma vez, me peguei pensando sobre a abrupta mudança ocorrida entre a última e penúltima das cartas de Akeley. Meu instinto me dizia que algo estava terrivelmente errado. Nada era o que parecia. Aquele café acre que eu rejeitara não teria sido uma tentativa de uma entidade desconhecida em me drogar? Eu devia falar com Akeley de uma vez e lhe restaurar a noção das coisas. Eles o haviam hipnotizado com suas promessas de revelações cósmicas, mas agora ele haveria de ouvir a voz da razão. Devíamos sair dali antes que fosse tarde demais. Se faltasse a ele a força de vontade para se libertar, eu o ajudaria. E se eu não conseguisse persuadi-lo, ao menos eu poderia escapar sozinho. Estava certo de que ele permitiria pegar o seu carro e deixá-lo em uma garagem de Brattleboro. Eu havia notado que o galpão estava com a porta aberta agora que o perigo parecia ter passado — e eu podia apostar que ele estava em perfeitas condições de uso. Aquela sensação momentânea de asco para com Akeley durante a conversa noturna se dissipara. Ele estava em uma posição muito parecida com a minha e nós devíamos agir juntos. Sabendo do seu estado de indisposição, odiei ter de acordá-lo, mas sabia que precisava. Custasse o que fosse, eu não podia ficar naquele lugar até o amanhecer.

Enfim me senti pronto para agir e me espreguicei vigorosamente para retomar o controle de meus músculos. Levantando-me com uma disposição mais impulsiva que planejada, encontrei meu chapéu e minha mala e comecei a descer as escadas com a lanterna a postos. Em meu nervosismo, continuei com o revólver engatilhado na mão direita, conseguindo lidar com a mala e a lanterna com a esquerda. Porque me precavi dessa maneira, eu não sei, pois eu estava a caminho de acordar o único outro ocupante da casa.

Enquanto descia as escadas na ponta dos pés até o andar inferior, podia ouvir seu ronco com mais clareza, e notei que ele devia estar no cômodo à minha esquerda — a sala de estar em que eu não tinha entrado. À minha direita, estava o escritório aberto e tomado de trevas de onde vieram todas aquelas vozes que ouvira pouco antes. Puxando a porta da sala de estar, iluminei o ambiente com a lanterna em busca do ressonar e, por fim, a réstia de luz alcançou a face dormente. Mas no momento seguinte afastei a luz e comecei a andar, devagar como um gato, de volta ao corredor, meus cuidados agora não passando de puro instinto. Porque aquele que dormia no sofá não era Akeley, mas Noyes.

O que aquela situação realmente queria dizer, eu não sei; mas o bom senso me dizia que a coisa mais sábia a ser feita era descobrir o máximo possível antes que alguém despertasse. Já no corredor, silenciosamente fechei a porta da sala de estar atrás de mim, diminuindo assim as chances de acordar Noyes. Então, com cuidado, entrei no escritório escuro, onde esperava encontrar Akeley, estivesse ele dormindo ou acordado, no canto onde ficava sua cadeira e que eu julgava ser seu local favorito de descanso. Enquanto avançava, a réstia de luz da lanterna atingiu a mesa central, revelando um daqueles cilindros infernais com máquinas ligadas a ele, além de um alto-falante bem ao lado, pronto para ser conectado a qualquer momento. Este, eu pensei, devia ser o cérebro isolado que eu ouvira falando durante aquela assustadora conferência; e, por um segundo, tive o impulso perverso de ligá-lo ao alto-falante e ver o que ele tinha a dizer.

Ele devia, eu pensei, estar consciente da minha presença agora, já que os dispositivos de audição e visão deviam ter captado os fachos de luz da lanterna e o gemebundo débil de meus passos. Mas não ousei, no final das contas, mexer com aquilo. Pasmo, notei tratar-se do cilindro novo e brilhante com o nome de Akeley colado nele, o qual eu tinha notado mais cedo na prateleira e que meu anfitrião dissera para não tocar. Relembrando aquele momento, só posso lamentar minha timidez e desejar que eu tivesse tido a coragem de fazer o dispositivo falar. Deus sabe que mistérios, dúvidas horríveis e questões identitárias aquilo me esclareceria! Mas talvez tenha sido bom que eu não o tenha feito.

Da mesa, direcionei minha lanterna até o canto em que pensava estar Akeley, mas descobri, perplexo, que a grande cadeira estava vazia, sem nenhum ocupante humano dormindo ou desperto. Largado nela, estava o velho e familiar roupão e no chão estava a echarpe amarela e as bandagens dos pés que eu achara tão estranhas. Enquanto hesitava, empenhado em descobrir onde Akeley podia estar, e porque ele tinha subitamente se livrado daqueles ornamentos de doente, notei que o cheiro estranho e a vibração constante também não se faziam mais presentes no cômodo. Qual teria sido a causa deles? Curiosamente, ocorreu-me que só os tinha notado próximo de Akeley. Eles eram fortes onde ele estava sentado e inexistentes com a sua ausência ou fora daquele cômodo. Parei, deixando que a lanterna vagasse pelo escritório escuro e martelando a cabeça em busca de explicações do que tinha ocorrido ali.

Juro pelos céus que, se pudesse, teria saído silenciosamente dali antes que a luz atingisse a cadeira dele. No entanto, da maneira como as coisas correram, não saí em silêncio, mas com um grito abafado que deve ter alvoroçado, ainda que não o tenha despertado por completo, a sentinela adormecida do outro lado do corredor. Meu guincho e o ainda ininterrupto ressonar de Noyes foram os últimos sons que ouvi naquela mórbida e sufocante fazenda atrás dos bosques negros encrustados na montanha amaldiçoada — aquele foco de horror transcósmico em meio aos solitários morros verde e regatos enfeitiçados de uma rústica e espectral região.

É um milagre que eu não tenha derrubado a lanterna, a mala e o revólver em minha louca disparada, mas de alguma forma não perdi nenhum deles. Inclusive, fui capaz de sair daquele cômodo e daquela casa sem fazer maiores ruídos, enfiar-me a mim e as minhas coisas no calhambeque no galpão e colocar aquela velharia para funcionar em direção a algum desconhecido ponto seguro no meio da noite escura e sem lua. A fuga que se seguiu foi uma espécie de delírio tirado dos escritos de Poe ou Rimbaud, ou de uma ilustração de Doré, mas finalmente cheguei a Townshend. Isso é tudo. Se minha sanidade permanece no lugar, eu tenho sorte. Algumas vezes, chego a temer que os anos cobrarão por isso, em especial desde que o novo planeta, Plutão, foi curiosamente descoberto.

Como disse, deixei que minha lanterna voltasse para a desocupada cadeira depois de circular pelo cômodo, notando pela primeira vez a presença de certos objetos na cadeira, que antes não se fizeram claros por conta do grande roupão largado ali. Eram três os objetos, nenhum deles encontrado pelos investigadores que voltaram lá depois. Como eu disse de antemão, não há nada de particularmente aterrorizante em nenhum deles. O problema estava no que eles sugeriam, no que levavam a crer. Mesmo agora, tenho meus momentos de dúvida — momentos em que quase aceito o ceticismo daqueles que atribuem a minha experiência a um sonho ou um problema dos nervos.

As três coisas eram construtos muito bem-feitos, com engenhosos grampos metálicos para serem presos a adjacências orgânicas sobre as quais prefiro não conjecturar. Eu espero — sinceramente espero — que eles não passassem de obras de cera de um mestre artesão, apesar dos meus instintos dizerem o contrário. Meu Deus! Aquele sussurro nas trevas com aquele cheiro horrível e suas vibrações! Feiticeiro, emissário, falsário, estranho... aquele zunido horrível... e o tempo todo naquele cilindro novo e brilhante na prateleira... pobre-diabo... "prodigiosos métodos cirúrgicos, biológicos, químicos e mecânicos"...

Pois as coisas que vi na cadeira, perfeitas em seus mais ínfimos detalhes de uma semelhança microscópica... ou de uma identidade microscópica... não eram senão a face e as mãos de Henry Wentworth Akeley.

AVEC
EDITORA